CE LIVRE APPARTIENT À

LA BIBLIOTHÈQUE DE MINUIT

Matt Haig

La Bibliothèque de Minuit

Traduit de l'anglais (Angleterre)
par Dominique Haas

MAZARINE

Cet ouvrage est la traduction intégrale,
Publiée pour la première fois en France, du livre de langue anglaise
(Angleterre) :
The Midnight Library.
Édité par Canongate

Couverture © Le petit atelier
Illustration : © Hélène Crochemore

Published by arrangement with Canongate Books Ltd,
14 High Street, Edinburgh EH1 1TE.

ISBN : 978-2-86374-873-2
Dépôt légal : janvier 2022.

À tout le personnel médical
Et paramédical,
Merci

Je ne pourrai jamais être toutes les personnes que je veux et vivre toutes les vies que je veux. Je ne pourrai jamais me former dans toutes les compétences que je veux. Et pourquoi je le veux ? J'ai envie de vivre et de ressentir toutes les nuances, tons et variations des expériences mentales et physiques possibles de ma vie.

Sylvia Plath

« Entre la vie et la mort, il y a une bibliothèque, dit-elle. Une bibliothèque aux étagères sans fin. Où chaque livre offre une chance d'essayer une autre vie que tu aurais pu vivre. Une occasion de voir comment cela se serait passé si tu avais fait d'autres choix… Aurais-tu fait autre chose, si tu avais eu la possibilité d'effacer tes regrets ? »

Une conversation sur la pluie

Dix-neuf ans avant de décider de mourir, Nora Seed était à Bedford, bien au chaud dans la petite bibliothèque de l'école Hazeldene. Elle était assise à une table basse, devant un échiquier, le regard fixé dessus.

— Nora, mon chou, c'est normal que tu t'inquiètes de ton avenir, disait Mme Elm, la bibliothécaire, les yeux scintillants, tel le soleil sur le givre.

Elle joua le premier coup. Un cavalier franchit la rangée rectiligne de pions blancs.

— Tu t'en feras pour tes examens, mais c'est normal, Nora. Et tu pourras être tout ce que tu veux. Tu imagines tous ces possibles ? C'est excitant.

— Oui. Enfin, je suppose.

— Toute une vie t'attend !

— Toute une vie...

— Tu pourras faire tout ce que tu veux, vivre où tu voudras. Dans un endroit un peu moins froid et humide.

Nora fit avancer un pion de deux cases.

Elle avait du mal à ne pas faire la comparaison entre Mme Elm et sa mère, qui la traitait comme une erreur à corriger à tout prix. Par exemple, quand elle était bébé, sa mère était tellement ennuyée que son oreille gauche soit plus décollée que la droite qu'elle la plaquait sur son crâne avec du sparadrap et la coinçait sous un bonnet de laine.

— Je *déteste* ce froid humide, ajouta Mme Elm pour souligner son propos.

Elle avait les cheveux gris, courts, et son pull vert à col roulé faisait ressortir la pâleur de son visage ovale, doux, un peu ridé. Elle était assez vieille. Mais, de toute l'école, c'était aussi la personne avec laquelle Nora se sentait le plus en phase, et même les jours où il ne pleuvait pas, elle passait toute l'interclasse de l'après-midi dans la petite bibliothèque.

— Le froid et l'humidité ne vont pas toujours de pair, remarqua Nora. L'Antarctique est le continent le plus sec de la planète. Techniquement, c'est un désert.

— Eh bien, on dirait que c'est un endroit fait pour toi.

— Je trouve que ce n'est pas assez loin.

— Alors, tu pourrais être astronaute. Voyager dans la galaxie.

— Il pleut encore plus sur les autres planètes, répondit Nora avec un sourire.

— Plus que dans le Bedfordshire ?

— Et sur Vénus, c'est de l'acide pur.

Mme Elm tira un mouchoir en papier de sa manche et se moucha délicatement.

— Tu vois ? Avec un cerveau comme le tien, tu pourrais faire tout ce que tu veux.

Un garçon blond que Nora reconnut comme étant deux classes en dessous de la sienne passa en trombe devant la fenêtre ruisselante de pluie. Soit il courait après quelqu'un, soit on lui courait après. Depuis le départ de son frère, elle se sentait un peu vulnérable à l'école. La bibliothèque était un petit havre de civilisation.

— Papa croit que j'ai tout fichu en l'air. Depuis que j'ai arrêté de nager.

— Eh bien, loin de moi l'idée d'en juger, mais le monde ne se résume pas à nager très vite. De nombreuses vies différentes t'attendent. Comme je te le disais la semaine dernière, tu pourrais être glaciologue. J'ai fait quelques recherches et...

C'est alors que le téléphone sonna.

— Une minute, dit doucement Mme Elm. Il vaut mieux que je réponde.

Un instant plus tard, Nora regarda Mme Elm dire au téléphone :

— Oui, elle est là...

Le visage de la bibliothécaire s'affaissa sous le choc. Elle se détourna, mais Nora saisit ses paroles, depuis l'autre bout de la pièce plongée dans le silence.

— Oh, non. Non... Oh mon Dieu. Bien sûr...

Dix-neuf ans plus tard

L'homme à la porte

Vingt-sept heures avant de décider de mourir, Nora Seed était assise sur son canapé délabré et faisait défiler sur son écran les vies heureuses des autres gens en attendant qu'il se passe quelque chose. C'est alors que, sortant de nulle part, il arriva bel et bien quelque chose.

Allez savoir pourquoi, quelqu'un sonna à sa porte.

Elle se demanda un instant si elle ne ferait pas mieux tout simplement de s'abstenir d'ouvrir. Après tout, elle était déjà en pyjama, bien qu'il ne soit que neuf heures du soir, et elle se sentait cloche avec son tee-shirt « ÉCO RESPONSABLE » trop grand de dix tailles et son pantalon de pyjama écossais.

Elle mit ses pantoufles, pour avoir l'air un peu plus civilisée, et constata que la personne qui se trouvait à la porte était un homme, et pas un inconnu.

Il était grand, longiligne, il avait une allure d'éternel étudiant, un visage bienveillant, mais son regard était acéré et vif, comme s'il avait le don de voir à travers les choses.

C'était bon de le voir, bien qu'un peu surprenant, d'autant qu'il était en tenue de jogging et semblait brûlant de sueur malgré le temps froid et pluvieux. Par contraste, elle se trouva encore plus débraillée que l'instant d'avant.

Mais elle s'était sentie seule ces derniers temps. Et bien qu'elle ait suffisamment étudié la philosophie existentielle pour penser que la solitude était intrinsèque à la nature humaine dans un univers fondamentalement dépourvu de sens, c'était bon de le voir.

— Ash, dit-elle en souriant. C'est bien Ash, n'est-ce pas ?

— C'est ça, oui.

— Quel bon vent vous amène ? C'est sympa de vous voir.

Quelques semaines plus tôt, elle jouait sur son piano électrique tandis qu'il descendait Bancroft Avenue en courant, il l'avait vue par la fenêtre de chez elle, le 33A, et lui avait fait un petit signe. Il l'avait invitée une fois à prendre un café – il y avait des années de cela. Peut-être s'apprêtait-il à recommencer.

— Moi aussi, je suis ravi de vous voir, répondit-il, mais ce n'était pas l'impression que donnait son front soucieux.

Quand ils discutaient, au magasin, il lui parlait toujours avec légèreté, mais, à présent, sa voix avait quelque chose de tendu. Il se gratta le front, fit un autre bruit, visiblement incapable d'articuler un mot entier.

— Vous faites votre jogging ?

Question inepte. Il était clair qu'il était allé courir. Mais il parut momentanément soulagé d'avoir quelque chose d'insignifiant à dire.

— Ouais. Je fais le semi de Bedford. Dimanche.

— Ah, bien. Super. J'avais pensé faire le semi-marathon, moi aussi, et puis je me suis rappelé que je détestais courir.

Ça paraissait plus drôle dans sa tête que quand c'était devenu de vrais mots sortant de sa bouche. Elle ne détestait même pas courir. C'est juste qu'elle était troublée par sa mine grave. De gêné, le silence prit carrément une autre dimension.

— Vous m'avez dit que vous aviez un chat, lâcha-t-il enfin.

— Oui. J'ai un chat.

— Je me rappelais son nom. Voltaire. Un chat de gouttière roux ?

— Oui, oui. Je l'appelle Volts. Il trouve Voltaire un peu prétentieux. Figurez-vous qu'il n'est pas très fan de philosophie et de littérature française du XVIIIe siècle. Il est plutôt du genre prosaïque. Vous voyez. Pour un chat.

Ash baissa le regard vers ses pantoufles.

— J'ai bien peur qu'il soit mort.

— Hein ?

— Il est couché, complètement immobile, au bord du trottoir. J'ai vu le nom sur le collier, il a dû être écrasé par une voiture. Je suis désolé, Nora.

Elle était tellement terrifiée par sa soudaine volte-face émotionnelle qu'elle continua à sourire, comme si sourire pouvait la maintenir dans le monde où elle se trouvait encore une minute plus tôt, un monde où Volts était vivant et où cet homme à qui elle avait vendu des partitions de guitare avait sonné à sa porte pour une autre raison.

Elle se rappela qu'il était chirurgien. Pas chirurgien vétérinaire, un vrai chirurgien pour les gens. S'il disait que quelque chose était mort, alors c'était, selon toute probabilité, mort.

— Je suis vraiment désolé.

Nora éprouva un sentiment familier de chagrin. La seule chose qui l'empêcha de pleurer était l'antidépresseur.

— Oh mon Dieu.

Elle sortit sur le dallage craquelé, ruisselant, de Bancroft Avenue, en respirant à peine, et vit le pauvre animal à la fourrure rousse gisant sur le macadam trempé de pluie du caniveau. Sa tête effleurait le bord du trottoir, et il avait les pattes arrière repliées, comme s'il pourchassait un oiseau imaginaire.

— Oh, Volts. Oh non. Oh mon Dieu.

Elle savait qu'elle aurait dû éprouver de la pitié et du désespoir pour son ami félin – et c'était le cas –, mais elle ne pouvait faire autrement que de ressentir autre chose. Tandis qu'elle contemplait la forme figée, paisible, de Voltaire – cette absence totale de souffrance –, un sentiment auquel elle ne pouvait échapper bouillonnait dans le noir.

De l'envie.

La Théorie des Cordes

Quand elle était plus jeune, son père avait l'habitude de se tenir à côté de la piscine, la mâchoire serrée, le regard passant du chronomètre à sa fille, qui essayait de battre son record personnel. Nora repensa à ce regard de jugement révolu, qui se manifestait souvent à elle après un sursaut d'effort, tandis qu'elle arriva, essoufflée et en retard, à La Théorie des Cordes où elle travaillait l'après-midi.

— Je suis désolée, dit-elle à Neil, dans le minable petit box aveugle qui tenait lieu de bureau. Mon chat est mort. Hier soir. Et il a fallu que je l'enterre. Enfin, quelqu'un m'a aidée à l'enterrer. Mais après je me suis retrouvée toute seule chez moi, je n'ai pas pu fermer l'œil, j'ai oublié de mettre le réveil et quand je me suis réveillée il était déjà plus de midi, et après, j'ai eu beau me dépêcher…

C'était la vérité vraie, et rien que de la voir ainsi – pas maquillée, avec sa queue-de-cheval improvisée, ratée, et cette robe chasuble en velours côtelé vert achetée dans une friperie qu'elle avait mise toute la semaine pour venir bosser, sans parler de sa tête de déterrée –, elle supposait que cela confirmerait ses dires.

Neil releva les yeux de son ordinateur et s'appuya au dossier de sa chaise. Il croisa les doigts, fit un clocher avec ses index et posa son menton dessus, tel une espèce de Confucius contemplant une vérité philosophique profonde sur l'univers, et non le patron d'un magasin de musique confronté à une employée en retard. Le mur, derrière lui, s'ornait d'un gigantesque poster de Fleetwood Mac dont le coin en haut à droite, décollé, était replié comme une oreille de chiot.

— Écoute, Nora, je t'aime bien.

Neil était inoffensif. Un cinquantenaire fou de guitare, raconteur de mauvaises blagues, qui faisait des reprises potables de Dylan dans la boutique.

— Et je sais que tu as un problème psychologique.

— Tout le monde a des problèmes psychologiques.

— Tu sais ce que je veux dire.

— Je me sens bien mieux, d'une façon générale, mentit-elle. Ce n'est pas pathologique. Le docteur dit que c'est une dépression situationnelle. C'est juste que je n'arrête pas d'avoir des… des nouvelles situations. Mais je n'ai pas pris une journée de congé maladie pour ça. Sauf quand ma mère… Ouais. Mais c'est tout.

Neil poussa un soupir. Ce qui se traduisait chez lui par un sifflement lui sortant par le nez. Un *si* bémol menaçant.

— Nora, il y a combien de temps que tu travailles ici ?

— Douze ans, et… – elle ne le savait que trop – onze mois, et trois jours. Par intermittence.

— Ça fait un bail. J'ai l'impression que tu mérites mieux que ça. Tu as une bonne trentaine d'années.

— Trente-cinq ans.

— Tu as tant de choses à vivre. Tu donnes des leçons de piano…

— J'ai un élève.

Il chassa une miette de son pull.

— Tu te voyais coincée dans ta ville natale, à travailler dans un magasin ? Tu sais, quand tu avais quatorze ans ? Comment te voyais-tu ?

— À quatorze ans ? Je pensais que je serais nageuse.

Elle avait été la gamine de quatorze ans la plus rapide du pays à la brasse, et la deuxième plus rapide à la nage libre. Elle se rappelait être montée sur le podium au championnat national de natation.

— Alors, qu'est-ce qui s'est passé ?

Elle lui fournit la version courte.

— C'était beaucoup de pression.

— Mais c'est la pression qui fait de nous ce que nous sommes. Tu commences comme un morceau de charbon et la pression fait de toi un diamant.

Elle ne rectifia pas ce qu'il croyait savoir du diamant. Elle ne lui dit pas que, si le charbon et les diamants étaient tous deux du carbone, le charbon était trop impur pour pouvoir, quelle que soit la pression, devenir un diamant. La science disait qu'on commençait charbon et qu'on finissait charbon. Peut-être que c'était ça, la leçon de la vraie vie.

Elle lissa une de ses mèches vagabondes d'un noir de charbon et lui fit réintégrer sa queue-de-cheval.

— Où voulez-vous en venir, Neil ?

— Il n'est jamais trop tard pour réaliser ses rêves.

— Il est quasiment certain qu'il est trop tard pour réaliser celui-là.

— Tu as fait des études, Nora. Des études de philo…

Elle baissa les yeux sur le petit grain de beauté sur sa main gauche. Il avait connu tout ce qu'elle avait subi. Et il était toujours là, indifférent. Un grain de beauté, point final.

— Franchement, Neil, on ne s'arrache pas les philosophes à Bedford.

— Tu es allée à la fac, une année à Londres, et tu es revenue.

— Je n'avais guère le choix.

Nora ne voulait pas aborder le sujet de sa mère morte. Ni même de Dan. Le truc, c'est que Nora s'était défilée deux jours avant de se marier, et que, pour Neil, c'était la love story la plus fascinante depuis Kurt et Courtney.

— On a tous le choix, Nora. Il y a une chose qu'on appelle le libre arbitre.

— Ouais, à condition de ne pas adhérer à une vision déterministe de l'univers.

— Mais pourquoi *ici*?

— C'était soit ça, soit le refuge pour animaux. Et ici, ça payait mieux. Et puis, vous savez, la musique…

— Tu étais dans un groupe. Avec ton frère.

— Exact. Les Labyrinthes. Mais ça n'allait pas très loin.

— Ce n'est pas ce que dit ton frère.

Cette phrase prit Nora par surprise.

— Joe ? Mais comment…

— Il est passé acheter un ampli. Un Marshall DSL40.

— Quand ça ?

— Vendredi.

— Il était à Bedford ?

— Ou alors c'était un hologramme. Comme Tupac.

Il était probablement venu voir Ravi, pensa Nora. Ravi était le meilleur ami de son frère. Joe avait laissé tomber la guitare pour aller bosser à Londres dans l'informatique, un job pourri qu'il détestait, alors que Ravi était resté à Bedford. Il jouait maintenant dans un groupe nommé Abattoir Quatre, qui faisait des reprises et se produisait dans des pubs en ville.

— D'accord. C'est intéressant.

Nora était à peu près sûre que son frère savait que le vendredi était son jour de congé. Cette nouvelle la rongeait de l'intérieur.

— Je suis heureuse, ici.

— Sauf que non, justement.

Il avait raison. Une maladie de l'âme suppurait en elle. Son esprit se vomissait lui-même. Elle élargit son sourire.

— Enfin, je suis contente de ce boulot. Dans le sens où ça me plaît, vous voyez. Neil, j'ai besoin de ce job.

— Tu es une fille bien. Tu t'intéresses à tout. Les SDF, l'environnement.

— J'ai besoin de bosser.

Il avait retrouvé sa posture Confucius.

— Tu as besoin de liberté.

— Je ne veux pas de liberté.

— Ce n'est pas une association à but non lucratif. Même si je dois admettre que c'est bien parti pour…

— Écoutez, Neil, c'est à propos de ce que j'ai dit la semaine dernière ? Que vous devriez vous moderniser un peu ? J'ai des idées sur la façon d'attirer un public plus jeu…

— Non, coupa-t-il, sur la défensive. Ici, avant, il n'y avait que des guitares. La Théorie des Cordes, pigé ? Et je me suis diversifié. J'ai fait en sorte que ça marche. Seulement, les temps sont durs, et je ne peux plus me permettre de te payer pour que tu fasses fuir les clients avec ta tête d'enterrement.

— Pardon ?

— Malheureusement, Nora, fit-il en marquant une pause, à peu près le temps nécessaire pour brandir une hache au-dessus de sa tête, je crois que je vais être obligé de te laisser partir.

Vivre, c'est souffrir

Le ciel était chargé de lourds nuages couleur de suie, comme s'il reflétait l'état d'esprit de Nora, laquelle errait au milieu de Bedford, dans l'espoir de trouver une raison de vivre. La ville était un tapis roulant qui ne lui apportait que du désespoir. Le centre sportif à la façade crépie où son père aujourd'hui décédé la regardait naguère faire des longueurs de piscine, le restaurant mexicain où elle avait emmené Dan manger des fajitas, l'hôpital où sa mère suivait ses traitements.

Dan lui avait envoyé un texto hier :

Nora, ta voix me manque.
On peut parler ?
Bisous. D.

Elle avait répondu qu'elle était tout bêtement débordée (gros MDR). D'un autre côté, elle ne pouvait pas dire autre chose par SMS. Non parce qu'elle n'éprouvait plus rien pour lui, au contraire. Elle ne voulait pas risquer de lui faire à nouveau du mal. Elle lui avait gâché la vie. *Ma vie est un chaos*, lui avait-il dit à coups de textos délirants peu après la date du mariage devant lequel elle avait fait marche arrière.

L'univers tendait vers le chaos et l'entropie. C'était de la thermodynamique de base. Peut-être que c'était aussi la base de l'existence.

Vous perdez votre boulot, puis d'autres merdes vous tombent dessus.

Le vent murmurait dans les arbres.

Il se remit à pleuvoir.

Elle se dirigea vers un marchand de journaux avec l'impression profonde – et *justifiée*, ainsi que les événements devaient le prouver – que ça n'allait pas s'arranger.

Portes

Le temps d'un long battement de cils, elle visualisa le fantôme de son père en train d'observer son chronomètre, comme s'il attendait qu'elle le rejoigne. Ses yeux s'ouvrirent, et elle entra chez le marchand de journaux.

— Vous venez vous abriter de la pluie ? demanda la femme derrière le comptoir.

— Oui, répondit Nora, tête basse.

Croulant sous un désespoir de plus en plus lourd, un fardeau qu'elle ne pouvait plus supporter.

Un *National Geographic* ornait un présentoir.

Elle regarda l'illustration de couverture – un trou noir – et se rendit compte que c'était ce qu'elle était. Un trou noir. Une étoile mourante, qui s'effondrait sur elle-même.

Son père était abonné. Elle se souvenait avoir été enthousiasmée par un article sur le Svalbard, l'archipel norvégien de l'océan Arctique. Elle n'avait jamais vu un endroit qui ait l'air aussi *loin*. Elle avait lu des choses sur les savants qui faisaient des recherches sur les glaciers, les fjords gelés et les puffins. Et à l'incitation de Mme Elm, elle avait décidé qu'elle voulait devenir glaciologue.

Elle vit la silhouette dépenaillée de Ravi, l'ami de son frère – et ex-membre de leur groupe –, penché, le dos rond, dans le coin des magazines de musique, absorbé par la lecture d'un article. Elle dut rester là une fraction de seconde de trop, parce que, quand elle s'éloigna, elle l'entendit appeler :

— Nora ?

— Salut, Ravi. J'ai entendu dire que Joe était passé à Bedford, l'autre jour ?

Un petit hochement de tête.

— Ouais.

— Est-ce que tu, euh, tu l'as vu ?

— Oui oui, en effet.

Un silence qui fit à Nora l'impression d'un coup de poignard.

— Il ne m'a pas dit qu'il venait.

— Il n'a fait que passer.

— Il va bien ?

Ravi ne répondit pas tout de suite. Nora l'aimait bien, dans le temps, et il avait été un ami loyal pour son frère. Mais, tout comme avec Joe, il y avait une barrière entre eux. Ils ne s'étaient pas séparés en très bons termes. (Quand Nora avait annoncé qu'elle quittait le groupe, il avait jeté ses baguettes par terre et était parti de la salle de répétition en faisant la gueule.)

— Je crois qu'il est déprimé.

Nora s'assombrit à l'idée que son frère pouvait éprouver la même chose qu'elle.

— Il en a gros sur la patate, continua Ravi, rageusement. Il va être obligé de partir de son gourbi de Shepherd's Bush. Vu qu'il n'a pas pu jouer *lead guitar* dans un groupe de rock à succès. Et c'est pas que je roule sur l'or moi non plus. Ça paye plus, ces temps-ci, de jouer dans les pubs. Même quand on accepte de nettoyer les chiottes. Tu as déjà nettoyé des toilettes de pub, Nora ?

— Je traverse une sale passe, moi aussi. S'il y avait des olympiades de la misère, on pourrait s'inscrire.

Ravi eut un petit rire qui s'acheva en quinte de toux. Une sorte de dureté ombra momentanément son visage.

— Ne compte pas sur moi pour te plaindre.

Décidément, ce n'était pas son jour, se dit-elle.

— C'est à propos des Labyrinthes ? Encore ?

— Ça comptait énormément pour moi. Et pour ton frère, aussi. Pour nous tous. On avait un contrat avec Universal. Voilà. Eh oui. Un album, des singles, une tournée, de la promo. On pourrait être Coldplay, maintenant.

— Tu détestes Coldplay.

— C'est pas la question. On pourrait être à Malibu. Au lieu de Bedford. Et donc, non, ton frère n'est pas prêt à te revoir.

— J'avais des *attaques de panique*. J'aurais fini par vous laisser tomber, de toute façon. J'ai dit au label de vous prendre sans moi. J'étais d'accord pour écrire les chansons. Ce n'était pas ma faute si j'étais fiancée. J'étais avec Dan. C'était une espèce de rupture de contrat.

— Ouais, c'est ça. Et comment ça s'est terminé ?

— Ça, Ravi, ce n'est pas loyal.

— Loyal. Un grand mot.

La femme derrière le comptoir les écoutait de toutes ses oreilles.

— Les groupes ne durent jamais. Ç'aurait été une pluie d'étoiles filantes, finie avant de commencer.

— C'est vachement joli, les pluies d'étoiles filantes.

— Allez. Tu es toujours avec Ella, hein ?

— Je pourrais être avec Ella *et* dans un groupe qui marche, *et* avoir du fric. On tenait notre chance. On l'avait à portée de main ! fit-il en tendant le bras, paume offerte. Nos chansons, c'était du feu de Dieu !

Nora se détesta de rectifier mentalement « *mes* chansons ».

— Je pense que ton problème, ce n'était pas le trac. Ni la peur du mariage. Je pense que ton problème, c'est que tu avais peur de la vie.

Ça, ça faisait mal. Cette réflexion chassa l'air qu'elle avait dans les poumons.

— Et moi, je pense que ton problème à toi, répliqua-t-elle, c'est que tu tiens les autres pour responsables de ta vie de merde.

Ce fut comme s'il avait reçu une gifle. Il acquiesça et reposa son magazine.

— Allez, Nora. À la revoyure.

— Tu diras bonjour à Joe de ma part, lança-t-elle alors qu'il sortait de la boutique sous la pluie. S'il te plaît.

Son regard tomba sur le magazine *Votre chat.* Un chat de gouttière roux. Cette image la plomba. C'était comme si une symphonie du *Sturm und Drang* éclatait dans sa tête, comme si le fantôme d'un compositeur allemand était piégé sous son crâne, y suscitant une tempête chaotique.

La femme derrière le comptoir dit quelque chose qui lui échappa.

— Pardon ?

— Nora Seed ?

La femme – bronzage artificiel et cheveux blonds coupés au carré – lui parlait, heureuse et détendue, avec un naturel dont Nora n'était plus capable. Penchée sur le comptoir, appuyée sur les avant-bras, comme si Nora était un lémurien dans un zoo.

— Ouais.

— Je suis Kerry Ann. Je me souviens de toi, à l'école. La nageuse. Une super-tronche ! Monsieur Je-ne-sais-plus-quoi – Blandford –, il ne nous a pas fait un topo sur toi, un jour ? Il disait que tu allais te retrouver aux Jeux olympiques ?

Nora hocha la tête.

— Alors, tu y es allée ?

— Je, euh, j'ai laissé tomber. J'étais plutôt dans la musique, à l'époque. Et puis, la vie, tu sais...

— Alors, qu'est-ce que tu fais, maintenant ?

— Je suis... entre deux trucs.

— Tu as quelqu'un ? Un mec ? Des mômes ?

Nora secoua la tête. Regretta qu'elle ne tombe pas. Sa propre tête. Par terre. Afin de ne plus jamais être obligée d'avoir une conversation avec une étrangère.

— Eh bien, ne perds pas de temps. Tic-tac, tic-tac.

— J'ai *trente-cinq* ans.

Si seulement Izzy avait été là… Izzy n'aurait jamais supporté ce genre de niaiseries.

— Et je ne suis pas sûre de vouloir…

— Jake et moi, on était comme des lapins, et puis on a sauté le pas. Deux petites terreurs. Mais ça vaut le coup, tu sais. Je me sens enfin *accomplie*. Je pourrais te montrer des photos.

— J'ai des maux de tête… avec le téléphone…

Dan voulait des enfants. Nora ne le savait pas. Elle était pétrifiée à l'idée de la maternité. La peur d'une dépression plus profonde. Elle n'était pas capable de prendre soin d'elle-même, alors de quelqu'un d'autre…

— Tu es toujours à Bedford, alors ?

— Mm-mm.

— Je pensais que tu serais du genre à partir.

— Je suis revenue. Ma mère était malade.

— Ah, désolée d'apprendre ça. J'espère qu'elle va mieux, maintenant ?

— Il faut que j'y aille.

— Mais il pleut encore.

Nora s'enfuit de la boutique. Elle aurait voulu qu'il n'y ait que des portes devant elle, des portes qu'elle aurait traversées l'une après l'autre, laissant tout derrière.

Comment être un trou noir

Nora était en chute libre et n'avait personne à qui parler.

Son dernier espoir était sa meilleure amie, Izzy, qui était à vingt mille kilomètres de là, en Australie. Mais les liens s'étaient distendus entre elles aussi.

Elle prit son téléphone et lui envoya un message.

Salut Izzy. Ça fait longtemps qu'on ne s'est pas parlé. Tu me manques, mon amie. Ce serait SUPER de reprendre le fil. Bisous

Elle rajouta un émoji « cœur » et cliqua sur « envoi ».

Moins d'une minute plus tard, Izzy avait vu le message. Nora attendit en vain l'apparition des trois points.

Elle passa devant le cinéma, où un nouveau film de Ryan Bailey passait ce soir-là. Une histoire de cow-boy gnangnan plus ou moins comique intitulée *Le Saloon de la dernière chance.*

Ryan Bailey donnait toujours l'impression de savoir *des choses profondes et chargées de sens.* Nora était amoureuse de lui depuis qu'elle l'avait vu incarner un Platon ténébreux dans *Les Athéniens,* à la télé. Et puis il avait dit lors d'une interview qu'il avait fait des études de philo, et elle s'était imaginée plongée avec lui dans de profondes conversations sur Henry David Thoreau parmi des écharpes de vapeur, dans son jacuzzi de Hollywood Ouest.

« Allez avec confiance dans la direction de vos rêves, disait Thoreau. Vivez la vie que vous avez imaginée. »

Thoreau était son philosophe préféré pendant ses études. Mais qui va sérieusement avec confiance dans la direction de ses rêves ? À part Thoreau, hein ? Il était allé vivre dans les bois, coupé du monde extérieur, pour écrire en fendant du bois et en pêchant. Enfin, la vie était probablement plus simple, deux cents ans plus tôt, à Concord, dans le Massachusetts, que la vie moderne à Bedford, dans le Bedfordshire.

D'un autre côté, comment savoir ?

Peut-être que c'était elle qui était juste nulle. Pas faite pour cette vie.

Des heures entières passèrent. Elle aurait voulu avoir un projet, quelque chose qui lui aurait donné une raison d'exister. Mais elle n'avait rien. Même pas l'objectif d'aller chercher les médicaments de M. Banerjee, comme elle avait fait l'avant-veille. Elle essaya de donner un peu d'argent à un clochard, et se rendit compte qu'elle n'en avait pas.

— Te bile pas, chérie, ça pourrait ne jamais arriver, dit quelqu'un.

Rien n'arrivait jamais, se dit-elle. *C'était même tout le problème.*

Antimatière

Cinq heures avant de décider de mourir, alors qu'elle rentrait chez elle, son téléphone vibra dans sa main.

Peut-être que c'était Izzy. Peut-être que Ravi avait dit à son frère de l'appeler.

Non.

— Hé, salut Doreen.

Une voix irritée.

— Où étiez-vous passée ?

Elle avait complètement oublié. *Quelle heure était-il ?*

— J'ai vraiment eu une sale journée. Je suis désolée…

— On vous a attendue devant chez vous pendant une heure.

— Je peux encore donner sa leçon à Leo quand je rentrerai. Je serai chez moi dans cinq minutes.

— Trop tard. Maintenant il est avec son père pour trois jours.

— Oh, je suis désolée. Vraiment désolée.

Elle était une cataracte d'excuses. Elle s'y noyait elle-même.

— Pour être franche, Nora, il pense arrêter.

— Il est tellement doué pourtant !

— Ça lui plaisait vraiment. Mais il fait trop de choses. Les examens, les copains, le foot. Il faut bien faire des choix.

— Il a vraiment du talent. Bon sang, je lui ai fait jouer du Chopin. S'il vous plaît...

Un profond, profond soupir.

— Au revoir, Nora.

Nora eut l'impression que le sol s'ouvrait sous ses pieds, la projetait dans les profondeurs de la lithosphère, à travers le manteau terrestre, et elle ne s'arrêtait que dans le noyau central, compressée en une boule de métal dépourvue de sensibilité.

Quatre heures avant de décider de mourir, Nora croisa son vieux voisin, M. Banerjee, quatre-vingt-quatre ans. C'était un être fragile, mais il avait quelque peu retrouvé sa mobilité depuis qu'il s'était fait opérer de la hanche.

— C'est terrible, dehors, pas vrai ?

— Oui, marmonna Nora.

Il jeta un coup d'œil à son massif de fleurs.

— Quand même, les iris sont sortis.

Elle regarda les touffes de fleurs violettes et s'obligea à sourire tout en s'interrogeant sur le pouvoir de consolation qu'elles pouvaient bien receler.

Il avait de vieux yeux las, derrière ses lunettes. Il était devant sa porte en train de chercher ses clés. Une bouteille de lait dans un cabas qui paraissait trop lourd pour lui. C'était rare, de le voir sortir de chez lui. Une maison où elle était entrée au cours du premier mois de son emménagement, pour l'aider à monter un site d'épicerie en ligne.

— Oh, disait-il à présent. J'ai une bonne nouvelle. Je n'ai plus besoin que vous alliez me chercher mes médicaments. L'employé de la pharmacie vient de s'installer dans le quartier et il a dit qu'il me les déposerait.

Nora essaya de répondre, mais elle n'arrivait pas à faire sortir les mots. Alors, à la place, elle opina du chef.

Il réussit à ouvrir la porte, puis la referma, s'étant retiré dans le sanctuaire dédié à sa chère défunte épouse.

Et voilà. Personne n'avait plus besoin d'elle. Elle était devenue superflue pour l'univers entier.

Chez elle, le silence était plus assourdissant qu'un bruit. L'odeur de la pâtée pour chat. L'écuelle de Voltaire, pas encore rangée, dont il avait laissé la moitié.

Elle se remplit un verre d'eau, avala deux antidépresseurs et regarda le reste des cachets en réfléchissant.

Trois heures avant de décider de mourir, son être tout entier était malade de regrets, comme si son désespoir émotionnel était localisé dans sa poitrine et jusque dans ses membres. Comme s'il avait colonisé toutes les parties d'elle-même.

Ça lui rappelait que le monde se portait mieux sans elle. Vous vous approchez d'un trou noir et l'attraction gravitationnelle vous attire dans sa sinistre et noire réalité.

Cette pensée lui faisait l'effet d'une crampe de l'esprit qui refusait de passer, quelque chose de trop inconfortable pour être supportable, et en même temps trop puissant pour être évitable.

Nora parcourut son réseau social. Pas de messages, pas de commentaires, aucun nouvel abonné, pas de demandes d'amis. Elle était de l'antimatière, avec une dose d'apitoiement sur elle-même.

Elle alla sur Instagram et constata que tout le monde avait trouvé le moyen de vivre, sauf elle. Elle publia un post délirant sur Facebook, qu'elle n'utilisait même plus vraiment.

Deux heures avant de décider de mourir, elle déboucha une bouteille de vin.

Ses vieux bouquins de philo la regardaient du haut de leur étagère, fantômes de l'époque où elle allait à la fac, quand la vie était encore pleine de possibilités. Un yucca et trois petits cactus rabougris en pot. Elle songea qu'être une forme de vie non douée de sensibilité, plantée dans un pot toute la journée, devait être quand même plus facile.

Elle s'assit devant son petit piano électrique, mais ne joua rien. Elle se revit à côté de Leo, en train de lui apprendre le *Prélude en mi mineur* de Chopin. Et voilà comment le temps pouvait changer un moment de bonheur en souffrance.

Les musiciens avaient une vieille rengaine : il n'y a pas de fausses notes sur un piano. Mais sa vie était une cacophonie sans queue ni tête. Un morceau qui aurait pu partir dans des directions merveilleuses et qui n'allait plus nulle part maintenant.

Un moment passa. Elle regardait dans le vide.

Après le vin, elle fut frappée d'évidence. C'était d'une clarté absolue. Elle n'était pas faite pour cette vie.

Chacune de ses actions avait été une erreur, chacune de ses décisions un désastre. Et tous les jours elle avait battu en retraite devant celle qu'elle croyait être.

Nageuse. Musicienne. Philosophe. Épouse. Voyageuse. Glaciologue. Heureuse. Aimée.

Rien du tout.

Elle n'avait même pas réussi à être « propriétaire de chat ». Ni « prof de piano une heure par semaine. » Ni « humaine capable de faire la conversation ».

Les cachets ne marchaient pas.

Elle finit le vin. Jusqu'à la dernière goutte.

— Vous me manquez, dit-elle dans le vide, comme si les esprits de toutes les personnes qu'elle avait aimées étaient dans la pièce avec elle.

Elle appela son frère, mais il ne répondit pas, alors elle lui laissa un message.

— Je t'aime, Joe. Je voulais juste que tu le saches. Tu n'aurais rien pu faire. C'est de moi seule qu'il s'agit. Merci d'avoir été mon frère. Je t'aime. Salut.

Il se remit à pleuvoir, alors elle resta là, sans bouger, les volets ouverts, à regarder la pluie ruisseler sur la vitre.

Il était onze heures vingt-deux.

Elle ne savait qu'une seule chose avec une certitude absolue : elle ne voulait pas arriver à demain. Elle se leva. Retourna vers le tiroir aux médicaments. Mais, avant, elle prit un stylo et une feuille de papier.

Elle décida que c'était un très bon moment pour mourir.

Cher N'importe qui,
J'ai eu toutes les occasions de faire quelque chose de ma vie, et je les ai toutes foutues en l'air. Par mon je-m'en-foutisme et par manque de chance, le monde s'est retiré devant moi, et maintenant il est parfaitement sensé que je me retire du monde.
S'il me semblait que je pourrais rester, je le ferais. Mais je ne le pense pas. Alors je ne peux pas. Je ne fais que gâcher la vie des autres.
Je n'ai rien à donner. Désolée.
Soyez gentils les uns envers les autres.
Salut,
Nora.

00 h 00 mn 00 s

Au départ, le brouillard était tellement épais qu'elle n'y voyait rien, et puis, peu à peu, des colonnes apparurent de part et d'autre d'elle. Elle se trouvait sur un chemin, une espèce de colonnade. Les colonnes étaient couleur matière grise, criblées de points bleus brillants. Les vapeurs brumeuses se dissipèrent comme des esprits qui n'auraient pas voulu qu'on les repère, et une forme émergea.

Une forme rectangulaire, massive.

C'était un bâtiment. De la taille d'une église ou d'un petit supermarché. Une grande porte centrale, en bois, occupait le milieu de la façade de pierre, du même gris cervelle que les colonnes. Le toit avait des ambitions de grandeur, avec tout un tas de détails compliqués, et sur le pignon de devant, une pendule assez grandiose aux chiffres romains peints en noir. Les aiguilles indiquaient minuit. De grands vitraux en arcades, sombres, encadrés de briques, étaient également disposés sur la façade. La première fois, il lui sembla qu'il n'y en avait que quatre, mais, un instant plus tard, elle en compta finalement cinq. Elle pensa qu'elle s'était trompée.

Comme il n'y avait rien d'autre autour, aucun autre endroit où aller, Nora s'approcha avec circonspection.

Elle regarda sa montre digitale.

00 h 00 mn 00 s.

Minuit. C'est ce que disait aussi l'horloge.

Elle attendit le passage à la seconde suivante, qui n'arriva jamais. Même pendant le temps qu'elle mit à atteindre le bâtiment, à pousser le panneau de bois et à entrer, l'affichage ne changea pas. Soit quelque chose clochait avec sa montre, soit c'était le temps qui était détraqué. Compte tenu des circonstances, ça pouvait être aussi bien l'un que l'autre.

Que se passe-t-il ? se demanda-t-elle. *Bon sang, qu'est-ce qui se passe ?*

Peut-être trouverait-elle des réponses dans cet endroit, songea-t-elle en s'avançant. À l'intérieur, il faisait bien clair, et le sol était de pierre – d'une couleur qui évoquait le vieux papier, entre coquille d'œuf et beige poil de chameau –, mais elle ne retrouvait pas dedans les vitraux qu'elle avait vus du dehors. En réalité, elle avait à peine fait quelques pas que les murs n'étaient même plus visibles. À la place se dressaient des étagères à livres. Des allées et des allées d'étagères pleines de livres qui montaient jusqu'au plafond, en partant du large corridor ouvert dans lequel elle s'avançait. Elle tourna dans l'une des allées latérales, s'arrêta et regarda, stupéfaite, la quantité de livres apparemment infinie.

Il y en avait partout, sur des étagères si minces qu'elles étaient presque invisibles. Que des livres verts.

De tous les tons de vert. Certains d'un vert boueux, marécageux, d'autres d'un vert chartreux, vif, clair, d'autres encore d'un vert émeraude éclatant, ou de la teinte verdoyante des pelouses d'été.

À propos de pelouses d'été : les livres avaient l'air anciens, pourtant l'endroit sentait le frais. Comme en plein air. Il y régnait une forte odeur d'herbe, pas celle, poussiéreuse, des vieux volumes.

Les étagères paraissaient vraiment s'étendre jusqu'à l'infini, elles se poursuivaient tout droit et interminablement vers un horizon éloigné, comme les lignes d'une étude de perspective, uniquement interrompues, de temps à autre, par un corridor.

Elle en prit un au hasard et le suivit un moment. À l'intersection suivante, elle tourna à gauche et s'arrêta, un peu perdue. Elle chercha une issue, mais il n'y avait pas d'indication « sortie ». Elle tenta de revenir sur ses pas, de retourner vers l'entrée, et s'aperçut que c'était impossible.

Elle finit par conclure qu'elle ne retrouverait jamais la sortie.

— Ce n'est pas normal, se dit-elle, espérant puiser du réconfort dans le son de sa propre voix. C'est rigoureusement anormal.

Nora se rapprocha pour voir les livres de plus près.

Il n'y avait pas de titre ou de nom d'auteur sur le dos. En dehors de la différence de couleur, la seule chose qui les distinguait était leur volume. Les livres étaient tous de la même hauteur, mais pas de la même épaisseur. Certains faisaient cinq centimètres d'épaisseur, d'autres étaient beaucoup plus minces. Elle en repéra un ou deux qui étaient à peine plus gros que des catalogues.

Elle tendit la main pour prendre l'un des ouvrages. Elle choisit un livre moyen, d'un vert olive quelque peu passé. Il avait l'air un peu poussiéreux et usé.

Elle s'apprêtait à le saisir quand elle entendit une voix dans son dos. Elle recula d'un bond.

— Attention, dit la voix.

Et Nora se retourna pour voir qui était là.

La bibliothécaire

— S'il te plaît. Fais attention.

C'était une femme, qui semblait sortie de nulle part. Bien habillée. Elle portait un pull à col roulé vert pomme, et Nora lui aurait donné une soixantaine d'années.

— Qui êtes-vous ?

Mais elle n'avait pas fini d'articuler sa question qu'elle se rendit compte qu'elle connaissait la réponse.

— Je suis la bibliothécaire, répondit modestement la femme. Voilà qui je suis.

Elle avait l'air à la fois gentille et d'une sagesse austère. Elle avait toujours les mêmes cheveux gris, très courts, et son visage était tel qu'il avait toujours été dans les souvenirs de Nora.

Parce que là, juste devant elle, se trouvait la bibliothécaire de son ancienne école.

— Madame Elm.

Mme Elm eut un mince sourire.

— Peut-être.

Nora se rappela ces après-midi de pluie, passé à jouer aux échecs.

Elle se remémora le jour de la mort de son père, quand Mme Elm lui avait annoncé la nouvelle, aussi gentiment que possible, dans la bibliothèque. Son père était mort subitement d'une crise cardiaque sur le terrain de rugby de la pension pour garçons où il enseignait. Elle était restée assommée pendant près d'une demi-heure, à regarder sans le voir l'échiquier et la partie inachevée. La réalité était simplement trop énorme pour qu'elle l'absorbe, au début, et puis elle l'avait atteinte durement, latéralement, la projetant hors de la trajectoire qu'elle avait toujours suivie. Elle s'était blottie dans les bras de Mme Elm et avait pleuré sur le col de son pull, à en avoir la figure à vif à cause du mélange de larmes et de laine acrylique.

C'était le même pull à col roulé qu'elle portait en ce moment.

Mme Elm l'avait serrée contre elle, caressant et lissant ses cheveux sur la nuque, comme un bébé, sans lui offrir les platitudes ou les faux réconforts de routine, rien que de la compassion. Elle se rappelait la voix de Mme Elm qui lui avait dit, à l'époque : « Ça va aller, Nora. Tout ira bien. »

Plus d'une heure avait passé avant que sa mère vienne la chercher, son frère défoncé, engourdi, sur le siège arrière. Nora s'était assise devant, à côté de sa mère muette, tremblante, lui disant qu'elle l'aimait et n'entendant rien en retour.

— C'est quoi, cet endroit ? Où suis-je ?

Mme Elm eut un sourire très formel.

— Une bibliothèque, évidemment.

— Ce n'est pas la bibliothèque de l'école. Et il n'y a pas de sortie. Je suis morte ? C'est la vie après la mort ?

— Pas exactement, répondit Mme Elm.

— Je ne comprends pas.

— Alors je vais t'expliquer.

Les yeux de Mme Elm s'animèrent, scintillant comme des étangs au clair de lune.

— Entre la vie et la mort, dit-elle, il y a une bibliothèque. Une bibliothèque aux étagères sans fin. Où chaque livre offre une chance d'essayer une autre vie que tu aurais pu vivre. Une occasion de voir comment cela se serait passé si tu avais fait d'autres choix... Aurais-tu fait autre chose, si tu avais la possibilité d'effacer tes regrets ?

— Alors, je suis morte ? demanda Nora.

Mme Elm secoua la tête.

— Non. Écoute-moi bien. J'ai dit *entre* la vie et la mort, répéta-t-elle avec un geste vague en direction de l'allée, vers le lointain. La mort est dehors.

— Eh bien, il faut que j'y aille. Parce que je veux mourir.

Nora fit quelques pas.

Mais Mme Elm secoua la tête.

— Ce n'est pas comme ça que ça marche, la mort.

— Comment ça ?

— On ne va pas vers la mort. C'est la mort qui vient à nous.

Et donc, apparemment, Nora n'avait même pas été fichue de mourir.

C'était un sentiment familier. L'impression d'être incapable d'arriver au bout d'à peu près n'importe quoi. Elle était un puzzle humain inachevé. Une vie inachevée et une mort inachevée.

— Alors, pourquoi est-ce que je ne suis pas morte ? Pourquoi la mort n'est-elle pas venue à moi ? Je l'avais bien invitée. Je voulais mourir. Et je suis là, et j'existe encore. Je suis encore consciente des choses.

— Eh bien, si ça peut te consoler, il est très probable que tu sois sur le point de mourir. Les gens qui passent par la bibliothèque n'y restent généralement pas longtemps, de toute façon.

Quand elle y réfléchissait – et elle y réfléchissait de plus en plus –, elle n'avait réussi à penser à elle qu'en termes de ce qu'elle n'était pas. De ce qu'elle n'avait pas réussi à devenir. Et à vrai dire, il y avait tout un tas de choses qu'elle n'était pas devenue. C'étaient des regrets qu'elle se répétait en boucle. *Je ne suis pas devenue championne olympique de natation. Je ne suis pas devenue glaciologue. Je ne suis pas devenue la femme de Dan. Je ne suis pas devenue mère. Je ne suis pas devenue la chanteuse des Labyrinthes. Je n'ai pas réussi à devenir une véritable bonne personne ni à être vraiment heureuse. Je n'ai pas réussi à m'occuper de Voltaire.* Et maintenant, à la toute fin, elle n'avait même pas réussi à devenir *morte.* C'était pitoyable, vraiment, la quantité de possibles qu'elle avait gâchés.

— Tant que la Bibliothèque de Minuit durera, Nora, tu seras préservée de la mort. Maintenant, il faut que tu décides comment tu veux vivre.

Les étagères mouvantes

Les étagères, de part et d'autre de Nora, commencèrent à se déplacer. Elles ne changeaient pas d'orientation, elles se contentaient de glisser horizontalement. À moins que ce ne soient pas les étagères qui se mouvaient, mais les livres, sans qu'on sache pourquoi, ou même *comment*. Aucun mécanisme visible n'expliquait cela, on n'entendait rien, on ne voyait pas non plus les livres tomber tout au bout – ou, plutôt, au *début* des rayonnages. Les livres défilaient plus ou moins lentement en fonction de l'étagère sur laquelle ils se trouvaient, mais aucun ne bougeait rapidement.

— Que se passe-t-il ?

L'expression de Mme Elm se ferma, elle se redressa et abaissa un peu le menton sur son cou. Elle fit un pas en avant vers Nora et croisa les mains.

— Il est temps, ma chère, de commencer.

— Si vous me permettez de vous poser la question, de commencer *quoi ?*

— Toute vie se compose de millions et de millions de décisions. Certaines grandes, d'autres petites. Mais chaque fois qu'une décision est prise au détriment d'une autre, les issues diffèrent. Une variation irréversible se produit, qui entraîne d'autres variations. Ces livres sont des portails vers toutes les vies que tu pourrais vivre.

— Pardon ?

— Tu as autant de vies que de possibilités. Il y a des vies où tu fais des choix différents. Et ces choix mènent à des issues différentes. Si tu avais fait ne serait-ce qu'une seule chose autrement, tu aurais vécu un autre chemin de vie. Et toutes ces vies existent dans la Bibliothèque de Minuit. Elles sont toutes aussi réelles que cette vie.

— Des vies parallèles ?

— Pas toujours parallèles. Certaines sont plutôt... *perpendiculaires.* Alors, veux-tu vivre une vie que tu pourrais vivre ? Y a-t-il quelque chose que tu voudrais faire d'une autre manière... ? Une chose que tu aimerais changer ? Quelque chose que tu as raté ?

Ça, c'était facile.

— Oui. Absolument tout.

La réponse parut chatouiller le nez de la bibliothécaire.

Mme Elm récupéra rapidement le mouchoir en papier qu'elle avait fourré dans la manche de son pull à col roulé. Elle le porta rapidement à son visage et éternua dedans.

— À vos souhaits, dit Nora en regardant le mouchoir en papier disparaître des mains de la bibliothécaire à la seconde où elle n'en avait plus eu besoin, grâce à une magie bizarre et hygiénique.

— Ne t'en fais pas. Les mouchoirs en papier sont comme les vies. Il y en a toujours d'autres, dit

Mme Elm, et puis elle reprit le fil de ses idées : Faire une chose différemment revient souvent à *tout* faire autrement. On ne peut revenir sur une action au cours d'une ligne temporelle. Tu en es sortie. C'est ton occasion, Nora, de voir comment les choses pourraient être.

Ça ne peut pas être vrai, se dit Nora.

Mais Mme Elm semblait savoir ce qui se jouait dans sa tête.

— Oh si, c'est réel, Nora Seed. Mais ce n'est pas tout à fait la réalité telle que tu la perçois. Faute de meilleur mot, c'est *entre les deux.* Ce n'est pas la vie. Ce n'est pas la mort. Ce n'est pas le monde réel au sens conventionnel du terme. Mais ce n'est pas non plus un rêve. Ce n'est ni l'un ni l'autre. En bref, c'est la Bibliothèque de Minuit.

Les étagères qui se déplaçaient lentement s'immobilisèrent. Nora remarqua sur l'un des rayons, sur sa droite, à hauteur d'épaule, un grand vide. Dans toutes les autres étagères, autour d'elle, les livres étaient étroitement rangés côte à côte, mais, là, il n'y avait qu'un livre, posé à plat sur la mince étagère blanche.

Et ce livre n'était pas vert, comme les autres. Il était gris. Du même gris que la pierre de façade du bâtiment quand il lui était apparu dans le brouillard.

Mme Elm prit le livre sur l'étagère et le tendit à Nora avec un petit air de fierté anticipée, comme si elle lui faisait un cadeau de Noël.

Il était beaucoup plus lourd qu'il n'en avait l'air. Nora s'apprêtait à l'ouvrir…

Mme Elm secoua la tête.

— Tu dois toujours attendre que je te dise de le faire.

— Pourquoi ?

— Chacun des livres qui se trouvent là, chacun des livres de cette bibliothèque tout entière – sauf un – est une version de ta vie. Cette bibliothèque est la tienne. Elle est là pour toi. Tu vois, la vie de n'importe quel individu pourrait s'achever d'une infinité de façons. Ces bouquins, sur les étagères, sont ta vie, ils partent tous du même point dans le temps. De ce moment précis. Minuit. Mardi 28 avril. Mais ces minuits possibles ne sont pas identiques.

— C'est dingue. *Sauf un* ? Celui-ci ? fit Nora en inclinant le livre gris pierre vers Mme Elm.

Celle-ci haussa le sourcil.

— Oui, celui-ci. Tu l'as rédigé sans avoir besoin d'en écrire un seul mot.

— Comment cela ?

— Ce livre est la source de tous tes problèmes, et la réponse à ces problèmes, aussi.

— Mais qu'est-ce que c'est ?

— Ma chère, c'est *Le Livre des regrets*.

Le Livre des regrets

Nora le regarda. Elle les voyait, à présent. Les petits caractères gravés sur la couverture.

Le Livre des regrets

— Tous les regrets que tu as eus depuis le jour de ta naissance sont inscrits ici, dit Mme Elm en tapotant la couverture avec son doigt. Je te donne maintenant la permission de l'ouvrir.

Le livre était tellement lourd que Nora s'assit en tailleur sur le sol en pierre pour l'ouvrir. Elle commença à le parcourir.

Le livre était divisé en chapitres, organisés chronologiquement, année par année de sa vie. 0, 1, 2, 3, et ainsi de suite jusqu'à 35. Les chapitres étaient de plus en plus longs au fur et à mesure qu'elle avançait dans le temps. Mais les regrets qu'elle accumulait n'étaient pas spécifiquement liés à l'année concernée.

— Les remords ignorent la chronologie. Ils planent autour de nous. La séquence de ces listes change tout le temps.

— Oui, bon. Enfin, j'imagine que ça a un sens.

Elle se rendit vite compte que les regrets allaient du banal et quotidien (« Je regrette de ne pas avoir fait d'exercice aujourd'hui ») au plus fondamental (« Je regrette de ne pas avoir dit à mon père que je l'aimais avant sa mort »).

Il y avait des regrets continus, d'autres de fond, qui se répétaient sur de nombreuses pages : « Je regrette de ne pas être restée avec les Labyrinthes, parce que j'ai laissé tomber mon frère », « Je regrette de ne pas faire plus pour l'environnement », « Je regrette de passer autant de temps sur les réseaux sociaux », « Je regrette de ne pas être partie pour l'Australie avec Izzy », « Je regrette de ne pas m'être amusée davantage quand j'étais plus jeune », « Je regrette de m'être autant disputée avec papa », « Je regrette de ne pas m'occuper d'animaux », « Je regrette d'avoir choisi philo et pas géologie à la fac », « Je regrette de ne pas avoir appris à être plus douée pour le bonheur », « Je regrette de me sentir toujours coupable », « Je regrette d'avoir laissé tomber l'espagnol », « Je regrette de ne pas avoir choisi d'options scientifiques au bac », « Je regrette de ne pas être devenue glaciologue », « Je regrette de ne pas m'être mariée », « Je regrette de ne pas avoir fait une maîtrise de philo à Cambridge », « Je regrette de ne pas avoir fait davantage attention à ma santé », « Je regrette d'être allée m'installer à Londres », « Je regrette de ne pas être allée à Paris enseigner l'anglais », « Je regrette de ne pas avoir terminé le roman que j'avais commencé à la fac », « Je regrette d'avoir quitté Londres », « Je regrette d'avoir pris un boulot sans perspectives d'avenir »,

« Je regrette de ne pas être une meilleure sœur », « Je regrette de ne pas avoir pris une année sabbatique après la fac », « Je regrette d'avoir déçu mon père », « Je regrette de donner plus de leçons de piano que je ne joue pour moi », « Je regrette d'avoir mal géré mes finances », « Je regrette de ne pas habiter à la campagne ».

Il y en avait des plus légers que d'autres. Un regret, d'abord presque invisible, était devenu fort et répétitif, c'était comme s'il clignotait, là, sous son regard. Et c'était celui de « ne pas avoir encore eu d'enfants ».

— C'est un regret qui s'en va et qui revient, expliqua Mme Elm, comme si elle lisait dans ses pensées. Il y en a quelques-uns comme ça.

À partir de l'âge de trente-quatre ans, dans le dernier et plus long chapitre du livre, il y avait beaucoup de remords liés à Dan. Ils étaient notés en majuscules et en gras, et ils retentissaient dans sa tête comme les accords fortissimo d'un concerto de Haydn.

« Je regrette d'avoir été cruelle avec Dan », « Je regrette d'avoir rompu avec Dan », « Je regrette de ne pas vivre dans un pub à la campagne avec Dan ».

Tout en feuilletant les pages, elle repensa à l'homme qu'elle avait bien failli épouser.

Surcharge de regrets

Elle avait rencontré Dan alors qu'elle habitait avec Izzy à Tooting. Un large sourire, une petite barbe courte. Un physique de vétérinaire de télé. Il buvait un peu, mais paraissait immunisé contre la gueule de bois.

Il avait fait des études d'histoire de l'art et avait réussi à exploiter formidablement ses connaissances approfondies de Rubens et du Tintoret en devenant responsable des relations publiques d'une marque de crêpes protéinées. Mais il avait un rêve. Ce rêve était de tenir un pub à la campagne. Et il voulait le partager avec elle. Nora.

Elle s'était laissé embarquer par son enthousiasme. S'était fiancée. Et rendu compte, tout à coup, qu'elle n'avait pas envie de l'épouser.

Au fond, elle avait peur de devenir comme sa mère. Elle ne voulait pas reproduire le couple de ses parents.

En regardant encore sans le voir le *Livre des regrets*, elle se demanda si son père et sa mère avaient jamais été amoureux, ou s'ils s'étaient mariés parce que, le mariage, c'était ce qu'on faisait au moment approprié, avec la première personne qui nous tombait sous la main. Un jeu où on attrapait celui ou celle à sa portée quand la musique s'arrêtait.

Elle n'avait jamais eu envie de jouer à ce jeu-là.

Bertrand Russell avait écrit qu'« avoir peur de l'amour, c'est avoir peur de la vie, et avoir peur de la vie, c'est être déjà à moitié mort ». C'était peut-être son problème. Peut-être qu'elle avait juste peur de la vie. D'un autre côté, Bertrand Russell avait connu plus de mariages et d'histoires d'amour que de dîners en ville, alors il était sûrement mal placé pour donner des conseils.

Quand sa mère était morte, trois mois avant le mariage, la douleur de Nora était immense. Elle avait proposé de repousser la date, mais ça ne s'était pas fait, et son chagrin avait fusionné avec la dépression et l'angoisse, et le sentiment qu'elle avait perdu le contrôle sur sa propre vie. Le mariage semblait être un symptôme de ce sentiment chaotique, au point qu'elle avait l'impression d'être attachée à des rails de chemin de fer, et que le seul moyen de briser ses liens et de se libérer était de renoncer à se marier. Alors qu'en réalité rester à Bedford et être célibataire, laisser tomber Izzy et leur projet d'Australie, commencer à travailler à La Théorie des Cordes et prendre un chat, tout cela ressemblait au contraire de la liberté.

— Oh non, dit Mme Elm, interrompant le fil des pensées de Nora, c'en est trop pour toi.

Et Nora se retrouva soudain en proie à tous ces remords, à la douleur d'avoir laissé tomber tout le monde et de s'être abandonnée elle-même, à la souffrance à laquelle elle avait essayé d'échapper il y avait moins d'une heure. Les regrets commencèrent à s'accumuler. En réalité, l'épreuve de regarder les pages du livre ouvert était plus intense que lorsqu'elle errait dans Bedford. La puissance de ces regrets émanant simultanément du bouquin devenait une torture. Le poids de la culpabilité, des remords et du chagrin était trop lourd. Elle s'appuya en arrière sur les coudes, lâcha le lourd volume et ferma étroitement les paupières. C'est à peine si elle arrivait à respirer, comme si des mains invisibles se refermaient sur son cou.

— Arrêtez-moi ça !

— Referme-le, maintenant, lui ordonna Mme Elm. Referme le livre. Pas que les yeux. *Referme-le.* Et c'est à toi de le faire.

Et donc, Nora, qui se sentait sur le point de s'évanouir, se redressa et posa la main sous la couverture du livre. Il paraissait encore plus lourd à présent, mais elle réussit à le refermer et laissa échapper un soupir de soulagement.

Toute vie commence maintenant

— Alors ?

Les bras croisés, Mme Elm ressemblait comme deux gouttes d'eau à celle que Nora avait toujours connue, mais son attitude était définitivement un peu plus brusque. C'était Mme Elm, et en même temps pas tout à fait elle. C'était assez troublant.

— Alors quoi ? demanda Nora, encore haletante du soulagement de ne plus éprouver l'intensité de tous ses regrets à la fois.

— Quel est le regret qui surpasse tous les autres ? Sur quelle décision voudrais-tu revenir ? Quelle vie voudrais-tu essayer ?

C'est exactement ce qu'elle dit : *Essayer.* Comme si elles étaient dans une boutique de vêtements et que Nora pouvait choisir une vie aussi facilement qu'on passe un tee-shirt. Un jeu bien cruel.

— C'était un supplice. J'ai eu l'impression qu'on allait m'étrangler. À quoi bon tout ça ?

Nora releva les yeux et remarqua l'éclairage pour la première fois. Ce n'était que des ampoules nues pendues à des câbles fixés au plafond, un plafond apparemment normal, gris clair. Sauf qu'il n'était pas limité par des murs. Comme le sol de cet endroit, il était sans fin.

— Le problème, c'est qu'il est fort possible que tu sois arrivée au bout de ton ancienne vie. Tu voulais mourir, et c'est peut-être ce qui va arriver. Et tu auras besoin d'un endroit où aller. Un endroit où te poser. Une autre vie. Alors il faut que tu réfléchisses. Cette bibliothèque s'appelle la Bibliothèque de Minuit, parce que toutes les nouvelles vies disponibles à cet endroit commencent tout de suite. Or il est minuit. Ça commence maintenant. Tous ces avenirs. Voilà ce qu'il y a ici. C'est ce que tes livres représentent. Tous les autres présents immédiats et tous les avenirs que tu aurais pu vivre.

— Alors il n'y a pas de passés ici ?

— Non. Juste leurs conséquences. Cela dit, ces livres sont aussi écrits. Et je les connais tous. Mais il ne t'appartient pas de les lire.

— Et quand s'achève chacune des vies ?

— Ça pourrait être une question de secondes. Ou d'heures. De jours. De mois. Davantage. Si tu trouves une vie que tu veux vraiment, alors tu la vivras jusqu'à ce que tu meures de vieillesse. Si tu veux vraiment, fortement, vivre une vie, pas de problème, tu y resteras comme si tu l'avais toujours vécue. Parce qu'il y a un univers où tu as toujours été. Le livre ne sera jamais restitué, si l'on peut dire. Ce ne sera plus un prêt, mais un don. À l'instant où tu décideras que tu veux cette existence-là, que tu veux réellement la vivre, tout ce que tu as dans la tête en ce moment, y compris cette Bibliothèque de Minuit, se réduira finalement à un rêve. Un souvenir si vague et intangible que c'est à peine si tu t'en souviendras encore.

L'une des lampes vacilla un peu au-dessus de leur tête.

— Le seul danger, poursuivit Mme Elm sur un ton plus inquiétant, c'est quand tu es là. *Entre les vies.* Si tu perds la volonté de continuer, ça affectera ta vie racine – ta vie d'origine. Et cela pourrait mener à la destruction de cet endroit. Tu disparaîtrais pour toujours. Tu serais morte. Et ce serait la fin de ton accès à tout cela.

— C'est ce que je veux. Je veux être morte. Je serais morte parce que je veux l'être. C'est pour ça que j'ai fait cette overdose. Je veux mourir.

— Eh bien, peut-être. Ou peut-être que non. Après tout. Tu es encore là.

Nora essayait de mettre de l'ordre dans ses idées.

— Bon, mais comment est-ce que je retourne dans la bibliothèque ? Si je suis coincée dans une vie encore pire que celle que je viens de quitter ?

— Il se peut que ce soit subtil, mais, dès que la déception sera pleinement ressentie, tu reviendras ici. Parfois, le sentiment est insidieux, d'autre fois, il survient brusquement. Si ça ne se produit pas, tu n'en bougeras pas, et tu y resteras heureuse, par définition. Ça ne pourrait pas être plus simple. Alors : choisis une chose que tu aurais faite différemment, et je te trouverai le livre. C'est-à-dire la vie.

Nora baissa les yeux sur *Le Livre des regrets*, qui gisait refermé sur les dalles brun-jaune du sol.

Elle se souvint d'une conversation avec Dan jusqu'à une heure avancée de la nuit. Il rêvait de posséder un petit pub tout simple à la campagne. Son enthousiasme était contagieux, et c'était presque devenu son rêve à elle aussi.

— Je voudrais ne pas avoir quitté Dan. Je voudrais être encore avec lui. Je regrette que nous ne soyons pas restés ensemble et que nous n'ayons pas fait ce qu'il fallait pour réaliser ce rêve. Y a-t-il une vie où nous sommes encore ensemble ?

— Bien sûr, répondit Mme Elm.

Les livres de la bibliothèque recommencèrent à se déplacer, comme si les étagères étaient un tapis roulant. Mais cette fois, au lieu d'avancer lentement, au rythme d'une marche nuptiale, ils allaient plus vite, ils accélérèrent même, jusqu'à ce qu'on ne puisse plus les distinguer les uns des autres. Ils défilaient telle une espèce de torrent vert.

Et puis, tout aussi brusquement, ils s'arrêtèrent.

Mme Elm s'accroupit et prit un livre sur le rayon du bas, sur sa gauche. Le livre était d'un vert parmi les plus sombres. Elle le tendit à Nora. Il était beaucoup plus léger que *Le Livre des regrets*, mais d'une taille comparable. Encore une fois, il n'y avait pas d'inscription sur le dos, mais un bref titre gravé sur la couverture, d'une couleur identique au reste.

Et ce titre était : *Ma Vie.*

— Mais ce n'est pas ma vie…

— Oh, Nora, toutes ces vies sont ta vie.

— Qu'est-ce que je dois faire maintenant ?

— Tu ouvres le livre et tu vas à la première page.

Nora obtempéra.

— *D'ac-cord*, prononça Mme Elm avec une précision prudente. Maintenant, lis la première ligne.

Nora baissa les yeux et lut.

Elle sortit du pub dans la fraîcheur de la nuit…

Nora n'eut que le temps de se dire « Le pub ? » que cela se produisit. Le texte commença à tourner et tournoyer, si vite qu'il devint bientôt indéchiffrable, tandis qu'elle se sentait faiblir. Elle ne lâcha pas consciemment le volume, mais à un moment donné elle ne fut plus en train de le lire, puis il n'y eut plus de livre – ni de bibliothèque – du tout.

Les Trois Fers à Cheval

Nora était dehors, en plein air, un air pur et frais. Mais, contrairement à Bedford, il ne pleuvait pas à cet endroit.

— Où suis-je ? se demanda-t-elle dans un murmure.

Une petite rangée de charmantes maisonnettes mitoyennes en pierre bordait l'autre côté de la route, qui s'incurvait légèrement. De vieilles maisons de village bien tranquilles, nichées, toutes lumières éteintes, à la limite d'un village, avant de se perdre dans le calme de la campagne. Un ciel clair, un dais criblé d'étoiles, un mince croissant de lune en son dernier quartier. L'odeur des champs. Le hululement de deux chouettes hulottes dans le lointain. Et le silence, à nouveau. Un silence qui était une présence, une force de l'air.

Bizarre.

Elle était à Bedford. Puis dans cette drôle de bibliothèque. Et maintenant elle était là. Et elle avait à peine bougé.

De son côté de la route, une lumière dorée filtrait par une fenêtre du rez-de-chaussée. Elle releva les yeux et vit une enseigne de pub élégamment peinte, qui grinçait doucement dans le vent. Des fers à cheval superposés sous une inscription en italiques raffinées : *Les Trois Fers à Cheval.*

Devant elle, un tableau noir était dressé sur le trottoir. Elle reconnut son écriture appliquée :

LES TROIS FERS À CHEVAL
Mardi soir — soirée quiz
20 h 30
« Le vrai savoir, c'est de savoir qu'on ne sait rien. »
Socrate (après avoir perdu à notre quiz !!!!)

C'était une vie où elle mettait quatre points d'exclamation d'affilée. Sans doute était-ce ce que faisaient les gens plus heureux, moins coincés.

C'était bon signe.

Elle regarda comment elle était habillée. Une chemise en jean aux manches roulées sur les avant-bras, un jean et des chaussures à semelles compensées. Rien à voir avec sa tenue dans la vie réelle. Elle avait la chair de poule à cause du froid, et il était clair qu'elle n'était pas assez couverte pour rester longtemps dehors.

Elle avait deux bagues à l'annulaire. Un saphir, sa vieille bague de fiançailles – celle qu'elle avait enlevée, avec moult larmes et tremblements, il y a un peu plus d'un an –, voisinait avec un anneau en argent tout simple.

Dingue.

Elle avait une montre au poignet. Pas digitale, dans cette vie. Une montre à aiguilles, élégante, avec des chiffres romains. Il était à peu près minuit une minute.

Comment était-ce possible ?

Ici, elle avait la peau plus douce. Peut-être qu'elle se mettait de la crème pour les mains. Et elle avait du vernis à ongles transparent. Reconnaître son petit grain de beauté familier à la main gauche la réconforta.

Des pas firent crisser le gravier. Quelqu'un approchait dans l'allée. Un homme, discernable à la lumière des vitres du pub et de l'unique lampadaire. Un homme aux joues roses, avec des rouflaquettes grises à la Dickens, et un Barbour. Un pot à bière fait homme. Il avait l'air un peu éméché, à en juger par sa démarche d'une prudence exagérée.

— Bonsoir Nora. Je reviens vendredi. Pour le chanteur folk. Dan dit qu'il est vraiment bon.

Dans cette vie, probablement qu'elle connaissait le nom du gars.

— D'accord. Oui, bien sûr. Vendredi. Ça devrait être une super-soirée.

Au moins, sa voix lui ressemblait encore. Elle vit l'individu traverser la route, en regardant plusieurs fois d'un côté puis de l'autre, malgré l'absence manifeste de circulation, et disparaître entre les petites maisons.

C'était vraiment en train d'arriver. C'était vraiment ça. La vie de pub. Le rêve devenu réalité.

— C'est tellement bizarre, dit-elle à la nuit. Tellement. Vraiment. Bizarre.

Ensuite, un groupe de trois personnes quitta le pub. Deux femmes et un homme. Ils sourirent à Nora en passant devant elle.

— La prochaine fois, on gagnera, dit l'une des femmes.

— Oui, répondit Nora. Il y a toujours une prochaine fois.

Elle se dirigea vers le pub et jeta un coup d'œil par la vitre. L'intérieur semblait vide, mais la lumière était encore allumée. Le groupe devait être le dernier à partir.

L'endroit avait l'air très accueillant. Chaleureux, plein de caractère. Des petites tables, des poutres en bois, une roue de chariot fixée à un mur. Une moquette rouge, épaisse, et un bar en bois avec une batterie impressionnante de pompes à bière.

Elle se détourna et remarqua une pancarte, à côté du pub, à l'endroit où le trottoir laissait place à l'herbe.

Elle s'en approcha rapidement et lut :

LITTLEWORTH Bienvenue aux conducteurs prudents

Et puis elle vit en haut et au milieu de l'enseigne un petit blason autour duquel tournaient les mots « Oxfordshire County Council ».

— On l'a fait, murmura-t-elle dans l'air de la campagne. On l'a bel et bien fait.

C'était le rêve dont Dan lui avait parlé tout au début, alors qu'ils marchaient le long de la Seine, à Paris, en mangeant des macarons achetés sur le boulevard Saint-Michel.

Un rêve non de Paris, mais de l'Angleterre rurale, où ils vivraient ensemble.

Un pub dans la campagne de l'Oxfordshire.

Quand le cancer de la mère de Nora avait récidivé, avec agressivité, atteignant le système lymphatique et colonisant rapidement tout son corps, le rêve avait été mis entre parenthèses, elle était revenue de Londres avec Dan et ils s'étaient réinstallés à Bedford. Sa mère, au courant de leurs fiançailles, avait prévu de rester en vie jusqu'à leur mariage. Elle était morte quatre mois trop tôt.

Peut-être que c'était ça. Peut-être que c'était ça, la vie. Peut-être que c'était avoir de la chance du premier coup, ou de devoir attendre la deuxième fois.

Elle s'autorisa un sourire prudent.

Elle reprit l'allée en sens inverse, sur le gravier qui crissait sous ses pas, et se dirigea vers la porte latérale par où l'homme aux rouflaquettes, le pochard au Barbour, était sorti. Elle inspira profondément et entra.

Il faisait chaud.

On n'entendait pas un bruit.

Elle était dans une espèce de couloir, ou de corridor. Au sol, des carreaux de terre cuite. Des murs lambrissés de bois en partie basse, et au-dessus un papier peint représentant des gravures de feuilles de sycomore.

Elle suivit le petit couloir et entra dans la pièce principale du pub, qu'elle avait vue en jetant un coup d'œil par la vitre. Un chat apparu de nulle part la fit sursauter.

Un siamois chocolat, d'une élégance angulaire, qui ronronnait. Elle se pencha pour le caresser et regarda le nom inscrit sur la médaille ronde accrochée au collier : « Voltaire ».

Un autre chat, portant le même nom. Contrairement à son chat de gouttière roux adoré, elle doutait que ce Voltaire soit un rescapé.

— Salut, Volts numéro deux. Tu as l'air heureux, ici. Est-ce qu'on est tous aussi heureux que toi ?

Le chat émit un ronronnement qui pouvait être une affirmation et frotta sa tête contre la jambe de Nora. Elle le souleva et s'approcha du bar. Les pompes distribuaient toute une tapée de bières, des brunes, des blondes, des bières artisanales, du cidre. *Vicar's Favourite. Lost and Found. Miss Marple. Sleeping Lemons. Broken Dream.*

Sur le comptoir était posée une boîte à dons pour une association appelée « Butterfly Conservation ».

Elle entendit un bruit de verres entrechoqués. Comme si on remplissait un lave-vaisselle. Nora sentit une boule d'angoisse se former au creux de sa poitrine. C'était une sensation familière. Puis un homme longiligne, d'une vingtaine d'années, en polo de rugby trop grand de trois tailles, émergea de derrière le bar et, prêtant à peine attention à elle, récupéra les derniers verres sales restant sur le zinc. Il les plaça dans le lave-vaisselle, le mit en route, décrocha son blouson d'une patère, l'enfila et prit des clés de voiture. Il travaillait visiblement là.

— Salut, Nora. J'ai nettoyé les chaises, essuyé toutes les tables, et la vaisselle est lancée.

— Ah, merci.

— Allez, à jeudi !

— Oui, fit Nora qui se faisait l'impression d'être une espionne infiltrée sur le point d'être démasquée. À bientôt.

Un instant plus tard, elle entendit un bruit de pas monter des profondeurs et s'avancer sur les carreaux de terre cuite, depuis le fond du pub. Puis il fut là.

Il avait l'air différent.

La barbe avait disparu, il avait plus de rides autour des yeux, des cernes noirs. Il tenait une pinte de bière brune presque vide. Il ressemblait encore un peu à un vétérinaire de série télévisée, mais qui aurait déjà quelques saisons derrière lui.

— Dan, dit-elle, comme s'il était une chose qui avait besoin d'être identifiée, genre un lapin aperçu sur le côté de la route. Je voulais juste te dire que je suis tellement fière de toi. Tellement fière de nous.

Il la regarda d'un œil vide.

— J'ai coupé les frigos. Va falloir que je nettoie les lignes, demain. Il y a quinze jours que ça attend.

Nora n'avait aucune idée de ce qu'il pouvait bien raconter. Elle caressa le chat.

— D'accord. Oui. Bien sûr. Les lignes.

Son mari – parce que c'est ce qu'il était dans cette vie – parcourut du regard les tables et les chaises renversées dessus. Il portait un tee-shirt des *Dents de la mer* passé.

— Blake et Sophie sont rentrés chez eux ?

Nora hésita. Elle sentit qu'il parlait de gens qui bossaient pour eux. Le jeune homme avec le polo de rugby trois fois trop grand était probablement Blake. Il n'y avait apparemment personne d'autre dans le coin.

— Oui, dit-elle d'une voix qu'elle espérait naturelle, malgré l'étrangeté fondamentale des circonstances. Je crois. Ils s'en sont plutôt bien sortis, ce soir.

— Super.

Elle se rappela que c'était elle qui lui avait acheté le tee-shirt des *Dents de la mer* pour son vingt-sixième anniversaire. Il y avait dix ans de cela.

— Les réponses, ce soir, c'était quelque chose. L'une des équipes, celle de Pete et Jolie, pensait que c'était Maradona qui avait peint le plafond de la chapelle Sixtine.

Nora hocha la tête et caressa Volts numéro deux. Comme si elle avait une idée de qui pouvaient bien être Pete et Jolie.

— Il faut dire que c'était piégeux. La prochaine fois, j'essaierai d'aller les pêcher sur un autre site. Je veux dire, franchement, qui connaît le nom de la plus haute montagne de la chaîne du Kara-je-ne-sais-plus-quoi ?

— Le Karakorum ? demanda Nora. Ça doit être le K2.

— Bon, visiblement, toi, tu sais ça, répliqua-t-il un peu trop sèchement, comme s'il avait un coup dans le nez. C'est le genre de chose que tu sais, forcément. Parce que, quand la plupart des gens se passionnaient pour le rock, toi, tu t'éclatais avec des *rocs*, des vrais, des cailloux.

— Hé, dit-elle, j'ai vraiment fait partie d'un groupe.

Un groupe, se souvint-elle alors, dans lequel Dan détestait qu'elle soit.

Il se mit à rire. Elle reconnut ce rire, mais ne l'aima pas tout à fait. Elle avait oublié combien souvent, quand ils étaient ensemble, les gens – et spécifiquement elle-même – faisaient les frais de l'humour de Dan. Elle essayait de ne pas trop s'attarder sur cet aspect de sa personnalité. Il avait tellement d'autres facettes – il avait été si adorable avec sa maman, quand elle était malade, et il parlait avec aisance d'un tas de sujets, il était plein de rêves d'avenir, il était séduisant, facile à vivre, il se passionnait pour l'art, et il s'arrêtait toujours pour parler aux SDF. Il s'intéressait au monde. Une personne, c'était comme une ville. On ne pouvait pas se laisser dégoûter de l'ensemble par quelques détails moins plaisants. Même s'il y avait des morceaux qu'on n'aimait pas, quelques rues, voire des quartiers louches, tout ce qui était bien compensait largement.

Il écoutait des tas de podcasts ennuyeux qu'il pensait que Nora devait écouter aussi, il rigolait d'une façon qui l'énervait considérablement, et il se gargarisait bruyamment avec son bain de bouche. Et, oui, il accaparait la couette et il lui arrivait d'afficher avec arrogance ses avis sur l'art, les films et la musique, mais il n'avait rien de carrément *mauvais*. Enfin, maintenant qu'elle y réfléchissait, il n'avait jamais encouragé sa carrière musicale, il l'avait avertie que rester dans les Labyrinthes et signer un contrat avec un producteur de musique serait mauvais pour son équilibre mental, et que son frère était un peu égoïste. Mais, à l'époque, elle avait moins vu cela comme un drapeau rouge que comme un drapeau vert. Elle se disait qu'il s'en faisait pour elle, et que c'était bien d'avoir quelqu'un qui s'en faisait pour vous, qui ne courait pas après la gloire et les choses superficielles, et qui pouvait vous aider à naviguer dans les eaux tumultueuses de la vie. Et donc, quand il lui avait demandé de l'épouser, dans ce bar à cocktails tout en haut de la tour Oxo, elle avait dit oui, et peut-être qu'elle avait bien fait d'accepter.

Il s'avança dans la salle, posa momentanément sa pinte, prit son téléphone et chercha de meilleures questions pour le quiz du pub.

Elle se demanda à combien de verres il en était ce soir-là. Et si le rêve d'être propriétaire d'un pub n'était pas en réalité le rêve de disposer d'une source illimitée d'alcool.

— Comment s'appelle un polygone à vingt côtés ?

— Je ne sais pas, mentit Nora, pour éviter une réaction similaire à celle qu'elle avait essuyée un moment plus tôt.

Il remit son téléphone dans sa poche.

— Enfin, ça a bien marché, ce soir. Ils ont bu comme des tas de sable. Pas mal pour un mardi. Les choses s'arrangent. Je veux dire, on aura des arguments à avancer à la banque, demain. Peut-être qu'ils nous accorderont la prolongation du prêt…

Il regarda la bière dans son verre, la fit tourner un peu et se la jeta derrière la cravate.

— Il faut quand même que je dise à AJ de changer le menu du déjeuner. Personne à Littleworth n'a envie de manger de la betterave confite, de la salade de fèves et des gâteaux de maïs. On est pas dans un foutu resto branchouille. Et je sais qu'ils partent bien, mais je pense que les vins que tu as choisis ne valent pas tripette. Surtout les vins de Californie.

— D'accord.

Il se retourna et lança, par-dessus son épaule :

— Où est le tableau ?

— Hein ?

— Le tableau noir. Je pensais que tu l'avais rentré ?

C'était donc pour ça qu'elle était sortie.

— Ah non. Non, je le fais tout de suite.

— Je croyais t'avoir vue sortir.

Nora sourit pour dissimuler sa nervosité.

— Oui, en effet, je suis sortie. Je voulais… Je m'inquiétais pour le chat. Volts. Voltaire. Je ne le voyais pas, alors je suis sortie voir si je le trouvais, et je l'ai trouvé, pas vrai ?

Dan était derrière le bar en train de se servir un scotch.

Il eut l'air de sentir son regard réprobateur.

— Ce n'est que le troisième. Peut-être le quatrième. C'est la soirée quiz. Tu sais que j'ai les nerfs quand je fais l'animateur. Et ça m'aide à être drôle. Et j'étais drôle, tu ne trouves pas ?

— Si si, très drôle. Totalement hilarant.

Son visage adopta une expression sérieuse.

— Je t'ai vue parler à Erin. Qu'est-ce qu'elle t'a dit ?

Nora n'avait aucune idée de la réponse à lui donner.

— Oh, pas grand-chose. Les trucs habituels. Tu la connais.

— Les trucs habituels ? Je ne pensais pas que tu lui avais jamais adressé la parole avant.

— Je veux dire, pas elle. Les banalités que tout le monde dit.

— Comment va Will ?

— Euh, très bien, supposa Nora. Il te passe le bonjour.

Dan ouvrit des yeux ronds.

— Vraiment ?

Nora ignorait complètement ce qu'elle aurait dû dire. Peut-être que Will était un bébé. Peut-être qu'il était dans le coma.

— Désolée, non, il n'a pas dit bonjour. Désolée, je pensais à autre chose. Enfin, je… je vais chercher le tableau.

Elle reposa le chat par terre et se dirigea vers la sortie. Cette fois, elle remarqua une chose qui lui avait échappé lorsqu'elle était entrée.

Un article découpé dans l'*Oxford Times* et encadré, avec une photo de Nora et Dan debout devant les Trois Fers à Cheval. Dan la tenait par les épaules. Il portait un costume qu'elle ne lui avait jamais vu, et elle une robe élégante qu'elle n'aurait jamais mise (elle était rarement en robe) dans sa vie originelle.

DES PROPRIÉTAIRES DE PUB RÉALISENT
LE RÊVE DE LEUR VIE

D'après l'article, ils avaient acheté pour des queues de cerises un pub délabré qu'ils avaient rénové grâce à une combinaison de petit héritage (du côté de Dan), d'économies et de prêts bancaires. L'article racontait une *success story*, qui remontait à deux ans, cela dit.

Elle sortit en se demandant si on pouvait vraiment juger une vie à partir de quelques minutes après minuit, un mardi soir. D'un autre côté, il n'en fallait peut-être pas davantage.

Le vent se levait. Debout dans cette rue calme du village, les rafales de vent poussaient un peu le tableau noir sur le trottoir, manquant de le renverser. Avant de le récupérer, elle sentit qu'un téléphone vibrait dans sa poche. Elle ne l'avait pas remarqué avant. Elle le sortit. Un texto d'Izzy.

Elle remarqua que son fond d'écran était une photo de Dan et elle dans un pays chaud.

Un message de son ex-meilleure amie Izzy. Elle déverrouilla le téléphone grâce à la reconnaissance faciale et ouvrit le message. C'était une photo d'une baleine bondissant très haut au-dessus de l'océan, une gerbe blanche emplissant l'air, pareille au champagne jaillissant d'une bouteille. C'était une photo merveilleuse, et rien qu'en la voyant elle eut un sourire.

Izzy était en train d'écrire.

Un autre message apparut :

C'est l'une des photos que j'ai prises hier du bateau.

Et un autre :

Une maman baleine à bosse

Puis une autre photo : deux baleines, cette fois, leur dos fendant l'eau.

Avec son petit

Le dernier message était orné d'émojis de baleines et de vagues.

Nora se sentit envahie de chaleur. Pas seulement grâce aux photos, qui étaient indéniablement jolies, mais aussi grâce à ce contact avec Izzy.

Quand Nora avait rompu avec Dan, juste avant son mariage, Izzy avait insisté pour qu'elle l'accompagne en Australie.

Elles avaient tout prévu, fait le projet d'aller s'installer du côté de Byron Bay et trouvé du boulot à bord d'un bateau d'observation des baleines.

Elles avaient échangé des tas d'images de baleines à bosse dans l'anticipation de cette nouvelle aventure. Et puis Nora s'était dégonflée et avait fini par renoncer. Tout comme elle avait abandonné l'idée d'une carrière de nageuse, de chanteuse dans un groupe, et d'épouse. Mais, contrairement à ces derniers renoncements, elle n'avait même pas eu de bonnes raisons. D'accord, elle avait déjà commencé à travailler à La Théorie des Cordes, et oui, elle éprouvait le besoin de s'occuper des tombes de ses parents, mais elle savait que rester à Bedford était la pire des options. Et pourtant, c'était celle qu'elle avait choisie. Parce qu'elle prévoyait bizarrement que sa ville natale lui manquerait, idée qui amplifiait la dépression larvée et sous-entendait qu'en fin de compte elle ne méritait pas d'être heureuse. Elle avait fait du mal à Dan, vivre une vie neurasthénique dans le crachin de sa ville natale était sa punition, et elle n'avait ni la volonté, ni la lucidité, ni – bon sang ! – *l'énergie* d'en sortir.

Et donc, de fait, elle avait troqué sa meilleure amie contre un chat.

Dans sa vraie vie, elle ne s'était jamais brouillée avec Izzy. Rien d'aussi dramatique. Mais, après le départ d'Izzy pour l'Australie, le lien entre elles s'était distendu jusqu'à ce que leur amitié se réduise à une traînée blanche de pouces en l'air sporadiques sur Facebook et Instagram, et de messages de bon anniversaire ponctués d'émojis.

En repensant à ces échanges de textos, force lui était de constater que, bien qu'elles soient séparées par dix-huit mille kilomètres, elles avaient une meilleure relation dans cette version des choses.

Cette fois, quand elle rentra au pub avec le chevalet du tableau noir, Dan n'était plus en vue, alors elle ferma la porte de derrière à clé et attendit un instant dans le couloir en se demandant où pouvait bien être l'escalier, et si elle avait vraiment envie de suivre son plus ou moins mari pompette à l'étage.

Elle trouva l'escalier à l'arrière du bâtiment, derrière une porte portant l'inscription *Privé.* Tandis qu'elle s'avançait sur la moquette en raphia beige, juste après un poster encadré des *Choses qu'on apprend dans le noir,* l'un de ses films préférés de Ryan Bailey, qu'ils étaient allés voir ensemble à l'Odeon de

Bedford, elle remarqua une photo plus petite sur un joli appui de fenêtre.

C'était leur photo de mariage. En noir et blanc, style reportage. Sortant d'une église sous une pluie de confettis. Leurs visages étaient un peu flous, mais ils riaient, d'un rire partagé, et, pour autant qu'une photo permette de le dire, ils avaient l'air amoureux. Elle se rappela ce que sa mère lui disait de Dan. (« C'est un gars bien, tu as de la chance. Ne le laisse pas partir. »)

Elle vit aussi son frère Joe, le crâne rasé, l'air sincèrement heureux, une flûte à champagne dans une main et son petit ami, un désastre de courte durée – Lewis, un banquier d'affaires –, à côté de lui. Izzy était là, ainsi que Ravi, qui ressemblait plus à un comptable qu'à un batteur, debout près d'une femme à lunettes qu'elle n'avait jamais vue.

Pendant que Dan était aux toilettes, Nora repéra la chambre. Ils avaient apparemment des problèmes d'argent – la perspective inquiétante du rendez-vous à la banque le confirmait –, mais la pièce était luxueusement meublée. Des stores design. Un grand lit confortable. La couette fraîche, propre et blanche.

Il y avait des livres sur les deux tables de nuit. Dans sa vraie vie, cela faisait au moins six mois qu'elle n'avait pas bouquiné au lit. Six mois qu'elle n'avait rien lu du tout. Peut-être qu'elle avait ici une meilleure capacité de concentration.

Elle prit l'un des volumes, *La Méditation pour les débutants*. Dessous, un exemplaire d'une biographie de Thoreau, son philosophe préféré. Il y avait des livres du côté de Dan aussi. Le dernier qu'elle se rappelait l'avoir vu lire était une biographie de Toulouse-Lautrec, *Tiny Giant,* mais, là, il lisait des ouvrages sur la vie professionnelle intitulés *Du zéro au héros : la réussite par le travail, Le Jeu et la Vie,* et la dernière édition du *Guide des meilleurs pubs.*

Son corps lui faisait l'impression d'être différent. Un peu plus en forme, en meilleure santé, mais tendu. Elle se tapota le ventre et constata que, ici, elle faisait sans doute plus d'exercice. Et ses cheveux n'étaient pas pareils non plus. Elle avait une frange épaisse, et elle pouvait dire – elle *sentait* – qu'ils étaient plus longs dans son dos. Et elle avait la tête qui tournait un peu. Elle avait dû boire au moins quelques verres de vin.

Un instant plus tard, elle entendit qu'on tirait la chasse d'eau. Puis un bruit de gargarisme. Qui paraissait un peu plus sonore que nécessaire.

— Ça va ? lui demanda Dan en entrant dans la chambre.

Elle se fit la remarque que sa voix n'était pas comme dans ses souvenirs. Elle lui paraissait plus creuse. Un peu plus froide. Peut-être que c'était la fatigue. Ou le stress. Ou la bière. Ou le mariage.

Ou peut-être autre chose.

Elle avait du mal à se souvenir comment était sa voix au juste. Ou, plus exactement, comment il était avant. Mais ça, c'était la nature de la mémoire. À la fac, elle avait planché sur un essai intitulé sèchement

« Principes de la mémoire et de l'imagination chez Hobbes ». Pour Thomas Hobbes, la mémoire et l'imagination étaient plus ou moins la même chose, et depuis qu'elle avait fait cette découverte, elle n'arrivait plus vraiment à se fier à ses souvenirs.

Derrière la vitre, la lueur jaune du réverbère illuminait la route désolée du village.

— Nora ? Tu as l'air bizarre. Pourquoi tu restes plantée comme ça au milieu de la chambre ? Tu viens te coucher, ou tu te livres à une espèce de méditation debout ?

Il se mit à rire. Il se croyait drôle.

Il s'approcha de la fenêtre et tira les rideaux. Puis il enleva son jean et le replia sur le dossier d'une chaise. Elle l'observa en essayant de retrouver l'attirance qu'elle éprouvait jadis si profondément pour lui. Cela lui sembla exiger d'elle un effort herculéen. Elle ne s'y attendait pas.

La vie de chaque individu pourrait s'achever d'une infinité de façons.

Il se laissa tomber lourdement sur le lit, une baleine dans l'océan. Prit *Du zéro au héros.* Essaya de se concentrer. Le reposa. Prit son ordinateur portable sur la table de nuit, se fourra une oreillette dans le conduit auditif. Pour écouter un podcast peut-être.

— Je réfléchissais juste à quelque chose.

Elle commençait à se sentir faiblir. Comme si elle n'était qu'à moitié là. Elle se remémora les paroles de Mme Elm : que, si elle était déçue par une vie, ça la ramènerait à la bibliothèque. Elle se rendit compte que ça lui ferait carrément étrange de se coucher dans le même lit d'un homme qu'elle n'avait pas vu depuis deux ans.

Elle remarqua l'heure, sur le réveil à affichage digital : 00 h 23.

L'oreillette encore coincée dans le conduit auditif, il la regarda à nouveau.

— Écoute, d'accord, si tu ne veux pas faire de bébés ce soir, tu n'as qu'à le dire, tu sais ?

— Hein ?

— Je veux dire, sinon on va encore devoir attendre un mois pour que tu ovules à nouveau...

— On essaye d'avoir un bébé ? Je veux un bébé ?

— Nora, qu'est-ce que tu as ? Tu es vraiment bizarre, aujourd'hui. Qu'est-ce qui t'arrive ?

Elle enleva ses chaussures.

— Je ne suis pas bizarre.

Un souvenir lui revint, en lien avec le tee-shirt des *Dents de la mer*.

Une chanson, en réalité. « Beautiful Sky ».

Le jour où elle avait acheté le tee-shirt des *Dents de la mer* à Dan, elle lui avait joué une chanson qu'elle avait écrite pour les Labyrinthes. « Beautiful Sky ». Elle était persuadée que c'était la meilleure chanson qu'elle ait jamais écrite. Et surtout, c'était une chanson heureuse, qui reflétait son optimisme à ce moment de son existence. Une chanson inspirée par sa nouvelle vie avec Dan. Il l'avait écoutée avec une indifférence qui frisait le haussement d'épaules. Ça lui avait fait mal sur le coup, et elle le lui aurait reproché si ça n'avait pas été son anniversaire à lui.

« Ouais, avait-il dit. Pas mal. »

Elle se demanda pourquoi ce souvenir enfoui lui revenait seulement maintenant, s'élevait contre elle tel le grand requin blanc de ce tee-shirt passé.

Et d'autres scènes refaisaient surface : sa réaction excessive la fois où elle lui avait parlé d'un client – Ash, le chirurgien, guitariste amateur qui venait parfois à La Théorie des Cordes chercher des partitions – qui avait demandé en passant à Nora si elle accepterait de prendre un café avec lui, un de ces jours.

(« *Bien sûr que j'ai dit non. Arrête de crier !* »)

Mais le pire, ç'avait été quand un dénicheur de talents d'un label important (ou, plutôt, d'une boîte naguère indépendante affiliée à Universal) avait proposé de prendre les Labyrinthes sous contrat. Dan lui avait dit que leur couple n'y survivrait probablement pas. Il avait aussi entendu une sale histoire d'un de ses copains d'université qui était dans un groupe : ils avaient signé avec un label qui les avait dépouillés, et ils étaient devenus alcooliques, chômeurs, et Dieu sait quoi encore.

— Je pourrais te prendre avec moi, avait-elle dit. Je l'exigerais dans le contrat. On pourrait aller partout ensemble.

— Désolé, Nora, mais ça, c'est *ton* rêve. Ce n'est pas le mien.

Ce qui lui faisait encore plus mal, rétrospectivement, sachant combien – avant le mariage – elle avait essayé de faire sien son rêve à lui, un pub dans la campagne de l'Oxfordshire.

Dan avait toujours affirmé que, dans tout cela, c'était à Nora qu'il pensait : elle avait eu des attaques de panique quand elle était avec le groupe, surtout lorsqu'elle approchait d'une scène. Mais ses préoccupations tenaient un peu de la manipulation, à présent qu'elle y réfléchissait.

— Je croyais, dit-il à ce moment, que tu avais recommencé à me faire confiance.

— Te faire confiance ? Dan, pourquoi est-ce que je ne te ferais pas confiance ?

— Tu sais très bien pourquoi.

— Bien sûr que je le sais, mentit-elle. Je veux juste te l'entendre dire.

— Eh bien, depuis l'histoire avec Erin.

Elle le regarda comme s'il était une tache d'encre d'un test de Rorschach dans laquelle elle ne distinguait pas d'image claire.

— Erin ? Celle avec qui j'ai parlé ce soir ?

— Je vais être fustigé jusqu'à la fin des temps à cause d'un stupide moment où j'avais trop bu ?

Dans la rue, dehors, le vent prenait de la force, hurlait dans les arbres comme s'il essayait de lui dire quelque chose.

C'était ça, la vie qu'elle avait pleurée. Pour laquelle elle s'était fait des reproches d'y avoir mis fin. C'était la ligne temporelle dans laquelle elle croyait regretter de ne pas exister.

— Une stupide erreur ? dit-elle en écho.

— D'accord, deux.

Ça se multipliait.

— Deux ?

— J'étais dans un état… Tu sais, la pression. Cet endroit. Et j'étais vraiment soul.

— Tu en as baisé une autre, et tu ne donnes pas l'impression d'avoir beaucoup cherché à te... te racheter.

— Sérieusement, pourquoi remettre tout ça sur le tapis ? C'est derrière nous. Rappelle-toi ce que la conseillère conjugale nous a dit. À propos de nous concentrer sur le chemin qu'on voulait suivre et pas celui qu'on avait suivi ?

— Tu ne penses jamais que nous ne sommes peut-être pas faits l'un pour l'autre ?

— Quoi ?

— Je t'aime, Dan. Il t'arrive d'être vraiment gentil. Et tu as été génial avec ma mère. Et on avait des... je veux dire, *on a* des conversations géniales. Mais tu n'as jamais l'impression qu'on est passés à côté de ce qu'on aurait pu être ? Qu'on a changé ?

Elle s'assit au bord du lit. Le coin le plus éloigné de lui.

— T'estimes-tu jamais chanceux de m'avoir ? Tu te rends compte que j'étais prête à te quitter, deux jours avant le mariage ? Tu sais à quel point tu aurais été dévasté si je ne m'étais pas pointée ce jour-là ?

— Waouh. Vraiment ? Tu as une sacrée opinion de toi-même, là, Nora.

— Quoi ? Je ne devrais pas ? Je veux dire, tout le monde devrait avoir une haute idée de soi-même, non ? Ce n'est pas une mauvaise chose, l'estime de soi, si ? Et puis c'est vrai. Il y a un autre univers dans lequel tu m'envoies des messages WhatsApp pour me dire que tu es désespéré sans moi. Que tu as sombré dans l'alcoolisme, même si on dirait bien que tu t'imbibes pas mal alors que je suis là, *avec toi.* Tu m'envoies des textos pour me dire que ma voix te manque.

Il émit un bruit dédaigneux qui tenait du rire et du grognement.

— Eh bien, pour le moment, ta voix ne me manque carrément pas.

Elle ne pouvait pas aller plus loin que les chaussures. Elle avait du mal – c'était presque même impossible – à enlever un autre vêtement devant lui.

— Et arrête de me reprocher de boire.

— Si tu utilises l'alcool comme excuse pour avoir baisé une autre femme, j'ai le droit de te reprocher de boire.

— Je suis propriétaire terrien, ironisa Dan. C'est ce que font les gens de la campagne. Ils sont joviaux, rigolards, et disposés à partager les nombreux et différents breuvages qu'on vend ici. Putain !

Depuis quand s'était-il mis à parler comme ça ? Est-ce qu'il avait toujours parlé comme ça ?

— Oh bon sang, Dan…

Il n'avait même pas l'air ennuyé. Ni, comment dire, reconnaissant de l'univers dans lequel il vivait. L'univers dont elle se sentait tellement coupable d'y avoir mis un terme. Il récupéra son téléphone, encore posé avec son ordinateur portable sur la couette. Nora le regarda faire défiler l'écran.

— C'est ce que tu imaginais ? Tu trouves que le rêve est en train de se réaliser ?

— Nora, ne rentrons pas dans ce merdier pénible. Fous-toi au lit, et c'est tout.

— Tu es heureux, Dan ?

— Personne n'est heureux, Nora.

— Il y a des gens qui le sont. Tu l'étais. Tu t'illuminais quand tu parlais de ça. Tu sais, le pub. Avant de l'avoir. C'était la vie dont tu rêvais. Tu me voulais, moi, et tu désirais ça. Et pourtant, tu m'as trompée, tu bois comme un trou, et je pense que tu ne m'apprécies que quand je ne suis pas là, ce qui n'est pas une qualité formidable. Et quid de mes souhaits à moi, alors ?

C'est à peine s'il l'écoutait. Ou plutôt il essayait d'avoir l'air de ne pas l'écouter.

— Des incendies catastrophiques en Californie, dit-il comme pour lui-même.

— Eh bien, au moins, on n'est pas là-bas.

Il reposa son téléphone. Referma son ordinateur portable.

— Tu viens te coucher, ou quoi ?

Elle s'était faite toute petite pour lui laisser sa place, mais il n'avait pas encore trouvé l'espace dont il avait besoin. Ou il ne le trouvait plus.

— Un icosagone, dit-elle.

— Pardon ?

— Le quiz, tout à l'heure. Le polygone à vingt côtés. C'est un icosagone. Je savais la réponse, et si je ne te l'ai pas donnée, c'est parce que je ne voulais pas que tu te moques de moi. Mais, maintenant, je m'en fiche, parce que je pense que le fait que je connaisse des choses que tu ignores ne devrait pas te gêner. Je vais aux toilettes.

Elle laissa Dan estomaqué et sortit lentement de la chambre sur les grands carreaux du sol.

Elle entra dans les toilettes. Alluma la lumière. Ses bras, ses jambes, son buste la picotaient. Comme des parasites à la recherche d'une station de radio. Elle s'estompait, elle en était sûre. Elle ne resterait plus longtemps là. La déception était complète.

La salle de bains était impressionnante. Il y avait un miroir. Elle se regarda dans la glace, bouche bée. Elle avait l'air en meilleure santé, mais aussi plus vieille. Et avec ces cheveux, elle avait l'impression de voir une étrangère.

Ce n'était pas la vie qu'elle avait imaginée.

Alors Nora souhaita à l'autre elle-même qu'elle voyait dans le miroir : « Bonne chance ».

L'instant d'après, elle fut de retour quelque part dans la Bibliothèque de Minuit, et Mme Elm la regardait, avec un sourire curieux.

— Alors, comment ça s'est passé ?

L'avant-dernier post que Nora avait publié avant de se retrouver entre la vie et la mort

Vous ne vous êtes jamais demandé : « Mais qu'est-ce que j'ai fait pour en arriver là ? » Comme si vous étiez dans un labyrinthe, complètement perdu, et tout ça par votre propre faute, parce que c'est vous et personne d'autre qui avez effectué chaque bifurcation ? Alors que vous savez que de nombreux chemins auraient pu vous aider à en sortir, parce que vous entendez tous ces gens dehors qui ont réussi à s'en sortir, et qui rient et qui sourient. Et par moments, vous en avez aperçu un à travers la haie. Une forme fugitive qui glisse entre les feuilles. Et ils ont l'air tellement heureux d'avoir réussi, et vous ne leur en voulez pas, vous n'avez qu'à vous en prendre à vous-même de ne pas avoir été capable d'arranger cela, comme eux. Pas vrai ? Ou bien est-ce que ce labyrinthe était juste pour moi ?

P.-S. Mon chat est mort.

L'échiquier

Les étagères de la Bibliothèque de Minuit étaient à nouveau immobiles, comme si leur mouvement n'avait jamais été une possibilité.

Nora sentait qu'elles étaient dans une autre partie de la bibliothèque, à présent, mais pas une autre pièce, parce qu'elle semblait ne comporter qu'une seule salle infiniment vaste. Elle avait du mal à dire si c'était vraiment une zone différente de la bibliothèque, car les livres étaient toujours verts, mais elle avait l'impression d'être plus près d'un corridor. Et de l'endroit où elle se trouvait, elle apercevait quelque chose de nouveau entre les piles de livres : un bureau sur lequel était posé un ordinateur, une sorte d'espace de travail assez basique, improvisé dans un couloir entre les allées.

Mme Elm n'était pas assise au bureau, mais à une table basse, en bois, juste devant Nora, et elle jouait aux échecs.

— Ce n'était pas ce que j'avais imaginé, lui dit Nora.

Mme Elm donnait l'impression d'être au milieu d'une partie.

— C'est difficile à prévoir, pas vrai ? répliqua-t-elle, le regard perdu dans le vide, en prenant un pion blanc avec un fou noir. Ce qui fera notre bonheur.

Mme Elm fit pivoter l'échiquier de cent quatre-vingts degrés. Apparemment, elle jouait contre elle-même.

— Oui, dit Nora. En effet. Mais qu'est-ce qui va lui arriver ? Enfin, à *moi* ? Comment est-ce que ça va finir pour elle ?

— Comment le saurais-je ? Je ne connais qu'aujourd'hui. J'en connais un rayon sur aujourd'hui, mais j'ignore ce qui va se passer demain.

— Mais elle a dû se retrouver dans la salle de bains, et elle doit bien se demander comment elle est arrivée là.

— Et tu n'es jamais entrée dans une pièce en te demandant pourquoi tu étais là ? Tu n'as jamais oublié ce que tu venais y faire ? Tu n'as jamais eu un trou, oublié ce que tu venais de faire ?

— Si, mais je suis restée une demi-heure dans cette vie…

— Cette autre toi ne le saura pas. Elle se rappellera ce que tu venais de dire et de faire. Comme si c'était elle qui l'avait dit et fait.

Nora laissa échapper un profond soupir.

— Dan n'était pas comme ça.

— Les gens changent, répondit Mme Elm en observant à nouveau son échiquier.

Sa main plana au-dessus d'un fou.

— Ou alors il était déjà comme ça, reprit Nora, et je ne m'en rendais pas compte.

— Alors, demanda Mme Elm en la regardant. Comment te sens-tu ?

— Comme si je voulais encore mourir. Il y a déjà un moment que j'en avais envie. J'avais soigneusement calculé que la souffrance que j'éprouvais à vivre le désastre de mon existence surpassait la peine que ma disparition ferait à quiconque. En réalité, je suis sûre que ce serait un soulagement. Je ne suis utile à personne. Je faisais mal mon boulot. J'ai déçu tout le monde. Franchement, je suis un gâchis d'empreinte carbone ambulant. Je fais du mal aux gens. Je ne laisse personne derrière moi. Même pas ce pauvre vieux Volts, qui est mort parce que je n'étais pas foutue de m'occuper convenablement d'un chat. Je veux mourir. Ma vie est un naufrage. Je veux que ça cesse. Je ne suis pas faite pour vivre. Et ce n'est pas la peine de revenir là-dessus. Parce que je suis visiblement destinée à être malheureuse dans les autres vies aussi. C'est comme ça, je suis comme ça. Je n'apporte rien. Tout ce que je sais faire, c'est m'apitoyer sur moi-même. Je veux mourir.

Mme Elm riva sur Nora un regard sévère, comme si elle lisait un passage d'un livre qu'elle avait déjà lu, mais dont elle venait de découvrir qu'il recelait un sens nouveau.

— *Vouloir*, dit-elle sur un ton mesuré, est un mot intéressant. Il implique un manque. Parfois, si on comblait ce manque avec autre chose, le désir originel disparaîtrait complètement. Peut-être que tu as un problème de manque plutôt qu'un problème de désir.

Peut-être qu'il y a une vie que tu désirerais vraiment vivre.

— Je pensais que c'était celle-là. Celle avec Dan. Mais ce n'était pas le cas.

— Eh non. Mais ce n'était qu'une de tes vies possibles. Une vie parmi une infinité, c'est un tout petit pourcentage, en vérité.

— Je suis dans toutes les vies que je pourrais vivre, alors ce n'est pas vraiment toutes les vies possibles.

Mais Mme Elm ne l'écoutait pas.

— Bon, dis-moi, où voudrais-tu aller maintenant ?

— Nulle part, s'il vous plaît.

— Tu veux jeter un autre coup d'œil au *Livre des regrets ?*

Nora fronça le nez et esquissa un infime « non » de la tête. Elle n'avait pas oublié cette sensation de suffoquer qu'elle avait eue face à tous ces regrets.

— Non.

— Et ton chat ? Comment s'appelait-il, déjà ?

— Voltaire. Un nom un peu prétentieux, bien qu'il n'était vraiment pas comme ça, alors je lui donnais plutôt un diminutif, Volts. Et des fois Voltsy quand j'étais de bonne humeur. Ce qui était rare, bien sûr. Je n'avais même pas réussi à choisir un nom pour mon chat.

— Et tu as dit que tu n'étais même pas capable d'avoir un chat. Qu'est-ce que tu aurais fait différemment ?

Nora réfléchit. Elle avait l'impression bien arrêtée que Mme Elm jouait à une espèce de jeu, mais elle avait aussi envie de revoir son chat, et pas simplement un chat du même nom. En réalité, c'est ce qu'elle voulait plus que tout.

— D'accord. Je souhaiterais voir la vie où je n'ai pas laissé sortir Voltaire. Mon Voltaire. J'aimerais la vie où je n'ai pas essayé de me tuer, où j'étais une bonne propriétaire de chat, et où je l'ai empêché d'aller dans la rue hier soir. Je voudrais voir cette vie, juste pendant un petit moment. Elle existe, non ?

La seule façon d'apprendre, c'est de vivre

Nora observa autour d'elle et vit qu'elle était couchée dans son propre lit.

Elle jeta un coup d'œil à sa montre. Minuit une. Elle alluma sa lampe de chevet. C'était sa vraie vie, mais elle allait être meilleure, parce que, dans celle-ci, Voltaire serait vivant. Son vrai Voltaire.

Mais où était-il ?

— Volts ?

Elle quitta son lit.

— Volts ?

Elle regarda partout dans son appartement et ne le vit nulle part. La pluie crépitait contre les vitres, ça, au moins, ça n'avait pas changé. Sa nouvelle boîte d'antidépresseurs était sur le plan de travail de la cuisine. Le piano électrique était le long du mur, muet.

— Voltsy ?

Son yucca était là, ainsi que ses trois petits cactus en pot, et aussi ses étagères à livres avec exactement le même mélange hétéroclite de livres de philosophie, de romans, de manuels de yoga qu'elle n'avait jamais ouverts, de biographies de rock stars et de livres de vulgarisation scientifique. Un vieux *National Geographic* avec un requin en couverture, et un numéro de plus de cinq mois du magazine *Elle* qu'elle avait acheté surtout pour l'entretien de Ryan Bailey. Aucune nouveauté depuis bien longtemps.

Il y avait une écuelle encore pleine de pâtée pour chat.

Elle le chercha partout en appelant son nom. C'est seulement quand elle retourna dans sa chambre et examina sous son lit qu'elle le vit.

— Volts !

Le chat ne bougeait pas.

Comme elle n'avait pas les bras assez longs pour l'atteindre, elle poussa le lit.

— Voltsy. Allez, Voltsy, viens, murmura-t-elle.

Mais, à la seconde où elle toucha son corps froid, elle sut, et elle fut submergée par une vague de tristesse et de confusion. Elle se retrouva instantanément dans la Bibliothèque de Minuit, devant Mme Elm, assise cette fois dans un fauteuil confortable, profondément absorbée dans un livre.

— Je ne comprends pas, dit Nora.

Mme Elm ne releva pas les yeux de la page qu'elle était en train de lire.

— Il y a bien des choses que tu ne comprends pas.

— J'ai demandé la vie dans laquelle Voltaire était encore vivant.

— En réalité, non.

— Comment ça ?

Elle reposa son livre.

— Tu as demandé la vie où tu l'empêchais de sortir. Ça n'a aucun rapport.

— Vraiment ?

— Oui, absolument. Tu comprends, si tu avais demandé la vie où il était encore vivant, j'aurais dû dire non.

— Mais pourquoi ?

— Parce qu'elle n'existe pas.

— Je croyais que toutes les vies existaient.

— Toutes les vies *possibles*. Tu vois, il se trouve que Voltaire était sérieusement atteint de…

Elle se concentra sur une ligne de son livre.

— … d'une forme grave de « cardiomyopathie restrictive ». Une maladie cardiaque congénitale, qui devait provoquer sa mort prématurée.

— Mais il a été écrasé par une voiture.

— Il y a une différence, Nora, entre mourir sur une route et être écrasé par une voiture. Dans ta vie d'origine, Voltaire a vécu plus longtemps que dans la plupart des autres vies, sauf celle que tu viens de rencontrer, où il est mort il n'y a que trois heures. Il a connu quelques années difficiles, au début de sa vie, mais celles où tu l'as eu avec toi ont été les meilleures de son existence. Voltaire a vécu des vies bien plus pénibles, crois-moi.

— Vous ne connaissiez même pas son nom, il y a un instant. Et maintenant vous savez qu'il avait une maladie de cœur ?

— Je connaissais son nom. Et ce n'était pas il y a un instant. C'était le même moment, regarde ta montre.

— Pourquoi avez-vous menti ?

— Je n'ai pas menti. Je t'ai demandé le nom de ton chat. Je n'ai jamais dit que je ne le connaissais pas. Tu vois la différence ? Je voulais juste que tu prononces son nom, pour éprouver quelque chose.

Nora était rouge de colère, désormais.

— Mais c'est encore pire ! Vous m'avez projetée dans cette vie en sachant que Volts serait mort. Et il était bel et bien mort. Et donc, rien n'avait changé !

— Rien en dehors de toi, répondit-elle avec une lueur dans le regard.

— Que voulez-vous dire ?

— Eh bien, tu ne te vois plus comme une mauvaise propriétaire de chat. Tu t'es occupée de lui aussi bien que possible. Il t'aimait autant que tu l'aimais, et peut-être qu'il ne voulait pas que tu le voies mourir. Tu vois, les chats savent. Ils comprennent quand leur heure est venue. Il est sorti *parce qu'*il allait mourir et qu'il le savait.

Nora essaya d'intégrer cela. Maintenant qu'elle y réfléchissait, elle n'avait constaté aucune lésion sur le corps de son chat. Elle était juste arrivée à la même conclusion qu'Ash : un chat mort dans une rue était probablement mort *à cause de* la rue. Et si un chirurgien pouvait penser cela, une simple profane pouvait croire la même chose. Deux plus deux égalent : chat écrasé par une voiture.

— Pauvre Volts, murmura Nora sur un ton endeuillé.

Mme Elm eut un sourire, tel un professeur voyant son élève commencer à comprendre une leçon.

— Il t'aimait, Nora. Tu t'es occupée de lui aussi bien que possible. Va chercher la dernière page du *Livre des regrets*.

Nora vit que le livre était tombé par terre. Elle s'agenouilla à côté.

— Je ne veux plus le rouvrir.

— Ne t'en fais pas. Ce ne sera pas aussi dur, cette fois. Regarde seulement la dernière page.

Elle alla donc voir la dernière page et constata que l'un de ses tout derniers regrets – « Je n'ai pas réussi à m'occuper de Voltaire » – s'effaçait lentement. Les lettres s'estompaient comme des inconnus qui disparaissent lentement dans un brouillard.

Nora referma le livre avant de revivre un autre événement douloureux.

— Alors, tu vois ? Parfois les regrets ne sont pas basés sur des faits. Parfois les regrets ne sont que…

Mme Elm chercha le terme approprié et le trouva :

— Que des *conneries.*

Nora essaya de se rappeler si, à l'époque où elle était à l'école, Mme Elm avait jamais prononcé le mot « conneries » devant elle. Elle était assez sûre que ce n'était pas le cas.

— Mais je ne comprends toujours pas pourquoi vous m'avez laissée aller dans cette vie alors que vous saviez que Volts allait mourir de toute façon ? Vous auriez pu me le dire. Vous auriez pu me dire tout simplement que je n'étais pas une mauvaise propriétaire de chat. Pourquoi ne l'avez-vous pas fait ?

— Parce que, Nora, il y a des moments où la seule façon d'apprendre, c'est de vivre.

— C'est plutôt dur.

— Assieds-toi, ordonna la bibliothécaire. Sur un vrai siège. Ce n'est pas bien que tu restes à genoux par terre.

Nora se retourna et vit derrière elle un fauteuil qu'elle n'avait pas encore remarqué. Un fauteuil ancien – en acajou et capitonné de cuir, peut-être édouardien – avec un support à livre fixé à un accoudoir.

— Pose-toi un moment.

Nora s'assit. Elle regarda sa montre. Peu importait le temps qu'elle s'accordait, il était toujours minuit.

— Je n'aime pas ça. Une vie de tristesse, ça suffit. À quoi bon risquer d'en vivre davantage ?

— D'accord, répondit Mme Elm avec un haussement d'épaules.

— Comment ça ?

— Eh bien, ne faisons rien. Tu n'as qu'à patienter ici, dans la bibliothèque, sans choisir une seule de toutes les vies qui t'attendent sur ces étagères.

Nora sentit que Mme Elm se livrait à une sorte de manipulation. Alors elle décida d'entrer dans son jeu.

— Très bien.

Elle attendit tandis que Mme Elm reprenait son livre.

Elle trouvait injuste que Mme Elm puisse lire les vies sans tomber dedans.

Et le temps passa.

Sauf qu'en réalité ce n'était pas le cas, bien sûr.

Nora aurait pu rester là éternellement sans avoir faim, ni soif, ni être fatiguée. Mais apparemment elle pouvait encore s'ennuyer.

Comme le temps restait figé, Nora sentit croître lentement la curiosité que lui inspiraient les vies qui l'encerclaient. Il faut croire qu'il était quasiment impossible de rester dans une bibliothèque sans ressentir l'envie de se servir sur les étagères.

— Et si vous me donniez une vie que vous savez être une bonne vie ? dit-elle tout à coup.

— Ce n'est pas comme ça que fonctionne la bibliothèque.

Mais Nora avait une autre question.

— Dans la plupart des vies, je devrais sûrement dormir, maintenant, non ?

— Dans beaucoup, oui.

— Alors, qu'est-ce qui se passera ?

— Tu dormiras. Et tu te réveilleras dans cette vie. Ce n'est pas un problème. Mais si tu es inquiète, tu pourrais essayer une vie à une autre heure.

— Que voulez-vous dire ?

— Eh bien, il ne fait pas nuit partout, n'est-ce pas ?

— Comment ça ?

— Il y a une *infinité* d'univers possibles dans lesquels tu existes. Tu penses vraiment qu'ils sont tous à l'heure du méridien de Greenwich ?

— Non, bien sûr.

Nora saisit qu'elle était sur le point de céder et de choisir une autre vie. Elle pensa aux baleines à bosse. Elle pensa au message auquel elle n'avait pas répondu.

— Je voudrais être partie pour l'Australie avec Izzy. J'aimerais essayer cette vie-là.

— Excellent choix.

— Ah bon ? C'est une très belle vie ?

— Je n'ai pas dit ça. J'ai plutôt l'impression que tu pourrais choisir mieux.

— Alors c'est une mauvaise vie ?

— Je n'ai pas dit ça non plus.

Les étagères se remirent en mouvement et s'arrêtèrent quelques secondes plus tard.

— Voilà, il est là, dit Mme Elm en prenant un livre sur la deuxième étagère en partant du bas.

Elle l'avait aussitôt reconnu, ce qui était bizarre, parce qu'il était quasiment identique aux autres volumes autour.

Elle le tendit affectueusement à Nora, comme si c'était un cadeau d'anniversaire.

— Voilà. Tu sais ce que tu as à faire.

Nora hésita.

— Et si j'étais morte ?

— Pardon ?

— Dans une autre vie, je veux dire. Il doit y avoir d'autres vies dans lesquelles je suis morte avant aujourd'hui.

Mme Elm parut intriguée.

— Ce n'est pas ce que tu voulais ?

— Eh bien, si, mais…

— C'est vrai, tu es morte un nombre infini de fois avant aujourd'hui. Dans un accident de voiture, d'une overdose de drogue, d'intoxication alimentaire, noyée, étouffée par un hot-dog vegan, étouffée par un hot-dog non vegan, morte de toutes les maladies qu'il est possible d'avoir ou de contracter… Tu es morte de toutes les façons possibles, à tous les moments possibles.

— Alors je pourrais ouvrir un livre et mourir, et c'est tout ?

— Non. Pas instantanément. Comme avec Voltaire, les seules vies disponibles ici sont… des vies. Je veux dire, tu pourrais mourir dans cette vie, mais tu ne seras pas morte dedans avant de l'intégrer, parce que la Bibliothèque de Minuit n'est pas une bibliothèque de fantômes. Ce n'est pas une archive de cadavres. C'est une bibliothèque de possibles. Et la mort est le contraire du possible. Tu comprends ?

— Je crois.

Nora regarda le livre qu'on lui tendait. Vert sapin. Avec une couverture lisse, à nouveau gravée de ce titre dépourvu de sens, frustrant, en grandes lettres : **Ma Vie.**

Elle l'ouvrit, tomba sur une page blanche et passa à la suivante en se demandant ce qui allait arriver cette fois.

« Il y avait un peu plus de monde
que d'habitude à la piscine… »

Et c'est là qu'elle se retrouva.

Feu

Elle hoqueta. C'était brutal. Des sensations de bruit et d'eau. Elle avait bu la tasse et suffoquait. Une odeur iodée et un goût d'eau de mer.

Elle essaya de toucher le fond de la piscine, mais elle n'avait pas pied, alors elle se mit rapidement à nager la brasse.

Une piscine d'eau salée. Extérieure, devant l'océan. Apparemment taillée dans une avancée de la roche sur la côte. Elle voyait la mer juste derrière. Le soleil brillait dans le ciel. L'eau était fraîche, mais comme il faisait très chaud, la fraîcheur faisait du bien.

Fut un temps où elle était la meilleure nageuse de quatorze ans du Bedfordshire.

Elle avait remporté deux compétitions de natation dans sa catégorie d'âge aux championnats nationaux juniors : le 400 mètres nage libre et le 200 mètres nage libre. Son père l'emmenait tous les jours en voiture à la piscine locale. Parfois avant l'école, et encore après. Puis, pendant que son frère s'envoyait au nirvana avec sa guitare, elle avait échangé les longueurs contre les partitions et appris à jouer non seulement Chopin, mais aussi des classiques comme « Let it Be » ou « Rainy Days and Mondays ». Elle avait aussi commencé, avant même que l'idée des Labyrinthes ne germe dans l'imagination de son frère, à composer ses propres chansons.

En fait, ce n'était pas vraiment à la natation qu'elle avait renoncé, c'était à la pression qui l'entourait.

Elle arriva au bord de la piscine. S'arrêta et regarda autour d'elle. Au loin, en contrebas, la courbe en demi-cercle d'une plage accueillait la mer qui venait lécher le sable. Derrière la plage, vers l'intérieur des terres, une étendue d'herbe. Un parc avec des palmiers et des promeneurs de chiens.

Plus loin encore, des maisons, des immeubles de faible hauteur, et des voitures sur une route. Elle avait vu des photos de Byron Bay, et ça n'y ressemblait pas tout à fait. Cet endroit, où qu'il se trouve, paraissait un peu plus construit. On y faisait encore du surf, mais il était urbanisé.

Ramenant son attention vers la piscine, elle remarqua un homme qui lui souriait tout en rajustant ses lunettes. Est-ce qu'elle le connaissait ? Quel accueil devait-elle réserver à son sourire dans cette vie ? Comme elle n'en avait aucune idée, elle esquissa un infime sourire poli en retour. Elle se faisait l'impression d'être une touriste avec une monnaie étrangère en poche, qui ne savait pas combien laisser comme pourboire.

Puis une femme d'un certain âge, coiffée d'un bonnet de bain, lui sourit tout en glissant dans l'eau vers elle.

— Salut, Nora, dit-elle sans cesser de nager.

Ce salut suggérait que Nora était une habituée de l'endroit.

— Salut, répondit celle-ci.

Elle regarda vers l'océan pour éviter une conversation malaisée. Une nuée de surfeurs matinaux, minuscules, nageaient sur leurs planches à la rencontre des grandes vagues bleu saphir.

C'était un début encourageant pour sa vie en Australie. Elle regarda sa montre. Une Casio quelconque, orange vif. Une montre marrante, qui suggérait, du moins l'espérait-elle, une vie prometteuse de félicité. Il était juste un peu plus de neuf heures. À côté de sa montre, elle portait un bracelet en plastique auquel était accrochée une clé.

C'était donc son rituel matinal, à cet endroit. Dans une piscine en plein air, à côté d'une plage. Elle se demanda si elle y était seule. Elle parcourut la piscine du regard à la recherche d'Izzy et ne repéra aucun signe de sa présence.

Elle nagea encore un moment.

Ce qu'elle avait jadis aimé dans la natation était le fait de disparaître. Dans l'eau, elle était si purement concentrée qu'elle ne pensait à rien d'autre. Tous les soucis scolaires ou familiaux disparaissaient. L'art de la natation – comme tous les arts, probablement – était une affaire de pureté. Plus on se concentrait sur son activité, moins on pensait à tout le reste. On cessait quasiment d'être soi pour devenir ce que l'on faisait.

Mais Nora avait du mal à rester concentrée parce qu'elle avait mal aux bras et à la poitrine. Elle devait nager depuis longtemps, et il était probablement temps de sortir de l'eau. Elle vit une pancarte : *Piscine de Bronte Beach.* Elle se souvenait vaguement que Dan, qui avait été en Australie pendant son année sabbatique, avait parlé de cet endroit, et le nom – Bronte Beach – était facile à retenir. Jane Eyre sur une planche de surf.

En attendant, c'était la confirmation de ses soupçons.

Bronte Beach se trouvait à Sydney. Mais pas du tout à Byron Bay.

Ce qui pouvait vouloir dire deux choses. Soit que dans cette vie Izzy n'était pas à Byron Bay. Soit que Nora n'était pas avec Izzy.

Elle remarqua qu'elle était bronzée. Tout son corps était d'une douce couleur caramel.

L'ennui, c'est qu'elle ne savait pas où se trouvaient ses vêtements, bien sûr. Et puis elle repensa à la clé accrochée à son bracelet en plastique.

57. Son casier portait le numéro 57. Elle trouva donc les vestiaires, ouvrit le petit casier carré et constata que, en matière de vêtements comme de montres, elle était davantage portée sur le bariolé. Elle avait un tee-shirt avec des ananas sur le devant. Toute une corne d'abondance pleine d'ananas. Un short en jean rose violacé. Et des espèces de sneakers à carreaux.

Qu'est-ce que je suis ? se demanda-t-elle. *Animatrice d'émissions de télé pour enfants ?*

De l'écran total. Du gloss à lèvres couleur hibiscus. Pas d'autre maquillage.

En enfilant son tee-shirt, elle remarqua quelques marques sur son bras. Des cicatrices. Elle se demanda fugitivement si elle se scarifiait. Et puis elle avait un tatouage juste sous l'épaule. Un phénix et des flammes. Un tatouage affreux. Dans cette vie, il était clair qu'elle n'avait pas de goût. Mais depuis quand y avait-il un rapport entre le bon goût et le bonheur ?

En s'habillant, elle trouva un téléphone dans la poche de son short. Un modèle plus ancien que celui de sa vie d'épouse vivant dans un pub. Par bonheur, une empreinte digitale suffit à le déverrouiller.

Elle sortit du vestiaire et suivit un petit chemin qui longeait la plage. Il faisait chaud. Peut-être la vie était-elle automatiquement plus agréable quand le soleil brillait avec une telle détermination en avril. Tout paraissait plus vivace, plus coloré, plus *vivant* qu'en Angleterre.

Elle vit un perroquet, un loriquet de toutes les couleurs, perché sur le dossier d'un banc. Un couple de touristes le prenait en photo. Un cycliste aux allures de surfeur passa, tenant un smoothie orange, et lui lança avec un large sourire un grand « Salut ! ».

Décidément, c'était très différent de Bedford.

Nora sentit qu'il arrivait quelque chose à son visage. Voilà que – comment était-ce possible ? – elle *souriait*. Et spontanément, pas parce qu'on s'attendait à la voir sourire.

Puis elle remarqua sur un muret un graffiti qui déclarait : LE MONDE EST EN FEU, un autre affirmant : UNE TERRE = UNE CHANCE, et son sourire s'effaça. Après tout, une vie différente ne voulait pas dire une autre planète.

Elle n'avait pas idée de l'endroit où elle habitait, de ce qu'elle faisait ou de là où elle était censée aller après la piscine, mais il y avait quelque chose d'assez libérateur dans tout cela. Dans le fait d'exister sans aucune attente, pas même la sienne. Tout en marchant elle rechercha son nom sur Google et ajouta « Sydney » pour voir s'il y avait une réponse.

Avant de parcourir les résultats, elle releva les yeux et vit un homme se diriger vers elle sur le sentier. Il souriait. C'était un petit homme au teint mat, au regard doux et aux cheveux longs et fins, retenus en une vague queue-de-cheval, vêtu d'une chemise mal boutonnée.

— Salut, Nora.

— Salut, dit-elle en essayant de ne pas avoir l'air perdu.

— À quelle heure tu commences aujourd'hui ?

Comment pouvait-elle répondre à cela ?

— Euh, oh, zut, j'ai complètement oublié.

Il eut un petit rire, un rire complice, comme si le fait qu'elle oublie était tout à fait son caractère.

— J'ai cru voir onze heures sur le planning.

— Onze heures, du matin ?

Regard Doux se mit à rire.

— Qu'est-ce que tu fumes ? Y t'en reste ? J'en veux !

— Ha, rien du tout, répondit-elle avec raideur. Je ne fume pas. C'est juste que j'ai oublié le petit-déjeuner.

— Eh ben, on se revoit c't'aprèm…

— Oui, à… Là-bas. Où ça, déjà ?

Il répondit d'un petit rire et repartit en fronçant les sourcils. Peut-être qu'elle travaillait sur un bateau d'observation des baleines basé à Sydney. Peut-être avec Izzy.

Nora ignorait complètement où elle – ou *elles* – vivait, et Google n'en savait pas plus, mais tourner le dos à l'océan paraissait être la bonne direction. Peut-être qu'elle habitait dans le coin. Peut-être qu'elle était venue là à pied. Peut-être que l'une des bicyclettes qu'elle voyait cadenassées devant le café de la piscine était à elle. Elle regarda dans son petit porte-monnaie, tâta ses poches à la recherche d'une clé de cadenas, mais ne trouva qu'une clé de verrou. Pas de clé de voiture, pas de clé de vélo. Elle était donc venue en bus, ou à pied. La clé de la maison ne recelait aucune information, alors elle s'assit sur un banc, sous le soleil qui lui chauffait la nuque, et elle vérifia ses textos.

Il y avait des noms de gens qu'elle ne reconnaissait pas.

Amy. Rodhri. Bella. Lucy P. Kemala. Luke. Lucy M.

Qui étaient ces gens ?

Et un contact qui ne l'aidait pas, simplement intitulé « Boulot ». Un bref et récent message de « Boulot » disait :

T où ?

Tiens, un nom qu'elle reconnaissait.

Dan.

Elle cliqua sur son dernier message, un nœud à l'estomac :

Salut Nor ! J'espère qu'Oz te réussit. Ça va te paraître inquiétant ou gnangnan, mais je vais te le dire brut de décoffrage. L'autre nuit, j'ai rêvé de notre pub. C'était un si bon rêve. On était tellement heureux ! Enfin, ignore ça, c'est tordu, je voulais juste te dire : devine où je vais en mai ? En AUSTRALIE. Pour la première fois depuis plus de dix ans. Je viens pour le boulot. Je travaille pour MCA. Ce serait génial de se retrouver, même juste le temps d'un café si tu es dans le coin. Bisous. D.

L'étrangeté de la chose lui arracha un éclat de rire, qui se transforma en toux. (À la réflexion, peut-être qu'elle n'était pas en aussi bonne forme que ça dans cette vie.) Elle se demanda combien de Dan au monde rêvaient de choses qu'ils détesteraient s'ils les obtenaient en réalité. Et combien poussaient les autres vers leur bonheur illusoire ?

Instagram semblait être son seul média social dans cette vie, et apparemment, elle n'y postait que des captures de poèmes.

Elle prit le temps d'en lire un :

FEU

Chaque partie d'elle
Qui changeait
Arrachée
Par un rire à l'école
Ou les conseils d'adultes
À jamais disparus –
Et la douleur d'amis
Déjà morts.

Elle les ramassait par terre.
Comme des copeaux de bois.
Les utilisait comme carburant
Pour nourrir le **feu**
Qui brûlait.
Assez pour y voir **à jamais.**

C'était troublant, mais, après tout, ce n'était qu'un poème. En parcourant certains mails, elle en trouva un adressé à Charlotte – flûtiste dans un orchestre écossais traditionnel, dotée d'un humour détonnant, qui avait été sa seule amie à La Théorie des Cordes avant de retourner vivre en Écosse.

Salut, Charl !
J'espère que tout va comme sur des roulettes.
Contente que l'anniversaire se soit bien passé. Désolée de ne pas avoir pu venir. Ça plane sous le soleil de Sydney. Installation achevée dans le nouvel endroit. C'est juste à côté de Bronte Beach (magnifique). Un coin plein de charme et de cafés. Et puis j'ai un nouveau boulot.
Je vais nager tous les matins dans une piscine d'eau de mer et tous les soirs je bois un verre de vin australien au soleil. La vie est belle !
Adresse : 2/29 Darling Street
Bronte
NSW 2024
AUSTRALIE
Bisous
Nora

Quelque chose clochait. Le ton vague, faussement jovial, un peu distant, comme si elle écrivait à une tante perdue de vue depuis longtemps. Le *coin plein de charme et de cafés*, genre critique pour TripAdvisor. Elle ne parlait pas à Charlotte – ni à *personne*, en fait – comme ça.

Et puis il n'était pas question d'Izzy. *Installation achevée dans le nouvel endroit.* Ça voulait dire avec elle, ou toute seule ? Charlotte connaissait Izzy. Pourquoi ne pas lui parler d'elle ?

Elle le découvrirait bientôt. En vérité, vingt minutes plus tard, elle était dans l'entrée de chez elle et regardait quatre sacs-poubelle qui attendaient qu'on les descende. Un salon, petit, déprimant. Un vieux canapé usé. Ça sentait légèrement le moisi.

Au mur était fixé un poster d'*Angel*, le jeu vidéo. Sur une table basse, une cigarette électronique ornée d'un sticker avec une feuille de marijuana. Une femme regardait un écran et dézinguait des zombies en leur explosant la tête.

La femme avait les cheveux courts, teints en bleu, et l'espace d'un instant, Nora pensa que ça pouvait être Izzy.

— Salut ! dit Nora.

La femme se retourna. Ce n'était pas Izzy. Elle avait le regard vide, comme si les zombies qu'elle tuait l'avaient plus ou moins contaminée. C'était sûrement quelqu'un de très bien, mais Nora ne l'avait jamais vue de sa vie. Elle sourit.

— Salut. Alors, comment avance le nouveau poème ?

— Oh. Ah ouais. Vraiment bien. Merci.

Nora fit le tour de l'appartement dans une sorte de brouillard. Elle ouvrit une porte au hasard et tomba sur la salle de bains. Elle n'avait pas besoin d'aller aux toilettes, mais il fallait qu'elle réfléchisse une seconde. Alors elle ferma la porte, se lava les mains et regarda l'eau couler dans la bonde en tournant dans le mauvais sens.

Elle jeta un coup d'œil dans la douche. Le rideau d'un jaune pisseux était sale, un peu comme dans une piaule d'étudiant. C'est à ça que lui faisait penser cet endroit. Un foyer pour étudiants. Elle avait trente-cinq ans, et dans cette vie, elle vivait comme une étudiante. Il y avait des antidépresseurs – de la fluoxétine – à côté du lavabo. Elle prit la boîte et lut l'étiquette : *Ordonnance pour N. Seed.* Elle baissa les yeux sur son bras et revit les scarifications. Ça faisait vraiment bizarre d'interroger son propre corps pour tenter d'élucider un mystère.

Elle distingua un magazine par terre, à côté de la poubelle. *National Geographic.* Le numéro avec le trou noir en couverture qu'elle avait lu dans une autre vie, de l'autre côté du monde, pas plus tard que la veille. Elle sentit que c'était le sien, elle avait toujours aimé ce magazine. Elle l'achetait parfois – encore récemment – sur un coup de tête parce qu'aucune version en ligne ne rendait justice aux photos.

Elle se rappelait, quand elle avait onze ans, avoir regardé les photos du Svalbard, l'archipel norvégien de l'Arctique, dans un numéro de son père. Ça paraissait tellement vaste, désolé, puissant, et elle s'était demandé l'effet que ça pouvait faire de vivre là-bas, comme les explorateurs de l'article qui passaient l'été à faire des recherches géologiques. Elle avait découpé les photos et les avait punaisées sur le panneau d'affichage de sa chambre. Et pendant des années, à l'école, elle avait beaucoup étudié la géographie et les sciences afin de pouvoir, comme les savants du magazine, passer ses étés parmi les glaciers et les fjords, tandis que des puffins volaient au-dessus de sa tête.

Mais après la mort de son père, et après avoir lu *Au-delà du bien et du mal* de Nietzsche, elle avait décidé que a) la philosophie paraissait être la seule matière qui correspondait à sa soudaine intensité intérieure, et que b) elle voulait être rock star plutôt que chercheuse, de toute façon.

Elle ressortit de la salle de bains et rejoignit celle qu'elle présumait être sa colocataire.

Elle s'assit sur le canapé et attendit quelques instants, en l'observant.

L'avatar de la femme se fit exploser la tête.

— Va te faire foutre, saloperie de zombie, lança joyeusement celle-ci à l'intention de l'écran.

Elle récupéra la cigarette électronique. Nora se demanda comment elle la connaissait.

— J'ai réfléchi à ce que tu m'avais dit.

— Qu'est-ce que j'ai dit ? releva Nora.

— Quand tu as parlé de faire du cat-sitting. Tu sais, le chat dont tu voulais t'occuper ?

— Ah oui. Bien sûr. Je me souviens.

— Une idée sacrément merdique, mec.
— Vraiment ?
— Les chats.
— Quoi, les chats ?
— Ils ont un parasite. La toxoplas-je-ne-sais-pas-quoi.

Nora était au courant. Elle le savait depuis qu'elle était ado, quand elle avait fait sa première expérience de travail au refuge pour animaux de Bedford.

— La toxoplasmose.

— C'est ça ! Eh bien, j'écoutais un podcast, tout à l'heure. Il y a une théorie selon laquelle un groupe de milliardaires international aurait infecté les chats avec ta toxo-truc-chose, afin de prendre le contrôle du monde en rendant les êtres humains de plus en plus stupides. Enfin quoi, réfléchis : il y a des chats *partout*. J'en ai parlé à Jared, et il m'a demandé : « Jojo, tu as fumé la moquette ? » Et moi j'ai répondu : « Non, le truc que tu m'as donné », et il a dit : « Ouais, je vois », et c'est là qu'il m'a parlé des sauterelles.

— Les sauterelles, hein ?
— Ouais. Tu es au courant, pour les sauterelles ?
— Non, qu'est-ce qu'elles ont, les sauterelles ?
— Elles se tuent. Parce qu'elles sont contaminées par un parasite, un ver qui grandit, et quand il est adulte, ça devient une créature aquatique qui prend le contrôle des fonctions cérébrales de la sauterelle, et la sauterelle se dit : « Hé, mais j'aime bien l'eau », et elle plonge dans l'eau, et elle se noie. Ça arrive tout le temps. Regarde sur Google. Cherche « Suicide de

sauterelles ». En tout cas, l'idée, c'est que les élites nous tuent par l'intermédiaire des chats, alors il ne faut pas t'en approcher.

Nora ne pouvait pas s'empêcher de penser que, décidément, cette vie n'avait rien à voir avec la version qu'elle avait imaginée. Elle s'était vue avec Izzy sur un bateau près de Byron Bay, s'émerveiller de la splendeur des baleines à bosse, et voilà qu'elle se retrouvait à Sydney, dans un petit appartement qui sentait la beuh, avec une colocataire adepte de la théorie du complot qui ne voulait pas la laisser approcher d'un chat.

— Qu'est-ce qui est arrivé à Izzy ?

Nora prit conscience qu'elle venait de poser la question à haute voix.

Jojo eut l'air troublée.

— Izzy ? Ta vieille amie Izzy ?

— Ouais.

— Celle qui est morte ?

Les mots avaient jailli si vite que c'est tout juste si Nora eut le temps de les absorber.

— Hein ? Quoi ?

— La fille de l'accident de voiture ?

— Quoi ?

Des volutes de fumée passèrent devant le visage de Jojo.

— Ça va, Nora ? demanda-t-elle l'air de plus en plus perdue, en lui tendant la cigarette électronique. Tu veux une taffe ?

— Non, ça va, merci.

— C'est nouveau, ça, fit Jojo dans un ricanement.

Nora attrapa son téléphone. Se connecta. Tapa « Isabel Hirsh » dans la case recherche. Cliqua sur « Nouvelles Infos ».

Et c'était là. Un gros titre de journal. Au-dessus d'une photo d'Izzy bronzée, souriante.

UNE ANGLAISE TUÉE
DANS UN ACCIDENT DE LA ROUTE
DANS LES NOUVELLES GALLES
DU SUD

Une femme de 33 ans a été tuée et trois personnes blessées hier soir, au sud de Coffs Harbour, dans la collision entre la Toyota Corolla de la femme et une voiture qui venait en sens inverse sur la Pacific Highway.

La conductrice, Isabel Hirsh, de nationalité anglaise, est morte sur les lieux de l'accident juste avant neuf heures du matin. Elle était la seule occupante de la Toyota.

D'après sa colocataire, Nora Seed, Isabel allait de Sydney à Byron Bay, pour l'anniversaire de Nora. Isabel venait de commencer à travailler pour une agence qui organisait des circuits d'observation des baleines.

« Je suis absolument désespérée, disait Nora. On était venues en Australie ensemble il y a un mois à peine, et Izzy prévoyait de rester là le plus longtemps possible. Elle avait une telle force de vie que je ne peux imaginer mon monde sans elle. Elle était tellement excitée par son nouveau travail.

C'est d'une tristesse insupportable et je n'arrive pas à réaliser. »

Le conducteur de l'autre voiture – Geoff Dale – et ses passagers, qui ont tous été blessés, ont été évacués par avion et emmenés à l'hôpital de Beringa.

La police des Nouvelles Galles du Sud demande à tous ceux qui auraient pu assister à la collision d'aider la police dans son enquête.

— Oh mon Dieu, murmura Nora tout bas, au bord de l'évanouissement. Oh, Izzy…

Elle savait qu'Izzy n'était pas morte dans toutes ses vies. Ni même dans la plupart d'entre elles. Mais, dans celle-ci, c'était la réalité, et Nora éprouvait un chagrin bien réel, lui aussi. Un chagrin familier, terrifiant, entremêlé de culpabilité.

Elle n'avait pas eu le temps de l'encaisser que son portable se mit à sonner. Le « boulot ».

Une voix d'homme. Un accent traînant.

— Qu'est-ce que tu fiches ?

— Pardon ?

— Tu devrais être là depuis une demi-heure.

— Où ça ?

— Au terminal des ferries. Tu vends des billets. J'ai fait le bon numéro, pas vrai ? Je suis bien en train de parler à Nora Seed ?

— À l'une d'entre elles, soupira Nora tout en s'estompant doucement.

Aquarium

La bibliothécaire au regard acéré avait retrouvé son échiquier, et c'est à peine si elle leva les yeux lorsque Nora reparut.

— Eh bien, c'était terrible.

Mme Elm eut un sourire entendu.

— Alors, tu as vu ?

— Vu quoi ?

— Eh bien, que tu peux faire des choix, mais pas décider des conséquences. Je maintiens ce que j'ai dit, c'était un bon choix. Seulement ce n'était pas l'issue désirée.

Nora étudia le visage de Mme Elm. Non, mais, elle jubilait de la situation, là ?

— Pourquoi est-ce que je suis restée là-bas ? interrogea Nora. Pourquoi est-ce que je ne suis pas tout simplement rentrée à la maison après sa mort ?

Mme Elm haussa les épaules.

— Tu étais dans une impasse. Tu avais du chagrin. Tu étais déprimée. Tu sais ce que c'est que la dépression.

Nora comprenait ça. Elle pensa à une étude qu'elle avait lue, elle ne savait plus où, à propos des poissons.

Les poissons ressemblaient plus aux êtres humains qu'on ne le pensait généralement.

Ils pouvaient souffrir de dépression. On avait fait des expériences avec des poissons zèbres. Des chercheurs avaient tracé une ligne horizontale au feutre, sur le côté d'un aquarium, à mi-hauteur. Les poissons déprimés restaient sous la ligne. Mais, quand on leur donnait du Prozac, ils remontaient au-dessus de la ligne, vers le haut de l'aquarium, et ils filaient comme s'ils renaissaient à la vie.

Les poissons sombraient dans la dépression quand ils manquaient de stimulation. Quand ils manquaient de *tout*. Quand ils étaient juste là, à flotter dans un aquarium qui ne ressemblait à rien.

Peut-être qu'après la disparition d'Izzy l'Australie avait été son aquarium désert. Peut-être qu'elle n'avait tout simplement pas eu envie de remonter au-dessus de la ligne. Et peut-être même que le Prozac, la fluoxétine, ne suffisait pas à la faire remonter. Et qu'elle allait rester là, sans bouger, dans cet appartement, avec Jojo, jusqu'à ce qu'elle soit obligée de quitter le pays.

Peut-être que même se suicider aurait été trop d'action. Peut-être qu'il y avait des vies dans lesquelles on se contentait de flotter sans rien attendre, sans essayer de changer. Peut-être que la plupart des vies étaient comme ça.

— Oui, dit Nora, à haute voix. Peut-être que j'étais dans une impasse. Peut-être que dans toutes les vies je suis dans une impasse. Je veux dire, peut-être que c'est juste ce que je suis. N'importe où, une étoile de mer sera toujours une étoile de mer. Il n'y a pas une vie où une étoile de mer sera professeur, ou ingénieur dans l'aérospatiale. Et peut-être qu'il n'y a pas de vie où je ne suis pas dans une impasse.

— Là, je pense que tu te trompes.

— D'accord. Alors j'aimerais essayer une vie où je ne suis pas en panne. Quelle vie cela pourrait-il être ? Vous n'êtes pas censée me le dire ?

Mme Elm déplaça sa reine pour prendre un pion et retourna l'échiquier.

— Je crains de n'être que la bibliothécaire.

— Les bibliothécaires ont des connaissances. Elles nous indiquent les bons livres. Les bons mots. Elles trouvent les meilleurs endroits. Comme des moteurs de recherche dotés d'âme.

— Absolument. Mais encore faudrait-il que tu saches ce que tu aimes. Ce que tu écrirais dans la case de recherche métaphorique. Et parfois, il faut faire plusieurs essais avant que ça devienne clair.

— Je n'ai pas l'énergie. Je ne pense pas pouvoir faire ça.

— La seule façon d'apprendre, c'est de vivre.

— Oui, vous me l'avez déjà dit.

Nora laissa échapper un gros soupir. C'était intéressant de savoir qu'elle pouvait soupirer dans la bibliothèque. Qu'elle se sentait en pleine possession de son corps. Qu'il lui paraissait normal. Parce que cet endroit n'était décidément *pas* normal. Son vrai moi physique n'était pas là. Ce n'était pas possible. Et pourtant, il était là, dans tous les sens du terme, parce qu'elle était – d'une certaine façon – là. Debout sur le sol, comme si la gravité existait encore.

— D'accord, dit-elle. Je voudrais une vie où je réussirais.

Mme Elm eut un tsk-tsk réprobateur.

— Pour quelqu'un qui a lu tant de livres, tu n'es pas très spécifique dans ton choix de vocabulaire.

— Désolée.

— La réussite. Qu'est-ce que c'est pour toi ? L'argent ?

— Non. Enfin, peut-être, mais ce ne serait pas le critère décisif.

— Alors, qu'est-ce que c'est, la réussite ?

Nora n'avait pas idée de ce que ça pouvait être. Elle avait l'impression d'être un échec sur pattes depuis si longtemps.

Mme Elm eut un sourire patient.

— Tu aimerais consulter à nouveau *Le Livre des regrets* ? Tu aimerais penser à toutes les mauvaises décisions qui t'ont détournée de ce que « réussir » voulait dire pour toi ?

Nora secoua très vite la tête, comme un chien qui s'ébroue. Elle ne voulait pas être de nouveau confrontée à une interminable liste d'erreurs et de mauvais choix. Elle était assez déprimée. Et puis elle connaissait ses regrets. Les regrets ne disparaissaient pas. Ce n'était pas comme les piqûres de moustique. Ils vous démangeaient pour toujours.

— Non, pas du tout, dit Mme Elm, lisant dans ses pensées. Tu ne regrettes plus la façon dont tu t'es occupée de ton chat. Et tu ne regrettes plus de ne pas être allée en Australie avec Izzy.

Nora acquiesça. Mme Elm tenait un argument.

Elle pensa à la piscine de Bronte Beach dans laquelle elle avait nagé. Comme elle se sentait bien, dans cette étrange familiarité…

— Depuis ton plus jeune âge, on t'avait encouragée à nager, avança Mme Elm.

— Oui.

— Ton père était toujours content de t'emmener à la piscine.

— C'était l'une des rares choses qui lui faisaient plaisir, acquiesça Nora, nostalgique.

Elle associait la natation à l'approbation de son père, et ce qu'elle appréciait, quand elle était dans l'eau, c'est qu'on n'y parlait pas, parce que c'était à l'opposé des engueulades de ses parents.

— Pourquoi as-tu arrêté ? demanda Mme Elm.

— Dès que j'ai commencé à remporter des compétitions de natation, je suis devenue visible, or je ne voulais pas qu'on me voie. Et non seulement on me voyait, mais en maillot de bain, à un âge où on est obsédé par son corps. Quelqu'un a dit que j'avais des épaules de garçon. C'était stupide, mais il y avait eu des tas de choses stupides comme ça, et à cet âge-là, on les ressent durement. En tant qu'adolescente, j'aurais adoré être invisible. Les gens m'appelaient « le poisson ». Et de leur part, ce n'était pas flatteur. J'étais timide. C'est l'une des raisons pour lesquelles je préférais la bibliothèque au milieu sportif. Ça paraît être un petit détail, mais ça m'aidait vraiment, d'avoir cet espace.

— Il ne faut jamais sous-estimer l'importance énorme des petites choses, dit Mme Elm. Ne l'oublie jamais.

Nora réfléchit à nouveau. L'association de timidité et de visibilité avait constitué un mélange problématique dans son adolescence, mais elle n'avait jamais été tyrannisée, sans doute parce que tout le monde connaissait son frère Joe. S'il n'était pas vraiment costaud, il avait toujours été considéré comme un type cool et assez populaire pour que, en tant que plus proche membre de sa famille, elle soit immunisée contre le harcèlement scolaire.

Elle avait remporté des compétitions locales, puis nationales, mais, arrivée à l'âge de quinze ans, c'en avait été trop. Nager tous les jours, longueur après longueur après longueur…

— Il fallait que j'arrête.

Mme Elm hocha la tête.

— Et le lien que tu avais tissé avec ton papa s'était effiloché et quasiment rompu.

— À peu près, oui.

Elle revit le visage de son père, dans la voiture, par un dimanche matin de pluie, devant le Centre sportif de Bedford, quand elle lui avait dit qu'elle ne voulait plus faire de compétition. Son regard déçu, profondément frustré.

— Mais tu pourrais vraiment réussir ta vie, lui avait-il dit, elle s'en souvenait, maintenant. Tu ne seras jamais une reine de la pop, alors que ça, c'est *réel*. C'est à portée de main pour toi. Si tu continues à t'entraîner, tu feras les Jeux olympiques. Je le sais.

Elle lui en avait voulu de dire cela. Comme s'il n'y avait qu'une seule voie très étroite vers le bonheur, et que c'était celle qu'il avait choisie pour elle. Comme si sa façon à elle de mener sa vie ne pouvait être qu'automatiquement mauvaise. Mais ce qu'elle ne mesurait pas vraiment à quinze ans, c'était à quel point les regrets pouvaient faire mal, et l'intensité de la douleur que son père avait éprouvée de se voir si près de la réalisation d'un rêve qu'il pouvait presque le toucher.

Il est vrai que le père de Nora n'était pas un homme facile.

Il critiquait toujours tout ce qu'elle faisait, tout ce qu'elle voulait et tout ce en quoi elle croyait, sauf si c'était lié à la natation. Nora avait aussi l'impression que le seul fait de se trouver en sa présence était une sorte de crime invisible. Depuis la rupture de ligament qui avait mis fin à sa carrière de rugbyman, il était fermement convaincu que l'univers entier lui en voulait. Et pour lui, Nora – du moins, c'est ce qu'elle ressentait – participait de ce plan universel. À partir de ce moment, dans ce parking, elle avait eu le sentiment de n'être vraiment qu'une extension de la douleur du genou gauche de son père. Une blessure en marche.

Et peut-être qu'il se doutait de ce qui allait arriver. Peut-être qu'il avait prévu la façon dont un regret conduirait à un autre, jusqu'à ce que tout à coup elle n'ait plus que ça. Un livre plein de regrets.

— D'accord, madame Elm. J'aimerais savoir ce qui est arrivé dans la vie où j'ai fait ce que voulait mon père. Où je me suis entraînée aussi fort que je pouvais. Où je ne me plaignais jamais de me lever à cinq heures du matin et de me coucher à neuf heures. Où je nageais tous les jours et où je n'aurais jamais envisagé de laisser tomber. Où je ne me laissais pas détourner par la musique ou par l'écriture de romans inachevés. Où je sacrifiais tout sur l'autel de la natation. Où je ne renonçais pas. Où je faisais tout ce qu'il fallait pour être sélectionnée aux Jeux olympiques. Emmenez-moi dans cette vie.

L'espace d'un instant, Mme Elm donna l'impression de ne pas avoir écouté le mini-discours de Nora. Elle continuait à regarder son échiquier, les sourcils froncés, en essayant de trouver le moyen de se feinter elle-même.

— La tour est ma pièce préférée, dit-elle. On croit qu'on n'a pas à s'en méfier ; elle est directe. On tient la reine à l'œil, on surveille les cavaliers et le fou parce qu'ils sont fourbes. Mais c'est souvent la tour qui prend. La droiture n'est jamais tout à fait ce qu'on pourrait croire.

Nora comprit que Mme Elm ne parlait pas seulement des échecs. Mais les étagères se déplaçaient déjà. Aussi vite que des trains.

— La vie que tu as demandée, expliqua Mme Elm, est un peu plus éloignée que le rêve du pub et l'aventure australienne. C'étaient des vies plus proches. Celle-ci implique beaucoup de choix différents, de remonter plus loin dans le temps. Et donc le livre est un peu plus loin, tu vois.

— Je vois.

— Il faut bien qu'il y ait un système dans une bibliothèque.

Les livres ralentirent.

— Ah, nous y voilà !

Cette fois, Mme Elm resta assise. Elle se contenta de lever la main gauche, et un livre vola vers elle.

— Comment faites-vous ça ?

— Je n'en ai aucune idée. Enfin, voilà la vie que tu as exigée. Et c'est parti !

Nora prit le volume. Léger, frais, couleur de citron vert. Elle l'ouvrit à la première page. Et cette fois elle eut conscience de ne rien ressentir du tout.

Le dernier message que Nora avait posté avant de se retrouver entre la vie et la mort.

Mon chat me manque. Je suis fatiguée.

La vie réussie

Elle dormait.

D'un sommeil profond, sans rêves, le néant, et maintenant – grâce à la sonnerie de réveil d'un téléphone –, elle était réveillée, et elle ne savait pas où elle était.

D'après le téléphone, il était six heures et demie du matin. À la lueur de l'écran, elle devina un interrupteur à côté du lit. Elle appuya dessus et vit qu'elle était dans une chambre d'hôtel. Plutôt cossue dans le genre neutre, bleue, professionnelle.

Au mur était encadré un tableau à moitié abstrait, de bon goût, d'un émule de Cézanne, représentant une pomme – ou peut-être une poire.

À côté du lit, une bouteille de verre cylindrique, à moitié vide, d'eau minérale, plate. Une sélection de sablés auxquels elle n'avait pas touché. Et des tirages d'imprimante agrafés ensemble. Une espèce d'emploi du temps.

Elle y jeta un coup d'œil.

PROGRAMME DE NORA SEED,
INTERVENANTE INVITÉE,
GULLIVER RESEARCH
CONFÉRENCE DE PRINTEMPS :
INSPIRER LA RÉUSSITE

08 h 45. RDV avec Priya Navuluri (Gulliver Research), Rory Longford (Celebrity Speakers) et J dans le hall de l'hôtel InterContinental
09 h 00. Réglage sono
09 h 05. Essai technique
09 h 30. Nora attend dans le salon VIP ou assiste à la présentation du premier orateur dans la salle principale (JP Blythe, inventeur de l'appli MeTime et auteur de *Votre vie, vos conditions*)
10 h 15. Conférence de Nora
10 h 45. Questions et réponses du public
11 h 00. Rencontres et échanges
11 h 30. Fin.
Nora Seed, Officier de l'Ordre de l'Empire britannique
Inspirer la réussite

Il y avait donc bien une vie où elle avait réussi. Bon, c'était déjà quelque chose.

Elle se demanda qui étaient « J » et les autres personnes qu'elle était censée retrouver dans le hall de l'InterContinental, reposa la feuille de papier et sortit de son lit. Elle avait tout son temps. Pourquoi se levait-elle à six heures et demie ? Peut-être qu'elle nageait tous les matins. Ç'aurait été logique. Elle appuya sur un bouton et les rideaux s'ouvrirent avec un léger bourdonnement, révélant une vue sur de l'eau, des gratte-ciel et le dôme blanc de l'Arena 02. Elle ne l'avait jamais vu sous cet angle. Londres. Canary Wharf. Au vingtième étage à peu près.

Elle alla dans la salle de bains – carrelée en beige, une grande cabine de douche, des serviettes éponge blanches, mousseuses – et se rendit compte qu'elle se sentait moins mal que d'habitude, le matin. Un miroir occupait toute la moitié du mur d'en face. Son image lui arracha un hoquet de surprise. Et puis un petit rire. Elle avait l'air tellement ridiculement en forme. Et forte. Et dans cette vie, elle avait très mauvais goût question tenue de nuit (un pyjama écossais vert et jaune moutarde).

La salle de bains était assez vaste. Assez vaste pour qu'elle se mette à plat ventre et fasse quelques pompes. Une série de dix, pas moins – et sans les genoux – et sans même être essoufflée.

Ensuite, elle tint une planche. Elle essaya d'une main. Puis de l'autre, sans un frémissement. Après quoi elle enchaîna quelques exercices de musculation.

Aucun problème.

Waouh.

Elle se releva et tapota son estomac dur comme du bois. Elle se rappela à quel point elle était essoufflée dès qu'elle remontait une rue en pente dans sa vie racine, techniquement pas plus tard que la veille.

Elle ne s'était pas sentie aussi en forme depuis son adolescence. À vrai dire, elle ne s'était peut-être jamais sentie aussi en forme. Et sûrement pas aussi forte.

Elle chercha « Isabel Hirsh » sur Facebook, découvrit que son ex-meilleure amie était toujours en vie, qu'elle habitait en Australie, et cela lui fit plaisir. Peu importait qu'elles ne soient pas amies sur les réseaux sociaux, parce qu'il était très probable que, dans cette vie, Nora n'était pas allée à l'Université de Bristol. Et quand bien même, elles n'auraient pas suivi le même cursus. C'était un peu humiliant de constater que, bien que cette Isabel Hirsh n'ait jamais rencontré Nora Seed, elle faisait quand même toujours la même chose que dans la vie racine de Nora.

Elle vérifia aussi le profil de Dan. Il était (apparemment) marié avec une coach de fitness appelée Gina. « Gina Lord (née Sharpe) ». Ils s'étaient mariés en Sicile.

Et puis Nora rechercha « Nora Seed » sur Google.

D'après sa page Wikipédia (elle avait une page Wikipédia !), elle avait bel et bien participé aux Jeux olympiques. Deux fois. Elle était championne de nage libre. Elle avait remporté une médaille d'or pour le 800 mètres nage libre, avec le temps ridicule de 8 minutes 5 secondes, et une médaille d'argent pour le 400 mètres.

Et ça à vingt-trois ans. Elle avait remporté une autre médaille d'argent à vingt-six ans pour sa participation au relais 4 fois 100 mètres. Ce qui était *encore plus* ridicule, c'est qu'elle avait brièvement détenu le record du monde du 400 mètres nage libre féminin au Championnat du monde de natation. Et puis elle s'était retirée de la compétition internationale.

Elle avait pris sa retraite à vingt-huit ans.

Et maintenant, elle travaillait à la BBC pour la couverture des championnats de natation, elle était apparue dans l'émission de télé « Question de sport », avait écrit une autobiographie intitulée *Nager ou couler*, était coach assistante occasionnelle de l'équipe anglaise de natation et nageait encore deux heures tous les jours.

Elle donnait beaucoup d'argent à des organismes caritatifs – surtout à l'Association Marie Curie pour le cancer –, et elle avait organisé une émission caritative, le Natathon, autour du Brighton Pier, pour la Société de préservation de la vie marine. Depuis qu'elle avait laissé tomber le sport professionnel, elle avait traversé deux fois la Manche à la nage.

Un lien renvoyait vers une conférence TED qu'elle avait donnée sur l'importance de la ténacité dans le sport, l'entraînement et la vie. Elle avait été vue un million de fois. En commençant à la visionner, Nora eut l'impression de regarder quelqu'un d'autre. Cette femme crevait l'écran, elle avait de l'assurance, une façon de se tenir sensationnelle, un sourire naturel, et elle réussissait à faire sourire la foule, à la faire rire, applaudir et hocher la tête toujours au bon moment.

Elle n'aurait jamais pensé pouvoir être comme ça, et elle essaya de retenir ce que faisait cette autre Nora, mais elle prit conscience que c'était impossible, elle n'en serait jamais capable.

« Les gens persévérants ne sont pas fabriqués autrement que les autres, disait-elle. La seule différence, c'est qu'ils ont un but nettement défini en tête et la détermination de l'atteindre. Dans une vie où les diversions abondent, la force mentale est essentielle. C'est la faculté de rester concentré quand le corps et l'esprit atteignent la limite, la faculté de baisser la tête, de nager dans son couloir sans regarder sur les côtés, en se demandant qui pourrait nous dépasser… »

Bon sang, qui était cette personne ?

Elle avança un peu dans la vidéo. Cette autre Nora parlait toujours avec l'assurance d'une Jeanne d'Arc qui se serait faite à la force des poignets.

« Si vous visez à être ce que vous n'êtes pas, vous échouerez systématiquement. Visez à être vous-même. Visez à ressembler, à agir et à penser comme vous. À être la version la plus vraie de vous-même. Embrassez le fait d'être vous-même. Épousez-le. Choyez-le. Battez-vous pour lui. Et ne faites pas attention à ceux qui s'en moqueront ou le tourneront en ridicule. La plupart des ragots sont de l'envie déguisée. Restez la tête dans l'eau. Gardez votre force d'âme. Continuez à nager… »

— Continuez à nager, marmonna Nora, en écho à cette autre elle-même, en se demandant s'il y avait une piscine à l'hôtel.

La vidéo disparut, et une seconde plus tard, son téléphone se mit à vibrer.

Un nom s'afficha. *Nadia.*

Elle ne connaissait pas de Nadia dans sa vie d'origine. Elle ignorait si le fait de voir ce nom aurait inspiré à cette version d'elle-même le plaisir de l'anticipation, ou une crainte mortelle.

Il n'y avait qu'un moyen de le savoir.

— Salut.

— Ma douce, fit une voix qu'elle ne reconnaissait pas.

Une voix proche, mais pas tout à fait chaleureuse. Elle avait un accent. Russe, peut-être.

— J'espère que tu vas bien ?

— Salut, Nadia. Merci. Ça va. Je suis à l'hôtel. Je me prépare pour une conférence.

Elle essayait d'avoir l'air enjouée.

— Ah oui, la conférence à quinze mille livres. Pas mal.

C'était absurde. En même temps, elle se demandait comment cette Nadia – quelle qu'elle puisse être – était au courant.

— Oui, hein.

— C'est Joe qui nous l'a dit.

— Joe ?

— Oui. Écoute, il faut qu'on parle de l'anniversaire de ton père.

— Quoi ?

— Je sais qu'il aimerait que tu viennes nous voir.

Tout son corps devint froid et faible, comme si elle avait vu un fantôme.

Elle se souvenait de l'enterrement de son père, de s'être cramponnée à son frère tandis qu'ils pleuraient sur l'épaule l'un de l'autre.

— Mon père ?

Mon père. Mon père mort.

— Il vient de rentrer du jardin. Tu veux lui parler ?

C'était tellement extraordinaire, fracassant, si totalement désynchronisé avec sa voix. Elle disait ça sur un ton naturel, comme si de rien n'était.

— Quoi ?
— Tu veux dire un mot à ton père ?
Ça lui prit un moment. Elle se sentait complètement déséquilibrée, tout à coup.
— Je...
C'est à peine si elle arrivait à parler. À respirer. Elle ne savait pas quoi dire. Tout paraissait irréel. C'était comme un voyage dans le temps ; comme si elle avait franchi deux décennies.
Il était trop tard pour répondre, parce que, d'un seul coup, elle entendit Nadia dire :
— Tiens, je te le passe.
Nora faillit raccrocher. Peut-être qu'elle aurait dû, mais elle ne le fit pas. Maintenant qu'elle savait que c'était une possibilité, elle avait besoin d'entendre sa voix à nouveau.
Sa respiration, d'abord.
Et puis :
— Salut, Nora. Comment ça va ?
Juste ça. Factuel, banal, quotidien. C'était lui. Sa voix. Sa voix forte, qui avait toujours été si précise. Un peu plus fluette, peut-être, un peu plus faible. Une voix quinze ans plus vieille qu'elle n'aurait dû.
— Papa, dit-elle d'une voix réduite à un souffle sidéré. C'est toi.
— Tu vas bien, Nora ? C'est la communication qui est mauvaise ? Tu préfères FaceTime ?
FaceTime. Voir son visage. Non. C'en aurait été trop. C'en était déjà trop. Juste l'idée qu'il y ait une version de son père vivante après l'invention de FaceTime. Son père était de la génération des

téléphones filaires. Avant sa mort, il commençait juste à appréhender des concepts aussi radicaux que les mails et les textos.

— Non, dit-elle. C'est moi. Je pensais juste à quelque chose. Je suis un peu ailleurs. Désolée. Comment vas-tu ?

— Bien. On a emmené Sally chez le véto, hier.

Elle supposa que Sally était un chien. Ses parents n'avaient jamais eu de chien, ni aucun animal. Nora avait demandé un chien ou un chat quand elle était petite, mais son père avait toujours dit que c'était un esclavage.

— Qu'est-ce qu'elle avait ? demanda Nora en s'efforçant d'avoir l'air naturelle, à présent.

— Bah, les oreilles, comme d'habitude. Elle n'arrive pas à se débarrasser de cette infection.

— Ah bon, dit-elle comme si elle connaissait Sally et ses problèmes d'oreilles. Pauvre Sally. Je... Je t'aime, papa. Et je voulais juste te dire ça.

— Tu vas bien, Nora ? Tu as l'air un peu... émue.

— C'est juste que je ne t'ai jamais... Je ne te le dis pas assez souvent. Je voulais juste que tu saches que je t'aime. Tu es un bon père. Et dans une autre vie – la vie où j'ai laissé tomber la natation –, je le regrette amèrement.

— Nora ?

Ça la mettait mal à l'aise de l'interroger, mais il fallait qu'elle sache. Les questions commençaient à se bousculer sur ses lèvres.

— Tu vas bien, papa ?

— Et pourquoi ça n'irait pas ?

— C'est juste… tu sais… Tu avais toujours mal à la poitrine.

— Je n'ai plus de douleurs depuis que je me suis repris en main. Il y a des années. Tu te souviens ? Comment j'ai repris du peps ? C'est l'effet de fréquenter des champions olympiques. J'ai retrouvé la forme de l'époque où je jouais au rugby. Et ça fait seize ans que je n'ai pas bu une goutte. Le cholestérol et la tension sont revenus à la normale, d'après le docteur.

— Oui, bien sûr. Je me souviens que tu as repris du peps.

Et puis une autre question lui vint à l'esprit. Mais elle n'avait pas idée de la façon de la poser. Alors elle y alla cash.

— Rappelle-moi, ça fait combien d'années que tu es avec Nadia, déjà ?

— Tu as des problèmes de mémoire, ou quoi ?

— Non, enfin si, peut-être. C'est juste que j'ai pas mal réfléchi à la vie, ces derniers temps.

— Voilà que tu te mets à philosopher, maintenant ?

— Eh bien, j'ai fait de la philo.

— Quand ça ?

— Laisse tomber. Je ne me rappelle plus quand vous vous êtes rencontrés, Nadia et toi, c'est tout.

Elle entendit un soupir ennuyé le long de la ligne. Il avait l'air tendu.

— Tu sais bien comment on s'est connus… Pourquoi tu rouvres le dossier ? C'est ton psy qui te ramène là-dessus ? Parce que tu connais mes idées sur la question.

Et donc, elle avait un psy.

— Pardon, papa.
— Pas de problème.
— Je voudrais juste savoir si tu es heureux.
— Bien sûr que oui. J'ai une fille championne olympique, j'ai fini par trouver l'amour de ma vie. Et tu es repartie du bon pied. Mentalement, je veux dire. Après le Portugal.

Nora aurait bien voulu savoir ce qui s'était passé au Portugal, mais elle avait une autre question à poser d'abord.

— Et maman ? Ce n'était pas l'amour de ta vie ?
— Elle l'a été pendant un moment. Mais les choses changent, Nora. Allez, tu es une grande fille.
— Je...

Nora mit son père sur haut-parleur. Retourna à sa page Wikipédia. Eh oui : ses parents avaient divorcé. Son père avait eu une liaison avec Nadia Vanko, mère d'un nageur ukrainien, Yegor Vanko. Et dans cette ligne temporelle, sa mère était morte en 2011.

Tout ça parce que Nora ne s'était jamais retrouvée dans ce parking à Bedford et n'avait pas dit à son père qu'elle voulait arrêter la compétition de natation.

Elle éprouva à nouveau cette impression. L'impression de s'estomper. Comme si elle avait compris que cette vie n'était pas pour elle, et qu'elle disparaissait pour retourner à la bibliothèque. Mais elle resta où elle était. Elle dit au revoir à son père, mit fin à la communication et poursuivit la lecture de sa fiche Wikipédia.

Elle était célibataire, mais elle avait eu une liaison pendant trois ans avec Scott Richards, un plongeur américain, médaillé olympique, avec qui elle avait brièvement vécu en Californie. Ils avaient habité La Jolla, à San Diego. Et maintenant elle vivait à West London.

Après avoir lu la page jusqu'au bout, elle reposa son téléphone et décida d'aller voir s'il y avait une piscine. Elle voulait faire ce qu'elle était censée être en train de faire dans cette vie : nager. Et peut-être que l'eau l'aiderait à réfléchir à ce qu'elle allait dire.

Ce fut un moment exceptionnel, même si cela ne lui donna que peu d'inspiration créative ; ça la calma un peu après l'expérience de la conversation avec son père décédé. Elle avait la piscine pour elle toute seule, glissait dans l'eau, longueur après longueur, sans y penser. Ça lui faisait une impression tellement puissante, d'être aussi forte, en forme, et d'avoir une telle maîtrise de l'eau qu'elle cessa momentanément de songer à son père et de s'inquiéter du discours qu'elle avait à donner et pour lequel elle n'était vraiment pas préparée.

Mais, tout en nageant, elle changea un peu d'humeur. Elle se remémora toutes les années que son père avait gagnées et que sa mère avait perdues, et tout en réfléchissant elle sentit la colère monter contre lui, ce qui alimenta son énergie pour nager de plus en plus vite. Elle avait toujours pensé que ses parents étaient trop fiers pour divorcer, qu'ils laisseraient leurs ressentiments fermenter en eux, les projetant sur leurs enfants, sur Nora en particulier. Et nager était son seul atout pour obtenir leur approbation.

Là, dans la vie où elle était maintenant, elle avait poursuivi une carrière pour lui faire plaisir, sacrifiant ses relations personnelles, son amour de la musique, ses propres rêves en dehors de tout ce qui était lié à l'obtention d'une médaille – sacrifiant sa propre *vie*. Et son père l'avait remerciée en ayant une aventure avec cette Nadia et en quittant sa mère, et il était toujours aussi dur avec elle. Après tout ça.

Qu'il aille se faire foutre. Ou du moins cette version de lui.

Elle passait de la brasse au crawl quand elle se fit la remarque que ce n'était pas sa faute si ses parents n'avaient jamais réussi à l'aimer comme les parents étaient censés le faire, d'un amour inconditionnel. Ce n'était pas sa faute si sa mère se focalisait sur toutes ses failles, à commencer par l'asymétrie de ses oreilles. Non, ça remontait à plus loin que ça. Le premier problème était que Nora avait osé venir au monde à un moment où le mariage de ses parents commençait à battre de l'aile. Sa mère avait sombré dans la dépression, et son père avait plongé dans le single malt.

Elle fit encore trente longueurs, et son esprit s'apaisa. Elle commença enfin à se sentir libre, juste elle et l'eau.

Mais, quand elle finit par sortir de la piscine et retourna dans sa chambre pour enfiler les seuls vêtements de rechange qu'elle avait dans sa chambre d'hôtel (un élégant tailleur-pantalon bleu marine), elle regarda dans sa valise et ressentit la profonde solitude qui en émanait. Il y avait un exemplaire de son propre livre. Son reflet la regardait, depuis la couverture, rivant sur elle un regard d'une détermination d'acier, portant le maillot de bain de l'équipe nationale de Grande-Bretagne. Elle le prit et vit, en petits caractères, qu'il avait été « coécrit avec Amanda Sands ».

Amanda Sands, lui apprit Internet, était « la plume de plusieurs vedettes du sport ».

Et puis elle regarda sa montre. Il était temps de descendre dans le hall.

Deux personnes élégamment vêtues l'attendaient déjà. Elle ne les reconnut pas, mais il y avait un troisième individu qui lui était familier. Ici, il était en costume, rasé de près, coiffé avec une raie sur le côté et il avait l'air très professionnel, mais c'était le même Joe. Ses sourcils noirs étaient toujours aussi broussailleux – « C'est l'Italien qui est en toi », disait leur mère.

— Joe ?

Et en plus, il lui souriait. Un grand sourire fraternel, sans complication.

— Bonjour, frangine, dit-il, surpris et un peu gêné de la prolongation de l'embrassade dont elle le gratifiait.

L'accolade terminée, il lui présenta les deux personnes avec lesquelles il se trouvait.

— C'est Priya, de Gulliver Research, les gens qui organisent la conférence, et voici Rory, bien sûr, de Celebrity Speakers.

— Bonjour, Priya, dit Nora. Bonjour, Rory. Ravie de vous rencontrer.

— De même, répondit Priya avec un sourire. Nous sommes tellement heureux que vous ayez accepté de venir.

— Tu dis ça comme si on ne se connaissait pas, s'exclama Rory avec un rire tonitruant.

Nora fit marche arrière.

— Si si, Rory, je sais qu'on est de vieilles connaissances. C'était juste une petite blague. Tu connais mon sens de l'humour.

— Parce que tu as le sens de l'humour, maintenant?

— Très drôle, Rory...

— Bon, fit son frère avec un sourire. Tu veux voir l'amphi?

Elle ne pouvait s'empêcher de sourire. C'était bien son frère. Son frère qu'elle n'avait pas vu depuis deux ans, avec qui, le moins que l'on puisse dire, elle n'avait pas de bonnes relations depuis encore plus longtemps. Il avait l'air heureux, en bonne santé, et de l'aimer vraiment.

— L'amphi?

— Oui. La salle. Où tu vas faire la conférence.

— Tout est déjà en place, ajouta Priya, aimablement.

— Un sacrément grand auditorium, commenta Rory sur un ton approbateur, une tasse de café à la main.

Alors Nora accepta, et on la conduisit dans une vaste salle de conférences bleue, avec une large scène et, à peu près, un millier de chaises vides. Un technicien tout de noir vêtu arriva et lui demanda :

— Qu'est-ce que vous préférez ? Au revers, au casque, ou à la main ?

— Pardon ?

— Quel genre de micro vous voulez, là-haut ?

— Oh.

— Des oreillettes, intervint son frère, parlant pour elle.

— Ouais, des oreillettes, répondit Nora.

— J'ai réfléchi, dit Joe, après le cauchemar qu'on a eu avec le micro, à Cardiff.

— Ah oui, alors. Quel cauchemar !

Priya lui sourit, s'apprêtant à lui demander quelque chose.

— Je me trompe, ou vous n'avez pas de support multimédia ? Pas de diapos, rien du tout ?

— Euh, je...

Son frère et Rory la fixaient, un peu préoccupés. C'était clairement une question dont elle aurait dû connaître la réponse, et ce n'était pas le cas.

— Oui, dit-elle, et, voyant l'expression de son frère, elle reprit aussitôt : Non, je n'en ai pas. Non. Je n'ai pas de support multimédia.

Et ils la regardèrent tous comme si elle n'allait pas tout à fait bien, mais elle laissa passer en souriant.

Tisane à la menthe

Dix minutes plus tard, elle était assise avec son frère dans un endroit pompeusement baptisé « Salon Affaire VIP », une petite pièce non climatisée, avec des chaises et une table sur laquelle étaient disposés les quotidiens du jour. Quelques hommes entre deux âges pianotaient sur des ordinateurs portables.

À ce stade, elle avait compris que son frère était son manager. Et cela depuis sept ans, après qu'elle avait laissé tomber la compétition de natation.

— Tu es d'accord avec tout ça ? demanda son frère, qui venait de prendre un deuxième gobelet à la machine à café.

Il déchira l'emballage d'un sachet de menthe et le mit dans l'eau chaude.

Puis il le tendit à Nora.

Elle n'avait jamais bu de tisane à la menthe de sa vie.

— C'est pour moi ?

— Oui. C'est la seule infusion qu'ils avaient.

Quant à lui, il se prit un café qui faisait secrètement envie à Nora. Peut-être que dans cette vie elle n'avait pas droit à la caféine.

Tu es d'accord avec tout ça ?

— D'accord avec quoi ? s'étonna Nora.

— L'intervention d'aujourd'hui.

— Oh, euh, oui. Combien de temps ça dure, déjà ?

— Quarante minutes.

— Bien sûr.

— Ça fait beaucoup d'argent. Ils avaient proposé dix, mais j'ai réussi à les faire monter.

— C'est vraiment bien de ta part.

— Bah, j'en récupère quand même vingt pour cent. Ce n'est pas vraiment un sacrifice.

Nora essayait de réfléchir à la façon de démêler leur histoire commune. De découvrir comment il se faisait que, ici, ils étaient assis l'un à côté de l'autre et s'entendaient si bien. C'était peut-être l'argent, mais son frère n'avait jamais été particulièrement intéressé. Et non, bien entendu, il n'avait pas apprécié que Nora renonce au contrat avec la maison de disques, mais c'était parce qu'il aurait voulu jouer de la guitare avec les Labyrinthes jusqu'à la fin de ses jours, et être une rock star.

Après avoir plongé et replongé le sachet une dizaine de fois dans l'eau chaude, Nora le laissa flotter.

— Tu ne penses jamais à la façon dont nos vies auraient pu se dérouler différemment ? Tu sais, si j'avais lâché la natation, par exemple ?

— Pas vraiment.

— Je veux dire, qu'est-ce que tu crois que tu ferais si tu n'étais pas mon manager ?

— Je suis manager d'autres personnes aussi, tu sais.

— Bien sûr que je le sais. Évidemment.

— Je suppose que, sans toi, je ne managerais probablement personne. Tu comprends, tu étais la première. C'est toi qui m'as présenté Kai, bien sûr, et puis Natalie. Et puis Eli, alors…

Elle hocha la tête, comme si elle avait la moindre idée de qui étaient Kai, Natalie et Eli.

— C'est vrai, mais tu aurais peut-être pu suivre une autre voie.

— Qui sait ? Ou peut-être que je serais encore à Manchester, je ne sais pas.

— Manchester ?

— Ouais. Tu te souviens comme je m'étais plu, là-bas. À la fac.

Il était vraiment très difficile de ne pas avoir l'air surprise par tout ça, par le fait que le frère avec lequel elle s'entendait, et travaillait, était allé à l'université. Dans sa vie d'origine, après le bac, son frère avait candidaté pour faire des études d'histoire à Manchester, mais ses notes n'avaient jamais été suffisantes, sans doute parce qu'il était trop occupé à se défoncer tous les soirs avec Ravi. Avant de décider que, finalement, il n'avait pas du tout envie d'aller à la fac.

Ils discutèrent encore un peu.

À un moment donné, il fut distrait par son téléphone.

Nora remarqua que son écran d'accueil affichait un homme souriant, séduisant, radieux, qu'elle n'avait jamais vu. Elle avisa l'alliance de son frère et feignit une expression neutre.

— Alors, comment va la vie de couple ?

Joe eut un sourire. Un air authentiquement heureux. Il y avait des années qu'elle ne l'avait pas vu sourire comme ça. Dans sa vie d'origine, Joe n'avait jamais eu de chance en amour. Elle savait que son frère était gay depuis l'adolescence, mais il avait attendu d'avoir vingt-deux ans pour faire officiellement son coming out. Et il n'avait jamais eu de relation durable, ou sereine. Elle se sentait coupable que sa vie à elle ait eu le pouvoir de dicter aussi significativement celle de son frère.

— Oh, tu sais, Ewan, c'est Ewan.

Nora lui renvoya son sourire comme si elle savait qui était Ewan et comment il était au juste.

— Ouais. Il est génial. Je suis vraiment contente pour vous deux.

Il eut un rire.

— On est mariés depuis cinq ans, maintenant. Tu parles comme si on venait de se rencontrer, lui et moi.

— Non, c'est juste que, tu sais, je me dis parfois que tu as tellement de chance. D'être tellement amoureux. Et épanoui.

— Il voudrait un chien, dit-il en souriant. C'est notre débat actuel. Je veux dire, en avoir un ou pas, ça m'est égal. Mais je voudrais un chien sauveteur. Pas un foutu malinois, ou un bichon. Je voudrais un loup. Un vrai chien, tu vois.

Nora pensa à Voltaire.

— Les animaux sont de bons compagnons…

— Ouais. Tu veux toujours un chien ?

— Oui. Ou un chat.

— Les chats sont trop désobéissants, dit-il, et elle retrouva le frère dont elle se souvenait. Les chiens savent rester à leur place.

— La désobéissance est le vrai fondement de la liberté. Les obéissants doivent être des esclaves.

Il prit l'air perplexe.

— D'où ça sort, ça ? C'est une citation ?

— Oui. De Thoreau. Tu sais, mon philosophe préféré.

— Depuis quand es-tu tombée dans la philo ?

Évidemment. Dans cette vie, elle n'avait pas fait d'études de philo. Tandis que son moi racine lisait les œuvres de Thoreau, Lao Tseu et Sartre dans une résidence étudiante puante à Bristol, son moi actuel montait sur un podium à Beijing. Chose étrange, la version d'elle-même qui n'était jamais tombée amoureuse de la simple beauté de *Walden* de son cher Thoreau, ou des méditations stoïques de Marc Aurèle, lui inspirait autant de tristesse qu'elle éprouvait de sympathie pour la version qui n'était jamais allée au bout de son potentiel olympique.

— Oh, je ne sais pas... J'ai dû tomber là-dessus sur Internet.

— Ah. Super. Je regarderai. Tu pourrais placer ça dans ton intervention.

Nora se sentit pâlir.

— Euh, je pensais faire peut-être quelque chose d'un peu différent, aujourd'hui. Je pourrais, disons, improviser un petit peu.

Après tout, l'improvisation était un don qu'elle avait cultivé.

— J'ai vu un documentaire génial sur le Groenland, hier soir. Ça m'a rappelé l'époque où tu étais obsédée par l'Arctique et où tu avais découpé toutes ces photos d'ours polaires et tout ça.

— Oui. Madame Elm disait que la meilleure façon d'arriver à explorer l'Arctique était de devenir glaciologue. Et c'est ce que je voulais devenir.

— Madame Elm…, murmura-t-il. Ça me dit quelque chose.

— La bibliothécaire de l'école.

— C'est ça. Tu avais pris pension dans la bibliothèque, pas vrai ?

— Plus ou moins.

— Réfléchis, si tu n'avais pas continué la natation, tu serais au Groenland, tout de suite.

— Au Svalbard, rectifia-t-elle.

— Pardon ?

— C'est un archipel de Norvège. Tout là-haut, dans l'océan Arctique.

— D'accord. Alors en Norvège. Tu serais là-bas.

— Peut-être. Ou peut-être que je me serais contentée de rester à Bedford. À ruminer. Chômeuse. Et j'aurais du mal à payer mon loyer.

— Ne dis pas de bêtises. Tu aurais forcément réussi à faire quelque chose de génial.

La candeur de son frère lui arracha un sourire.

— Dans certaines vies, toi et moi, on ne s'entendrait même pas.

— N'importe quoi.

— J'espère bien.

Joe parut un peu mal à l'aise, et il était clair qu'il avait envie de changer de sujet.

— Hé, devine qui j'ai revu l'autre jour ?

Nora eut un haussement d'épaules évasif, espérant que c'était quelqu'un dont elle avait entendu parler.

— Ravi. Tu te souviens de lui ?

Elle pensa à Ravi, qu'elle avait croisé chez le marchand de journaux pas plus tard que la veille.

— Ah oui, Ravi.

— Eh bien, je suis tombé sur lui.

— À Bedford ?

— Ha ! Seigneur, non. Il y a des années que je n'y ai pas remis les pieds. Non. C'était à la gare de Blackfriars. Tout à fait par hasard. Il y avait plus de dix ans que je ne l'avais pas vu. *Au moins.* Il voulait aller au pub. Alors je lui ai expliqué que je ne buvais plus rien, maintenant, et il a fallu que je lui explique que j'avais été alcoolique. Et tout ça. Que je n'avais pas bu un verre de vin ou tiré une taffe sur un joint depuis des années. (Nora hocha la tête, comme si cette nouvelle n'était pas une bombe.) Depuis que je m'étais attiré tous ces ennuis, après la mort de maman. Je pense qu'il s'est demandé : « Mais qui est ce type ? », enfin, il allait bien. Il était cool. Il travaille en tant que cameraman, maintenant. Il fait toujours de la musique en job d'appoint. Pas du rock. Il est DJ, semble-t-il. Tu te rappelles le groupe qu'on avait monté, lui et moi, il y a des années, les Labyrinthes ?

À cela, il était moins difficile de fournir une réponse évasive.

— Ah oui. Les Labyrinthes. C'est un véritable voyage dans le passé, dis donc !

— Oui. J'ai eu l'impression qu'il regrettait le bon vieux temps. Alors qu'on était mauvais et que je ne pouvais pas chanter.

— Et toi ? Tu ne penses jamais à ce qui aurait pu se passer si les Labyrinthes avaient cassé la baraque ?

Il eut un petit rire attristé.

— Je ne sais pas *s'il aurait pu* se passer quelque chose.

— Peut-être que tu avais besoin de quelqu'un d'autre. Je jouais sur les claviers que papa et maman t'avaient payés.

— Ah bon ? Et quand est-ce que tu trouvais le temps ?

Une vie sans musique. Une vie sans lire les livres qu'elle avait adorés.

Mais aussi : une vie où elle était proche de son frère. Où elle n'avait pas été amenée à le laisser tomber.

— Enfin, Ravi voulait juste te dire salut. Et reprendre contact. Il bosse à une station de métro d'ici. Alors il va essayer de venir à la conférence.

— Ah bon ? Oh. C'est-à-dire que… je préférerais qu'il ne vienne pas.

— Pourquoi ?

— Je ne l'ai jamais vraiment apprécié.

Joe se renfrogna.

— Vraiment ? Je ne me rappelle pas te l'avoir entendu dire. Il est super. Un brave gars. Peut-être pas un battant, à l'époque, mais apparemment il a réussi à se reprendre en main…

Nora était déstabilisée.

— Joe ?
— Ouais ?
— Tu sais, quand maman est morte...
— Ouais.
— Où est-ce que j'étais ?
— Qu'est-ce que tu veux dire ? Ça va, frangine ? Les nouveaux comprimés marchent ?
— Les comprimés ?
Elle regarda dans son sac, fouilla un peu. Trouva une petite boîte d'antidépresseurs. Elle eut un pincement au cœur.
— Je voulais juste savoir. Est-ce qu'on se voyait beaucoup avant sa mort ?
Joe se renfrogna. C'était toujours le même. Toujours aussi incapable de déchiffrer sa sœur. Et tout aussi désireux de fuir la réalité.
— Tu sais bien qu'on n'était pas là. C'est arrivé tellement vite. Elle ne nous avait pas dit qu'elle était malade. Pour nous protéger. Ou peut-être parce qu'elle ne voulait pas qu'on lui dise d'arrêter de boire.
— De boire ? Maman buvait ?
L'air soucieux de Joe s'accentua.
— Enfin, frangine ? Tu es devenue amnésique ? Elle se tapait une bouteille de gin par jour depuis l'arrivée de Nadia dans le paysage.
— Ouais, évidemment. Je me souviens.
— Et puis il y avait le championnat d'Europe qui se profilait à l'horizon, et elle ne voulait pas interférer avec ça...
— Seigneur... J'aurais dû être là. L'un de nous deux aurait dû être là, Joe. Tous les deux...

Son expression se figea.

— Tu n'as jamais été très proche de maman, non ? Pourquoi tout à coup…

— Je m'étais rapprochée d'elle. C'est-à-dire que je l'aurais fait si…

— Tu me fous la trouille. Tu n'es pas toi-même, là.

Nora hocha la tête.

— Oui… Je… c'est juste que… Oui, je crois que tu as raison. Ça doit être les cachets…

Elle repensa à leur mère, qui leur répétait pendant les derniers mois : « Je ne sais pas ce que j'aurais fait sans vous. » Elle l'avait probablement dit à Joe aussi. Mais, dans cette vie, aucun des deux n'avait été là.

Et puis Priya entra dans la pièce. En souriant, cramponnée à son téléphone et à une espèce de planche à pince.

— C'est l'heure, dit-elle.

L'arbre qui est notre vie

Cinq minutes plus tard, Nora était de nouveau dans l'énorme salle de conférences de l'hôtel. Au moins mille personnes regardaient le premier intervenant conclure sa présentation. L'auteur de *Du zéro au héros.* Le livre qui se trouvait sur la table de nuit de Dan, dans une autre vie. Mais Nora ne l'écoutait pas vraiment. Elle était assise à la place qui lui était réservée au premier rang. Elle était trop ennuyée pour sa mère, trop nerveuse à l'idée de faire un discours, alors elle se saisit de la première phrase, du premier mot qui surnageait dans son esprit, comme les croûtons dans un minestrone. « Fait peu connu », « ambition », « ça va peut-être vous étonner, mais… », « si je peux le faire », « école des coups durs »…

On avait du mal à respirer dans cette salle. L'air était plein d'odeurs de colle à moquette et de parfums trop forts.

Elle essaya de reprendre son calme.

Elle se pencha vers son frère et murmura :

— J'ai peur de ne pas y arriver.

— Hein ?

— Je crois que j'ai une crise d'angoisse.

Il la regarda en souriant, mais avec une dureté dans le regard qu'elle avait déjà vue, quand elle avait eu une attaque de panique avant l'un des premiers engagements des Labyrinthes, dans un pub de Bedford.

— Tu vas très bien t'en sortir.

— J'ai peur de ne pas y arriver ; j'ai la cervelle vide.

— Tu t'en fais une montagne.

— C'est le trac. Je n'ai pas d'autre mode de pensée disponible.

— Allez. Ne nous laisse pas tomber.

Ne nous laisse pas tomber.

— Mais...

Elle essaya de penser à la musique.

Penser à la musique avait toujours réussi à la calmer.

Une chanson lui vint. Elle fut un peu ennuyée, même intérieurement, de se rendre compte que l'air qu'elle avait dans la tête était « Beautiful Sky ». Une chanson pleine de joie, d'espoir, qu'elle n'avait pas chantée depuis longtemps. *Le Ciel s'assombrit / La nuit l'envahit / Pourtant les étoiles / Brillent pour toi...*

Et puis la personne qui était assise à côté de Nora, une femme d'affaires bien habillée d'une cinquantaine d'années, et à l'origine du parfum envahissant, se pencha sur elle et chuchota :

— Je suis vraiment désolée de ce qui vous est arrivé. Vous savez, le truc au Portugal...

— Quel truc ?

La réponse de la femme fut noyée par les applaudissements du public qui retentirent à cet instant.

— Quoi donc ? demanda-t-elle à nouveau.

Mais il était trop tard. On faisait signe à Nora de monter sur l'estrade, et son frère la poussait du coude.

La voix de Joe, hurlant presque :

— Ils veulent que tu y ailles. Allez, vas-y !

Elle se dirigea timidement vers le pupitre dressé sur la scène, vers son visage gigantesque qui souriait triomphalement, une médaille d'or autour du cou, sur l'écran, derrière elle.

Elle avait toujours détesté se sentir observée.

— Bonjour, dit-elle nerveusement, dans le micro. C'est un plaisir d'être ici, aujourd'hui...

Un millier de visages la regardaient, attendaient...

Elle n'avait jamais parlé à autant de gens en même temps. Même quand elle était avec les Labyrinthes, ils n'avaient jamais joué devant plus d'une centaine de personnes, et à l'époque, elle parlait aussi peu que possible entre les chansons. Et quand elle travaillait à La Théorie des Cordes, si ça ne l'embêtait pas du tout de parler avec les clients, elle prenait rarement la parole pendant les réunions d'équipe, alors qu'il n'y avait jamais plus de cinq personnes dans la pièce. Et pour remonter encore plus loin, à la fac, alors qu'Izzy faisait toujours des exposés éblouissants, Nora se rongeait les sangs pendant des semaines à la perspective de prendre la parole en public.

Joe et Rory la fixaient, déconcertés.

La Nora qu'elle avait vue dans la conférence TED n'était pas cette Nora, et elle doutait de jamais devenir cette personne. Faute d'avoir fait tout ce qu'elle avait fait.

— Salut. Je m'appelle Nora Seed.

Elle n'avait pas l'intention de dire quelque chose de drôle, mais, à ces mots, toute la salle se mit à rire. Il était clair qu'elle n'avait pas besoin de se présenter.

— La vie est bizarre, dit-elle. C'est drôle qu'on la vive comme ça, tout d'un coup. En ligne droite. Alors qu'en réalité ce n'est pas tout le tableau. Parce que la vie, ce n'est pas seulement les choses que nous faisons, c'est aussi les choses que nous ne faisons pas. Et chaque instant de notre vie est une... une sorte de tournant.

Toujours rien.

— Réfléchissez. Pensez à la façon dont on commence... Ce qui fige les choses. Comme une graine d'arbre plantée dans le sol. Et puis on... on germe... on grandit... et au départ, on est un tronc...

Absolument rien.

— Et puis l'arbre, l'arbre qui est notre vie, développe des branches. Pensez à toutes ces branches qui partent du tronc à des hauteurs différentes. Pensez à toutes ces branches qui se ramifient à nouveau, dans des directions souvent opposées. Pensez à ces branches qui deviennent d'autres branches, des branches qui deviennent des rameaux. Et pensez à toutes les extrémités de ces rameaux, à tous ces endroits différents, alors qu'ils sont tous issus du même tronc. La vie est pareille, mais à une plus grande échelle. De nouvelles branches se forment à chaque seconde de chaque jour. Et de notre point de vue – de notre point de vue individuel –, ça donne l'impression d'un... d'un continuum. Chaque rameau n'a fait qu'un seul et unique voyage. Mais il y a d'autres rameaux. Tout comme il y a d'autres aujourd'hui. D'autres vies qui auraient été différentes, si nous avions pris des directions différentes plus tôt. C'est un arbre de vie. L'arbre de vie, il en est question dans des tas de religions et de mythologies. Dans le bouddhisme, le judaïsme, le christianisme. Quantités de philosophes et d'auteurs ont utilisé la métaphore de l'arbre. Pour Sylvia Plath, l'existence était un figuier et chaque vie possible qu'elle pouvait vivre – la vie de femme qui avait fait un mariage heureux, la vie de poétesse à succès – était une douce figue juteuse, mais elle ne pouvait pas goûter toutes les douces figues juteuses, alors elles pourrissaient à portée de sa main. On pourrait devenir fou à force de penser à toutes les autres vies qu'on ne connaît pas. Par exemple, dans la plupart de mes vies, je ne suis pas sur cette estrade à vous parler de la réussite... dans la plupart des vies je n'ai pas remporté de médaille d'or aux Jeux olympiques...

Elle se rappela une chose que Mme Elm lui avait dite dans la Bibliothèque de Minuit.

— Vous voyez, faire une seule chose autrement revient très vite à tout faire autrement. On aura beau faire, on ne pourra jamais revenir en arrière sur ses actions au cours d'une vie...

Les gens l'écoutaient, maintenant. Il était clair qu'ils avaient besoin d'une Mme Elm dans leur existence.

— La seule façon d'apprendre, c'est de vivre.

Elle poursuivit sur ce thème pendant encore vingt minutes, se rappelant autant que possible ce que Mme Elm lui avait appris, et puis son regard tomba sur ses mains, qui luisaient, toutes blanches, à la lumière du lutrin.

Quand elle remarqua une ligne de chair rose, mince, un peu renflée, elle sut que la blessure avait été auto-infligée, ce qui interrompit le cheminement de ses pensées. Ou, plutôt, lui en fit prendre un autre.

— Et puis… le fait est… le fait est que ce que nous considérons comme la route la plus réussie que nous pouvons prendre ne l'est pas en réalité. Parce que trop souvent notre vision du succès tourne autour d'une idée merdique, externe, de la réussite – une médaille olympique, le mari idéal. Un bon salaire. Et nous avons tous ces indicateurs que nous essayons d'atteindre. Alors qu'en réalité la réussite n'est pas mesurable… et la vie n'est pas une course gagnable. Tout ça, c'est… des conneries, en fait…

Le public avait l'air carrément mal à l'aise, maintenant. Il était clair que ce n'était pas le discours qu'il attendait. Elle parcourut l'assistance du regard et vit un seul visage souriant levé vers elle. Elle mit une seconde – parce qu'il était élégamment vêtu d'une chemise en coton bleu et qu'il avait les cheveux beaucoup plus courts que dans sa vie à Bedford – à saisir que c'était Ravi. Ce Ravi-là avait l'air amical, mais elle ne pouvait oublier ce qu'elle savait de l'autre Ravi, celui qui était sorti comme une tornade de chez le marchand de journaux, en fulminant parce qu'il n'était pas capable de se payer un magazine, et lui en voulait pour cela.

— Vous voyez, je sais que vous vous attendiez à ce que ma conférence TED parle du chemin vers la réussite. La vérité, c'est que la réussite est une supercherie. Tout n'est qu'illusion. Je veux dire, oui, il y a des choses qu'on peut surmonter. Par exemple, je suis quelqu'un qui a le trac, et pourtant je suis là, sur une estrade. Regardez-moi... sur une estrade ! Et quelqu'un m'a dit récemment, on m'a dit que mon problème n'était pas vraiment la peur de parler en public. Mon problème, c'était *la peur de la vie.* Et vous voulez que je vous dise ? C'est sacrément vrai. Parce que la vie fait peur, et pour une bonne raison, et cette raison est que, peu importe quelle branche de la vie on finit par vivre, on est toujours le même arbre pourri. Je voulais être bien des choses dans ma vie. Toutes sortes de choses. Mais si votre vie est pourrie, elle sera pourrie, quoi que vous fassiez. L'humidité pourrit toute cette chose inutile...

Joe faisait désespérément mine de se trancher la gorge de la main.

— Enfin, soyez juste gentils et... Soyez gentils et c'est tout. J'ai le sentiment que je suis sur le point de partir, alors je voulais juste vous dire que j'aime mon frère Joe. Je t'aime, frangin, et j'aime tous ceux qui sont dans cette salle, et c'était bien sympa d'être là.

Et l'instant où elle dit que c'était sympa d'être là fut aussi l'instant où elle n'était plus là du tout.

Erreur système

Elle se retrouva dans la Bibliothèque de Minuit.

Mais, cette fois, un peu plus loin des étagères. C'était la zone mal définie du bureau qu'elle avait entrevue un peu plus tôt, dans une allée plus large. Le bureau était couvert de corbeilles à courrier où s'accumulaient des documents et des boîtes d'archives mal rangées, et il y avait un ordinateur.

L'ordinateur était une grosse chose démodée de couleur crème, qui trônait entre les papiers. Du genre que Mme Elm aurait eu jadis dans la bibliothèque de l'école. Elle était au clavier, en cet instant, et elle tapait à toute vitesse en regardant l'écran, Nora debout derrière elle.

Les lumières au-dessus de leurs têtes – les mêmes ampoules nues qui pendaient à des fils – clignotaient sauvagement.

— Mon père était vivant grâce à moi. Mais il avait aussi eu une liaison, et ma mère était morte plus jeune. Je m'entendais bien avec mon frère, car je ne l'avais jamais laissé tomber, mais c'était toujours le même, en fait, et à vrai dire il n'était vraiment gentil avec moi que parce que je lui faisais gagner de l'argent et... et... ce n'était pas le rêve olympique que j'avais imaginé. C'était la même moi. Et il s'était passé quelque chose au Portugal. J'avais probablement essayé de me tuer, ou je ne sais quoi... Est-ce qu'il y a d'autres vies différentes, ou est-ce qu'il n'y a que les meubles qui changent ?

Mais Mme Elm n'écoutait pas. Nora discerna quelque chose sur le bureau. Un vieux stylo à plume en plastique orange. Exactement identique à celui qu'elle avait jadis possédé à l'école.

— Hou, hou ? Madame Elm, vous m'entendez ?

Quelque chose clochait.

La bibliothécaire avait un air inquiet, crispé. Elle lisait tout bas ce qui était inscrit sur l'écran.

— Erreur système.

— Madame Elm ? Allô ? Youhou ! Vous me voyez ?

Elle lui tapota l'épaule. Avec un certain effet, apparemment.

Mme Elm se détourna de l'ordinateur, et son visage traduisit un immense soulagement.

— Alors, Nora, tu es revenue ?

— Vous vous attendiez à ce que je reste ? Vous pensiez que cette vie serait celle que j'avais envie de vivre ?

Elle secoua la tête sans vraiment bouger. Comme si c'était possible.

— Non. Ce n'est pas ça. C'est juste qu'il avait l'air fragile.

— Qu'est-ce qui avait l'air fragile ?

— Le transfert.

— Le transfert ?

— Du livre jusqu'ici. De la *vie que tu avais choisie* jusqu'à cet endroit. Il semble qu'il y ait un problème. Un plantage du système. Quelque chose qui dépasse mon contrôle immédiat. Quelque chose *d'externe.*

— Vous voulez dire, dans ma vraie vie ?

Elle regarda à nouveau l'écran.

— Oui. Tu vois, la Bibliothèque de Minuit n'existe que parce que tu existes. Dans ta vie racine.

— Alors je suis en train de mourir ?

Mme Elm eut l'air exaspérée.

— C'est une possibilité. C'est-à-dire qu'il se peut que nous arrivions au bout des possibilités.

Nora songea à ce sentiment de bien-être quand elle avait nagé dans la piscine. Comme ça lui avait paru vital, vivant. Et puis quelque chose se fit sentir en elle. Une étrange sensation. Un tiraillement dans le ventre. Un *changement* physique. En elle. Tout à coup, l'idée de la mort la troublait. Au même instant, les lumières cessèrent de clignoter au-dessus de sa tête et se mirent à briller plus vivement.

Mme Elm prit connaissance des nouvelles données qui s'affichaient sur le moniteur et frappa dans ses mains.

— Oh, c'est revenu. C'est bien. Le plantage est terminé. Le système a récupéré. Grâce à toi, je pense.

— Pardon ?

— Eh bien, d'après l'ordinateur, la cause racine inhérente à l'hôte a été temporairement neutralisée. Et tu es la cause racine. L'hôte – enfin, l'hôtesse.

Elle eut un sourire. Nora cilla, et quand elle rouvrit les yeux, elle se trouvait avec Mme Elm dans une autre partie de la bibliothèque. Elles étaient à nouveau entre des rangées d'étagères. Droites, raides, maladroites, face à face.

— Bon. Maintenant, du calme, dit Mme Elm avant de pousser un soupir profond, significatif.

Il était clair qu'elle se parlait à elle-même.

— Ma mère est morte à divers moments dans des vies différentes. J'aimerais une vie où elle est encore là. En existe-t-il ?

L'attention de Mme Elm se reporta sur Nora.

— Peut-être bien.

— Génial.

— Mais tu ne peux pas y aller.

— Et pourquoi pas ?

— Parce que cette bibliothèque est consacrée à tes décisions. Aucun des choix que tu aurais pu faire n'aurait permis qu'elle reste en vie au-delà d'hier. Je suis désolée.

Une ampoule clignota au-dessus de la tête de Nora, mais, en dehors de cela, la bibliothèque demeura inchangée.

— Il faut que tu réfléchisses à autre chose, Nora. Qu'y avait-il de bien dans la dernière vie ?

Nora hocha la tête.

— La natation. J'aimais nager. Mais je ne pense pas avoir été heureuse dans cette vie. Je ne sais pas si je suis véritablement heureuse nulle part.

— Est-ce que c'est le but, le bonheur ?

— Je l'ignore. Je suppose que je voudrais que ma vie ait un sens. Je voudrais faire quelque chose de bien.

— Tu voulais jadis être glaciologue, avança Mme Elm, comme si elle s'en souvenait tout à coup.

— Ouais.

— Tu en parlais. Tu disais que tu t'intéressais à l'Arctique, alors je t'avais suggéré de devenir glaciologue.

— Je m'en souviens. Le mot, sa sonorité, m'avait tout de suite plu. Mais mon père et ma mère n'avaient jamais aimé cette idée.

— Pourquoi ?

— Je ne sais pas vraiment. Ils me poussaient à continuer la natation. Enfin, mon père. Mais tout ce qui avait un rapport avec l'université, ils le tournaient en dérision.

Nora éprouvait une profonde tristesse, quasiment viscérale. Depuis le premier jour, ses parents ne la considéraient pas de la même façon que son frère.

— En dehors de la natation, la réussite, c'est de Joe qu'on l'attendait, dit-elle à Mme Elm. Ma mère me détournait de tout ce qui aurait pu m'éloigner. Contrairement à papa, elle ne m'encourageait même pas à faire de la compétition. Mais il doit bien y avoir une vie où je n'ai pas écouté ma mère, où je suis maintenant chercheuse, et dans l'Arctique. Loin de tout. Avec un but. Où j'aide la planète. Je fais des recherches sur l'impact du changement climatique. En première ligne.

— Alors, tu veux que je te trouve cette vie ?

Nora poussa un soupir. Elle ne savait pas encore ce qu'elle désirait. Enfin, au moins, le cercle polaire arctique serait différent.

— D'accord. Oui.

Le Svalbard

Elle se réveilla dans un petit lit dans une petite cabine à bord d'un bateau. Elle savait que c'était un bateau parce qu'il tanguait, et d'ailleurs c'était le tangage, pourtant léger, qui l'avait réveillée. La cabine était spartiate, basique. Elle portait un gros sweat en polaire et des leggings. Elle repoussa sa couverture et constata qu'elle avait mal à la tête. Et la bouche tellement sèche qu'elle avait l'impression que ses joues étaient collées à ses dents. Elle toussa, d'une toux profonde, et se sentit à mille longueurs de piscine de la forme olympique. Ses doigts sentaient le tabac. Elle s'assit et vit une femme blond pâle, robuste, qui avait l'air d'avoir essuyé pas mal de tempêtes, assise sur un autre lit et qui la regardait.

— *God morgen,* Nora.

Elle sourit. Et espéra que dans cette vie elle ne pratiquait pas couramment la langue scandinave, quelle qu'elle soit, que parlait cette femme.

— Bonjour.

Elle aperçut une bouteille de vodka à moitié vide et un mug par terre, à côté de la couchette de la femme. Un calendrier avec des chiens (avril : le cocker) posé sur le coffre entre leurs deux couchettes. Les trois livres posés également dessus étaient en anglais. Le plus proche de la femme était intitulé *Principles of Glacier Mechanics*. Il y en avait deux du côté de Nora : *A Naturalist's Guide to the Arctic*, et une édition Penguin Classic de la *Saga of the Volsungs : The Norse Epic of Sigurd the Dragon Slayer*. Elle remarqua autre chose : il faisait froid. Vraiment froid. Un froid presque brûlant, qui vous faisait mal aux doigts, aux orteils, et vous raidissait les joues. Même à l'intérieur. Avec des couches de sous-vêtements thermiques. Et une polaire par-dessus. Alors que les barres de deux radiateurs électriques brillaient de toute leur lueur orange. Chaque expiration provoquait un nuage de buée.

— Pourquoi es-tu là, Nora ? demanda la femme en anglais, avec un fort accent.

Une question piégeuse quand on ne savait pas où était « là ».

— Il est un peu tôt dans la matinée pour philosopher, non ? fit Nora avec un rire nerveux.

Elle vit par le hublot le mur de glace qui montait de la mer. Soit elle était très au nord, soit elle était très au sud. En tout cas, très loin quelque part.

La femme la regardait encore fixement. Nora ignorait complètement si elles étaient amies ou non. La femme paraissait coriace, directe, rustique, mais offrait probablement une forme de compagnie intéressante.

— Je n'ai pas envie de philosopher. Je ne te demande même pas pourquoi tu fais de la recherche en glaciologie. Sauf que ça pourrait être la même chose. Je veux dire, pourquoi as-tu choisi d'aller le plus loin possible de la civilisation ? Tu ne me l'as jamais dit.

— Je ne sais pas, répondit-elle. J'aime bien le froid.

— Personne n'aime ce froid-là. À moins d'être sadomasochiste.

Elle tenait un bon argument. Nora tendit la main vers le pull au bout de son lit et l'enfila par-dessus celui qu'elle portait déjà. En faisant cela, elle vit, à côté de la bouteille de vodka, une étiquette de voyage laminée abandonnée par terre :

Ingrid Skirbekk – Professeur de géosciences –
International Polar Research Institute

— Je ne sais pas, Ingrid. J'aime bien les glaciers, je suppose. Je veux les comprendre. Pourquoi ils... fondent.

Elle n'avait apparemment pas l'air de très bien s'y connaître en glaciers, à en juger par le haussement de sourcils d'Ingrid.

— Et toi ? demanda-t-elle, pleine d'espoir.

Ingrid poussa un soupir. Se frotta la paume de la main avec le pouce.

— Après la mort de Per, je ne supportais plus Oslo. Tous ces gens qui n'étaient pas lui, tu comprends ? Il y avait un café où on allait, à la fac. On restait assis tous les deux, sans parler, mais ensemble. Heureux sans se parler. À lire le journal, en prenant un café. C'était difficile d'éviter les endroits comme ça. On se promenait partout. Son âme errait, troublée, dans toutes les rues… Je n'arrêtais pas de dire à sa mémoire de foutre le camp, mais elle ne voulait rien entendre. Le chagrin est une saloperie. Si j'étais restée plus longtemps, j'aurais détesté l'humanité. Alors, quand un poste de recherche s'est présenté au Svalbard, je me suis dit que ça tombait à pic pour me sauver… Je voulais aller quelque part où il n'était jamais allé. Un endroit où je ne sentirais pas son fantôme. Mais, en vérité, ça ne marche qu'à moitié, tu vois ? Les endroits sont les endroits, les souvenirs sont les souvenirs, et la vie est une garce de vie.

Nora absorbait tout cela. Il était clair que cette Ingrid racontait son histoire à une personne qu'elle pensait assez bien connaître, excepté que Nora était une étrangère. Ça sonnait bizarre. Pas normal. Ça devait être le plus difficile quand on était une espionne, se dit-elle. Les émotions que les gens investissaient en vous, comme un mauvais placement. L'impression de leur voler quelque chose.

Ingrid sourit, interrompant le cours de sa pensée.

— Enfin, merci pour hier soir. C'était une bonne conversation. Il y a beaucoup d'enfoirés sur ce bateau, et tu n'es pas une enfoirée.

— Merci. Toi non plus.

C'est alors que Nora remarqua l'arme, un gros fusil avec une crosse marron, lourde. Appuyé à la cloison opposée de la cabine, sous les patères à vêtements.

Cette image l'emplit de bonheur, elle n'aurait su dire pourquoi. Elle se sentait comme la Nora dont la petite fille de onze ans aurait été fière. Apparemment, elle *vivait une aventure*.

Hugo Lefèvre

Nora s'engagea, en proie à un sacré mal de tête, une bonne gueule de bois visiblement, dans un couloir lambrissé, dépourvu de tout ornement, qui menait à une petite salle à manger où planait une odeur de harengs marinés, et où quelques chercheurs prenaient tranquillement leur petit-déjeuner.

Elle se servit un café noir, choisit un bout de pain de seigle un peu rassis et s'assit.

Autour d'elle, derrière les vitres, s'étendait la vue la plus incroyablement sublime qu'il lui ait jamais été donné de voir. Des îles de glace pareilles à des roches d'un blanc pur, immaculé, étaient visibles dans le brouillard. Elle compta dix-sept autres personnes dans la pièce. Onze hommes et six femmes. Nora s'assit toute seule, mais, au bout de cinq minutes, un homme aux cheveux courts et au menton pas rasé – ça lui ferait une belle barbe d'ici deux jours – s'assit à sa table. Il portait une parka, comme la plupart de ceux qui se trouvaient dans la salle, mais il n'avait pas l'air à l'aise avec. Il aurait sans doute été plus lui-même sur la Riviera, en short griffé et chemise polo rose. Il sourit à Nora. Elle essaya de traduire le sourire, de deviner le genre de relation qui était la leur. Il la regarda un petit moment, puis déplaça sa chaise pour s'asseoir en face d'elle. Elle chercha un badge nominatif, mais il n'en portait pas. Elle se demanda si elle aurait dû connaître son nom.

— Je m'appelle Hugo, dit-il, à son grand soulagement. Hugo Lefèvre. Vous êtes Nora, c'est ça ?

— Oui.

— Je vous avais vue au centre de recherche du Svalbard, mais nous n'avons pas eu l'occasion de nous saluer. Enfin, je voulais juste vous dire que j'avais lu votre article sur la pulsation des glaciers, et que j'avais été vraiment époustouflé.

— Ah oui ?

— Oui. Je veux dire, ça m'a toujours fasciné de savoir pourquoi ils font ça ici et nulle part ailleurs. C'est un phénomène tellement étrange.

— La vie est pleine de phénomènes étranges.

La conversation était tentante, mais dangereuse. Nora eut un petit sourire poli et regarda par la vitre. Les îlots de glace se changeaient en véritables îles. De petites collines pointues, striées de neige, comme des pics montagneux, ou des plaques de terre plus plates, crevassées. Et derrière, le glacier que Nora avait vu par le hublot de la cabine. Elle avait à présent une meilleure idée de sa dimension, bien que le haut disparaisse sous une visière de nuages. D'autres parties étaient complètement sorties des nuages. C'était incroyable.

Quand on voit un glacier à la télévision, ou dans un magazine, c'est une masse de blancheur lisse.

Mais celui-ci était aussi texturé qu'une montagne. Brun-noir et blanc. Et il y avait des variétés infinies de ce blanc, toute une mosaïque de variations – blanc-blanc, blanc-bleu, blanc-turquoise, blanc doré, blanc argenté, blanc translucide – qui prenaient vie de manière aveuglante, impressionnante. Assurément plus impressionnante que le petit-déjeuner.

— C'est déprimant, pas vrai ? dit Hugo.

— Quoi donc ?

— Ces journées sans fin.

Cette observation mit Nora mal à l'aise.

— Dans quel sens ?

Il attendit une seconde avant de répondre.

— Eh bien, la lumière éternelle, dit-il avant de mordre dans un cracker sec. Depuis le mois d'avril. C'est comme si on vivait une journée interminable... Je déteste ce sentiment.

— Vous m'en direz tant.

— Ils ne pourraient pas mettre des rideaux aux hublots ? C'est à peine si j'ai dormi depuis que j'ai mis les pieds sur ce bateau.

Nora hocha la tête.

— Ça fait longtemps, déjà ?

Il se mit à rire. C'était un beau rire. Bouche fermée. Civilisé. À peine un rire en fait.

— J'ai pas mal bu avec Ingrid la nuit dernière. La vodka m'a volé ma mémoire.

— Vous êtes sûre que c'est la vodka ?

— Qu'est-ce que ça pourrait être d'autre ?

Sous son regard inquisiteur, Nora se sentit automatiquement coupable.

Elle jeta un coup d'œil en direction d'Ingrid qui buvait son café tout en pianotant sur son ordinateur portable. Elle regretta de ne pas s'être attablée avec elle.

— Eh bien, c'était notre troisième soirée, dit Hugo. On erre dans l'archipel depuis dimanche. Ouais, dimanche. C'est là qu'on a quitté Longyearbyen.

Nora fit une grimace comme pour dire qu'elle savait tout ça.

— Dimanche paraît remonter à une éternité.

Le bateau donnait l'impression qu'il allait tourner. Nora fut forcée de s'incliner un peu sur son siège.

— Il y a vingt ans, c'est à peine s'il y avait de l'eau libre au Svalbard, en avril. Et maintenant, regardez ça. On dirait qu'on fait une croisière en Méditerranée.

Nora essaya de produire un sourire détendu.

— Pas tout à fait.

— Enfin... J'ai entendu dire que vous avez tiré le mauvais numéro aujourd'hui.

Nora essaya d'avoir l'air surpris, ce qui n'était pas difficile.

— Vraiment ?

— C'est vous la guetteuse, non ?

Elle n'avait pas idée de ce qu'il racontait, mais elle appréhendait une certaine lueur dans son regard.

— Oui, répondit-elle. En effet. La guetteuse. C'est moi.

Hugo ouvrit de grands yeux choqués. Ou feignant d'être choqués. Avec lui, c'était difficile de faire la différence.

— La *guetteuse* ?

— Oui ?

Nora aurait désespérément voulu savoir ce que faisait en réalité une guetteuse, mais elle n'osait pas poser la question.

— Eh bien, bonne chance, fit Hugo avec un sourire et un clin d'œil malicieux.

— Merci, répondit-elle en observant la fraîche lumière de l'Arctique et un paysage qu'elle n'avait jamais vu que dans les magazines. Je suis prête à relever le défi.

Marcher en rond

Une heure plus tard, Nora se tenait sur une étendue rocheuse couverte de neige. Plutôt un écueil qu'un îlot. Un endroit si petit et inhabitable qu'il n'avait pas été baptisé, mais une île plus grande – qui portait le nom inquiétant de *Bear Island* – était visible par-delà une étendue d'eau glacée. Elle était debout à côté d'un bateau. Pas le grand bateau, le *Lance*, sur lequel elle avait pris le petit-déjeuner, ancré au large, mais le petit canot à moteur qui avait été tiré hors de l'eau presque d'une seule main par une grande baraque de bonhomme appelé Rune, lequel, malgré son nom scandinave, parlait l'américain languide de la Côte ouest.

À ses pieds se trouvait un sac à dos jaune fluo. Et par terre, la Winchester qui était appuyée au mur, dans la cabine. C'était son fusil. Dans cette vie, elle avait un fusil. À côté était posée une poêle, avec une louche dedans. Et à la main elle tenait une autre arme à feu, moins mortelle, un pistolet d'alarme prêt à tirer une fusée éclairante.

Elle avait découvert le genre de « guet » dont elle était chargée. Pendant que neuf des savants se livraient à leurs recherches sur l'îlot, elle surveillait les ours polaires. Apparemment, c'était un vrai boulot. Et si elle en voyait un, la toute première chose qu'elle devait faire consistait à tirer une fusée d'alarme. Dans le double but de a) effrayer l'ours et le faire fuir, et b) d'avertir les autres.

Ce n'était pas complètement gagné. Les êtres humains étaient des sources de protéines savoureuses, et les ours n'étaient pas connus pour être craintifs, surtout depuis ces dernières années, alors que la menace d'extinction les rendait encore plus vulnérables et les amenait à prendre davantage de risques.

— Dès que tu as tiré la fusée éclairante, tu tapes sur la poêle avec la louche, lui avait dit le doyen du groupe, un homme au visage imberbe, anguleux, appelé Peter, qui était responsable de l'équipe de terrain et parlait en permanence sur le mode *fortissimo :* Tu tapes comme une folle et tu hurles. Ils ont l'ouïe fine ; ils sont comme les chats. Neuf fois sur dix, le bruit les fait fuir.

— Et la dixième fois ?

Il eut un mouvement de menton en direction du fusil.

— Tu le tues. Avant qu'il te tue.

Nora n'était pas seule à avoir un fusil. Ils en avaient tous. C'étaient des scientifiques armés. Bref, Peter lui tapota le dos en rigolant.

— J'espère sincèrement, fit Ingrid avec un rire rauque, que tu ne te feras pas bouffer. Tu me manquerais. Enfin, tant que tu n'as pas tes règles, tu devrais t'en sortir.

— Hein ! Quoi ?

— Ils sentent le sang à un kilomètre.

Quelqu'un d'autre – un individu tellement emmitouflé qu'elle n'aurait su dire de qui il s'agissait, même si elle l'avait connu – lui souhaita « bonne chance » d'une voix étouffée, lointaine.

— On sera de retour dans cinq heures..., conclut Peter.

Il se remit à rire, et Nora espéra que ça voulait dire qu'il blaguait.

— Marche en rond pour te tenir chaud.

Sur ce, ils la plantèrent là, s'éloignèrent sur le sol rocailleux et disparurent dans le brouillard.

Pendant une heure, il ne se passa rien. Nora tournait en rond, faisait des petits bonds d'un pied sur l'autre. Le brouillard s'estompa un peu, alors elle regarda le paysage. Elle se demandait pourquoi elle n'était pas de retour dans la bibliothèque. Après tout, c'était carrément *merdique*. Il y avait sûrement des vies où elle était assise au bord d'une piscine au soleil en ce moment même. Des vies où elle faisait de la musique, où elle se prélassait dans une baignoire pleine de mousse parfumée à la lavande, où elle avait une séance de baise incroyable au troisième rencard, où elle lisait sur une plage au Mexique, où elle mangeait dans un restaurant étoilé du Michelin, où elle faisait du lèche-vitrines dans les rues de Paris, où elle se perdait à Rome, où elle visitait tranquillement un temple près de Kyoto, où elle savourait le cocon chaud d'une relation heureuse, où...

Dans la plupart des vies, elle aurait au minimum été dans une situation moins inconfortable sur le plan physique. En même temps, là, elle éprouvait quelque chose de nouveau. Ou quelque chose d'ancien qu'elle aurait enfoui depuis longtemps. Le paysage glacial lui rappelait qu'elle était, d'abord et avant tout, un être humain vivant sur une planète. Presque tout ce qu'elle avait fait dans sa vie, pour autant qu'elle s'en souvienne – presque tout ce qu'elle avait acheté, consommé, tout ce pour quoi elle avait travaillé –, l'avait éloignée de la compréhension qu'elle, et tous les êtres humains, n'étaient en réalité qu'une espèce sur neuf millions.

« Si un être avance avec assurance en direction de ses rêves, avait écrit Thoreau dans *Walden*, et s'il s'efforce de vivre la vie qu'il a imaginée, en temps ordinaire, il connaîtra un succès inespéré. » Il avait aussi observé qu'une partie de cette réussite provenait du fait d'être seul : « Je n'ai jamais trouvé de compagnon qui soit d'aussi bonne compagnie que la solitude. »

Et Nora éprouvait la même chose, à cet instant. Elle n'était seule que depuis une heure, et elle n'avait jamais connu ce niveau d'isolement avant, au milieu d'une nature aussi désertique.

Elle pensait, dans ses heures nocturnes et suicidaires, que la solitude était le problème. Mais ce n'était pas une vraie solitude. L'esprit solitaire dans la ville multitudineuse est avide de connexions, parce qu'il pense que l'échange entre humains est l'alpha et l'oméga de toute chose. Mais, au sein de la nature à l'état pur (le « tonique de la vie sauvage », comme disait Thoreau), la solitude prenait un caractère différent. Elle devenait une sorte de connexion par elle-même. Un lien entre le monde et elle. Et entre elle et elle-même.

Elle se souvenait d'une conversation qu'elle avait eue avec Ash. Grand, un peu maladroit, chou, et constamment à la recherche d'une nouvelle partition pour sa guitare.

La conversation n'avait pas eu lieu au magasin, mais à l'hôpital, quand sa mère était malade. Peu après avoir découvert qu'elle avait un cancer des ovaires, elle avait dû se faire opérer. Nora l'avait emmenée consulter tous les médecins du Bedford General Hospital, et elle avait davantage tenu la main de sa mère au cours de ces quelques semaines que durant tout le reste de leurs échanges mis bout à bout.

Pendant qu'elle se faisait opérer, Nora attendait à la cafétéria de l'hôpital. Et Ash – dans sa tenue de chirurgien, reconnaissant en elle la personne avec laquelle il avait souvent bavardé à La Théorie des Cordes – avait vu son air inquiet et était entré dans la cafétéria des visiteurs pour lui dire bonjour. Il était chirurgien généraliste à l'hôpital, et elle s'était retrouvée à lui poser toutes sortes de questions sur le genre d'intervention qu'il faisait (ce jour-là, il avait procédé à une appendicectomie et à une opération du canal biliaire). Elle l'avait aussi interrogé sur le délai normal de récupération après une intervention chirurgicale, sur les traitements consécutifs, et il s'était montré très rassurant. Ils avaient fini par parler très longuement de toutes sortes de choses, sentant qu'elle en avait besoin. Il lui avait dit de ne pas trop regarder les symptômes de maladie sur Google. Et ça les avait amenés à parler des réseaux sociaux – il croyait que plus les gens étaient reliés par les réseaux sociaux, plus la société devenait solitaire.

— C'est pour ça que tout le monde se déteste autant de nos jours, avait-il dit. Parce que les gens ont un trop-plein d'amis qui ne sont pas de vrais amis. Vous avez déjà entendu parler du nombre de Dunbar ?

Il lui avait parlé d'un dénommé Roger Dunbar, de l'université d'Oxford, qui avait découvert que les êtres humains étaient programmés pour connaître cent cinquante personnes au maximum durant toute leur vie, parce que c'était la taille moyenne des communautés de chasseurs-cueilleurs.

— Et le Livre du Jugement dernier, lui avait dit Ash, à la lumière blafarde de la cafétéria de l'hôpital. Il est dit dans le Livre du Jugement dernier que la taille moyenne d'une communauté anglaise de l'époque était de cent cinquante personnes. Sauf dans le Kent, où elle était de cent personnes. Je viens du Kent. Nous avons un ADN antisocial.

— Je suis allée dans le Kent, avait contré Nora. J'ai remarqué ça. Mais j'aime bien cette théorie. C'est le nombre de gens qu'on peut rencontrer sur Instagram en une heure.

— Exactement. Ce n'est pas sain ! Notre cerveau ne peut pas gérer ça. C'est pour ça que nous privilégions les communications en face-à-face. Et... c'est pourquoi je n'achèterais jamais en ligne mes partitions de Simon et Garfunkel pour la guitare !

Elle sourit à ce souvenir, puis elle fut ramenée à la réalité du paysage de l'Arctique par un grand bruit d'éclaboussure.

À quelques mètres d'elle, entre l'écueil sur lequel elle se trouvait et Bear Island, un autre petit rocher, ou une collection de rochers, dépassait de l'eau. Quelque chose émergeait de l'écume de mer. Quelque chose de lourd qui claquait contre la pierre de tout son poids. Tremblant comme une feuille, elle s'apprêtait à tirer la fusée de détresse, mais ce n'était pas un ours polaire. C'était un morse. Une grosse bête marron, ridée, qui s'avança en pédalant sur la glace et s'arrêta pour la regarder. L'animal avait l'air vieux, même pour un morse. Les morses ignoraient la gêne et pouvaient soutenir votre regard pendant une durée illimitée. Nora était terrifiée. Elle ne savait que deux choses sur eux : qu'ils pouvaient être vicieux, et qu'ils ne restaient jamais très longtemps seuls.

Il y avait probablement d'autres morses prêts à se hisser hors de l'eau.

Elle se demanda s'il fallait donner l'alarme.

Le morse resta immmobile, pareil à un fantôme de lui-même dans la lumière granuleuse, et disparut lentement derrière un voile de brume. Les minutes passèrent. Nora portait sept couches de vêtements, mais ses paupières lui faisaient l'impression de se pétrifier, et elle craignait, si elle les fermait trop longtemps, qu'elles gèlent et qu'elle ne puisse plus les rouvrir. Les voix des autres dérivaient parfois vers elle et, l'espace d'un instant, ses collègues se rapprochèrent suffisamment pour qu'elle voie certains d'entre eux. Des silhouettes dans la brume, penchées sur le sol, déchiffrant les échantillons de glace avec des instruments auxquels elle n'aurait rien compris. Puis ils disparurent à nouveau, alors elle mangea une barre protéinée prise dans son sac à dos. Elle était glacée et aussi dure que du caramel. Elle regarda son téléphone. Pas de réseau.

Tout était très silencieux.

Le calme lui fit mesurer à quel point le monde pouvait être bruyant partout ailleurs. Ici, le bruit était significatif. Quand on entendait quelque chose, il fallait faire attention.

Elle mastiquait lorsqu'elle entendit un autre bruit d'éclaboussure. Venant cette fois d'une direction différente. Dans la combinaison de brouillard et de maigre lumière, il était difficile d'apercevoir quelque chose. Mais ce n'était pas un morse ; cela devint évident lorsqu'elle se rendit compte que la silhouette qui s'approchait d'elle était énorme. Plus grosse qu'un morse et beaucoup plus grosse que n'importe quel être humain.

Un moment de crise extrême au milieu de nulle part

— *Et merde,* murmura Nora dans le froid.

De la frustration de ne pas trouver une bibliothèque quand on en a vraiment besoin

Le brouillard se dissipa, révélant un gigantesque ours blanc. Il se laissa tomber à quatre pattes et continua à s'approcher d'elle avec une vélocité surprenante et une grâce pesante, terrifiante. L'espace d'un instant, Nora ne fit rien. Son esprit était désactivé par la panique. Elle était aussi immobile que le permafrost sur lequel elle se tenait.

Merde.

Merde merde.

Merde merde putain de merde.

Merde merde merde merde merde.

Finalement, l'instinct de survie entra en action. Nora leva le pistolet d'alarme et tira. La fusée éclairante jaillit comme une petite comète, disparut dans l'eau, et la lueur s'estompa avec ses espoirs. L'animal avançait toujours vers elle. Elle se laissa tomber à genoux et se mit à taper sur la poêle avec la louche, tout en criant à pleins poumons.

— OURS ! OURS ! OURS !

L'ours s'arrêta brièvement.

Et se remit à avancer.

— OURS ! OURS ! OURS !

Le boucan était sans effet sur l'ours. Il était tout près. Elle se demanda si elle pourrait attraper le fusil, posé sur la glace, juste un tout petit peu trop loin. Elle voyait les énormes pattes pelues du plantigrade, ses griffes pareilles à des armes, qui s'enfonçaient dans la roche saupoudrée de neige. Il avançait, tête basse, ses yeux noirs rivés sur elle.

— BIBLIOTHÈQUE ! hurla Nora. MADAME ELM ! JE VOUS EN PRIE, RAMENEZ-MOI ! CE N'EST PAS LA BONNE VIE ! C'EST VRAIMENT, VRAIMENT, *VRAIMENT* UNE ERREUR ! FAITES-MOI REVENIR ! JE NE VEUX PAS L'AVENTURE ! OÙ EST LA BIBLIOTHÈQUE ? JE VEUX LA BIBLIOTHÈQUE !

Il n'y avait pas de haine dans les yeux de l'ours polaire, Nora était du manger. De la viande. C'est tout. Et c'était une sorte de terreur humiliante. Son cœur cognait comme un tambour contre ses côtes, atteignait un crescendo. La fin de la chanson. Et en cet instant, cela s'imposa enfin à elle avec une clarté stupéfiante : elle ne voulait pas mourir.

Et c'était le problème. Face à la mort, la vie semblait tout à coup beaucoup plus intéressante, et si la vie paraissait plus intéressante, comment pourrait-elle retourner dans la Bibliothèque de Minuit ? Pour essayer une autre vie, un autre livre, il ne suffisait pas qu'elle ait peur, il fallait qu'elle soit déçue par la vie qu'elle vivait.

Il y avait la mort. Violente, celle qui faisait tout oublier, incarnée par un ours, qui la regardait avec ses yeux noirs. Et elle savait désormais, plus fort que n'importe quoi, qu'elle n'était pas prête à mourir. Et cette certitude allait croissant, prit le pas sur la peur même, elle était debout, là, face à un ours polaire, lui-même affamé et prêt à tout pour exister, alors elle se remit à taper sur la poêle avec la louche. Plus fort. Un staccato rapide, *bang bang bang*.

Je n'ai. Pas. Peur.
Je n'ai. Pas. Peur.
Je n'ai. Pas. Peur.
Je n'ai. Pas. Peur.
Je n'ai. Pas. Peur.
Je n'ai. Pas. Peur.

L'ours se redressa et la regarda, comme le morse l'avait fait. Elle jeta un coup d'œil au fusil. Oui. Il était trop loin. Le temps qu'elle l'attrape et qu'elle réussisse à tirer, il serait trop tard. De toute façon, elle doutait d'être capable de tuer un ours polaire. Alors elle continua à taper avec la louche.

Nora ferma les yeux, espérant regagner la bibliothèque tout en continuant à faire du bruit. Quand elle rouvrit les yeux, l'ours glissait, la tête la première, dans l'eau. Elle continua à taper sur la poêle bien après la disparition de l'animal. Une minute plus tard, elle entendit les êtres humains l'appeler dans le brouillard.

Île

Elle était choquée. Mais pas tout à fait pour la raison que les autres, à bord du canot, imaginaient. Ce n'était pas le choc d'avoir été si près de la mort. C'était le choc de se rendre compte qu'elle voulait vivre.

Ils passèrent le long d'une petite île grouillante de vie sauvage. La roche était couverte de lichens verts. Des oiseaux – des petits pingouins et des puffins – étaient massés, blottis les uns contre les autres pour mieux résister au vent arctique. La vie se perpétuant envers et contre tout.

Nora sirota le café que Hugo lui avait tendu, tout droit sorti de sa fiasque. Elle le tenait à deux mains, les mains gelées malgré ses trois paires de gants.

Faire partie de la nature était intrinsèque à la volonté de vivre.

Quand on restait trop longtemps au même endroit, on oubliait à quel point le monde était vaste. On n'avait plus la notion de l'énormité de ces latitudes et de ces longitudes. Tout comme, supposa-t-elle, il était difficile d'avoir conscience de l'immensité contenue dans une personne.

Mais une fois qu'on avait perçu cette immensité, que quelque chose l'avait révélée, l'espoir renaissait, qu'on le veuille ou non, et il se cramponnait à vous aussi obstinément que le lichen s'accrochait à la roche.

Permafrost

Au Svalbard, la température de l'air en surface se réchauffait deux fois plus vite que dans le reste du monde. Le changement climatique était deux fois plus rapide ici qu'à peu près n'importe où sur terre.

Une femme, coiffée d'un bonnet de laine violet tiré jusqu'aux sourcils, racontait qu'elle avait vu un iceberg faire une cabriole – un phénomène qui se produisait parce que les eaux, en se réchauffant, l'avaient fait fondre par en dessous jusqu'à ce que le haut devienne trop lourd.

Autre problème : sur la terre, le permafrost fondait, ramollissant le sol, provoquant des glissements de terrain et des avalanches qui menaçaient de détruire les maisons de bois de Longyearbyen, la plus grande ville de l'archipel du Svalbard. Entraînant aussi le risque que des cadavres refassent surface dans le cimetière local.

C'était passionnant d'être parmi des savants qui essayaient de découvrir ce qui arrivait au juste à la planète, qui s'efforçaient d'observer l'activité glaciaire et climatique afin de comprendre et de protéger la vie sur terre.

De retour sur le bateau principal, Nora s'installa dans la salle à manger et écouta sans mot dire tout le monde la réconforter suite à la confrontation avec l'ours. Elle ne pouvait pas leur dire qu'elle se félicitait de cette expérience. Elle se contentait de sourire poliment, en s'efforçant d'esquiver la conversation.

Cette vie était intense, sans compromis. Il faisait – 17°, elle avait failli se faire dévorer par un ours polaire, mais peut-être le problème de sa vie racine venait-il en partie de sa vacuité.

Elle en était arrivée à penser que la médiocrité et la déception étaient son destin.

En réalité, elle avait toujours eu l'impression d'être issue d'une longue lignée de regrets et d'espoirs fracassés qui semblaient se répercuter à chaque génération.

Exemple : son grand-père maternel, Lorenzo Conte. Il avait quitté les Pouilles – la jolie région du talon de la botte italienne – pour débarquer dans le *Swinging London* des années 1960.

Comme tant d'autres dans la ville portuaire désolée de Brindisi, il avait émigré en Angleterre, lâchant sa vie sur l'Adriatique pour un boulot dans une briqueterie, la London Brick Company. Dans sa grande naïveté, il s'imaginait mener une vie idyllique à fabriquer des briques pendant la journée, à sortir le soir avec les Beatles et à flâner dans Carnaby Street, bras dessus bras dessous avec Jean Shrimpton ou Marianne Faithfull. Le problème, c'était que, malgré son nom, la London Brick Company n'était pas vraiment à Londres.

Elle se trouvait à une centaine de kilomètres au nord, à Bedford, qui, nonobstant certains charmes, d'ailleurs modestes, s'était révélée moins *swinging* que Lorenzo n'aurait voulu. Il négocia un compromis avec ses rêves et s'y installa. Le travail n'était peut-être pas glamour, mais il payait.

Lorenzo épousa une Anglaise du coin appelée Patricia Brown, qui commençait aussi à se résigner aux déceptions de la vie, ayant troqué son rêve de devenir actrice pour le théâtre banal et quotidien de l'existence d'une ménagère de banlieue dont les talents culinaires seraient à jamais occultés par le fantôme de sa belle-mère des Pouilles et de ses légendaires platées de spaghettis, insurpassables aux yeux de Lorenzo.

Ils avaient, l'année de leur mariage, eu une petite fille – la mère de Nora – appelée Donna.

Donna avait grandi avec ses parents, qui se disputaient presque continuellement, et en avait déduit que le mariage était une chose non seulement inévitable, mais aussi inévitablement misérable. Elle était devenue secrétaire d'un cabinet juridique, puis chargée de communication au conseil municipal de Bedford. C'est là qu'elle avait eu un problème dont il n'avait jamais été vraiment question, pas avec Nora, du moins. Elle avait fait une espèce de dépression nerveuse – la première d'une longue série – qui l'avait obligée à rester chez elle, et bien qu'elle s'en soit remise, elle n'avait jamais repris son travail.

L'échec était un témoin invisible que sa mère avait transmis à Nora, qui l'avait longtemps gardé. Peut-être était-ce pour ça qu'elle avait renoncé à tant de choses. Parce que l'échec était inscrit dans son ADN.

Nora pensait à tout cela tandis que le bateau progressait dans les eaux de l'Arctique, sous les mouettes – des mouettes tridactyles d'après Ingrid – qui volaient au-dessus d'eux.

Des deux côtés de sa famille était ancrée la conviction tacite selon laquelle la vie était vouée à vous le mettre bien profond. Le père de Nora, Geoff, avait assurément eu une vie ratée.

Il avait grandi seul avec sa mère – son père étant mort d'une crise cardiaque quand il avait deux ans –, tapi derrière ses premiers cruels souvenirs. La grand-mère paternelle de Nora était née dans la campagne irlandaise, mais elle avait émigré en Angleterre, où, devenue femme de ménage dans une école, elle gagnait à peine de quoi payer à manger, et rigoureusement rien pour quoi que ce soit qui eut ressemblé, même de loin, à des loisirs.

Geoff en avait bavé très tôt dans la vie, mais il avait suffisamment grandi et grossi pour rendre la monnaie de leur pièce à ceux qui tentaient de le persécuter. Il travaillait dur et s'était révélé bon au football, au lancer de poids et plus particulièrement au rugby. Il jouait dans l'équipe junior des Bedford Blues. Il était devenu leur meilleur espoir et avait une réelle chance de casser la baraque, jusqu'à ce qu'une déchirure du ligament collatéral le fauche en plein vol. Il était devenu professeur d'éducation physique, bouillonnant d'un ressentiment silencieux envers l'univers entier. Il avait toujours rêvé de voyager, mais le rêve s'était borné à un abonnement à *National Geographic* et à des vacances, une fois, quelque part dans les Cyclades – Nora se souvenait de lui à Naxos, en train de prendre une photo du temple d'Apollon au coucher du soleil.

Enfin, peut-être que toutes les vies étaient comme ça. Peut-être que même les vies en apparence les plus parfaitement intenses ou dignes d'être vécues connaissaient la même chose : des hectares de déception, de monotonie, de blessures et de rivalités, avec parfois des éclairs d'émerveillement et de beauté. Peut-être que c'était tout ce qui comptait. D'être le monde, de porter témoignage de lui-même. Peut-être que ce n'était pas le manque de réussite qui avait rendu leurs parents malheureux, peut-être que c'était d'abord l'espoir de réussir. Elle n'en avait pas la moindre idée, en réalité. Mais, sur ce bateau, elle avait pris conscience de quelque chose. Elle avait aimé ses parents plus qu'elle ne l'avait jamais réalisé, et aussitôt, elle leur pardonna complètement.

Une nuit à Longyearbyen

Il leur fallut deux heures pour regagner le petit port de Longyearbyen. C'était la ville la plus septentrionale de Norvège – et du monde. Une ville d'environ deux mille habitants.

Ces faits de base, Nora les connaissait déjà dans sa vie racine. Après tout, elle était fascinée par cette partie du monde depuis qu'elle avait onze ans, mais ce qu'elle en savait n'allait guère au-delà des articles de magazine qu'elle avait lus, et elle appréhendait encore de prendre la parole.

Enfin, le trajet de retour en bateau s'était bien déroulé. Ses compagnons de voyage attribuaient au choc de la rencontre avec l'ours polaire son incapacité à parler des échantillons de glace, de pierre et de végétaux qu'ils avaient recueillis, ou à comprendre des termes comme « lit rocheux de basalte strié » et « isotopes postglaciaires ».

Il est vrai qu'elle avait été choquée. Mais le choc n'était pas celui que ses collègues imaginaient. Ce n'était pas le fait d'avoir cru qu'elle allait mourir. Elle était prête à mourir depuis la première fois où elle était entrée dans la Bibliothèque de Minuit. Non, le choc, c'est qu'elle avait l'impression qu'elle allait *vivre*. Ou, du moins, qu'elle allait pouvoir retrouver le désir de vivre. Et elle voulait faire quelque chose de bien de cette vie.

Le philosophe écossais David Hume avait écrit que la vie d'un être humain n'avait pas plus d'importance pour l'univers que celle d'une huître.

Si David Hume trouvait assez important de mettre cette pensée par écrit, alors peut-être que ça comptait un peu, quand même, d'espérer faire quelque chose de bien. D'aider à préserver la vie, sous toutes ses formes.

Si Nora avait bien compris, le travail qu'effectuaient cette autre Nora et ses compagnons scientifiques avait un rapport avec le fait de déterminer la vitesse à laquelle la glace et les glaciers fondaient dans la région, afin d'estimer le taux d'accélération du changement climatique. Ça ne se résumait pas à ça, mais c'était le nœud de l'affaire.

Et donc, dans cette vie, elle faisait ce qu'elle pouvait pour sauver la planète. Ou, du moins, pour témoigner de sa dévastation continue afin de sensibiliser le monde aux données de la crise environnementale. C'était potentiellement déprimant, mais elle se disait que c'était aussi une bonne chose, finalement gratifiante à faire. C'était un but. C'était porteur de sens.

Ils étaient impressionnés, aussi. Les autres. Par l'histoire de l'ours polaire. Nora était une espèce d'héroïne – pas à la façon d'une médaillée d'or de natation aux Jeux olympiques, mais d'une façon tout aussi valorisante.

Ingrid l'avait prise par les épaules.

— Tu es la guerrière à la poêle. Et je pense qu'on devrait saluer ton courage, et nos découvertes potentiellement susceptibles de marquer une avancée, par un repas. Un bon repas. Et de la vodka. Qu'en dis-tu, Peter ?

— Un bon repas ? À Longyearbyen ? Ils ont ça, là-bas ?

Il apparut que oui : ils avaient ça.

De retour sur la terre ferme, ils allèrent dans un endroit appelé Gruvelageret, un joli hangar de bois perché en retrait d'une route isolée dans une vallée austère, froide comme la neige. Elle but de la bière arctique et surprit ses collègues en mangeant la seule option végane d'un menu qui proposait du steak de renne et des burgers de morse. Apparemment, elle devait avoir l'air fatiguée parce qu'un certain nombre de ses collègues le lui dirent, mais peut-être était-ce juste parce qu'il n'y avait pas beaucoup de moments de la conversation auxquels elle pouvait participer avec assurance. Elle se faisait l'impression d'être une conductrice débutante à un carrefour encombré attendant nerveusement un bout de route sûr et dégagé.

Hugo était là. Elle se dit à nouveau qu'il aurait été plus à sa place à Antibes ou à Saint-Tropez. Elle se sentait un peu mal à l'aise quand il la regardait, un peu trop observée.

Lors du trajet de retour vers leur logement sur la terre ferme, qui évoquait à Nora une résidence étudiante, mais à une petite échelle, plus nordique, en bois, et minimaliste, Hugo pressa le pas pour la rattraper et marcher à côté d'elle.

— C'est intéressant, dit-il.

— Quoi donc ?

— Eh bien, ce matin, au petit-déjeuner, vous ne saviez pas qui j'étais.

— Pourquoi ? Vous non plus, vous ne saviez pas qui j'étais.

— Bien sûr que si. On avait bavardé pendant près de deux heures hier.

Nora eut l'impression d'être prise dans une espèce de nasse.

— Ah bon ?

— Je vous ai regardée au petit-déjeuner, avant de vous approcher, et j'ai bien vu que vous étiez différente aujourd'hui.

— Voilà qui est plutôt inquiétant, Hugo. Étudier les femmes au petit-déjeuner...

— Et j'ai relevé certaines choses.

Nora releva son écharpe devant son visage.

— Il fait trop froid. On ne pourrait pas parler de ça demain ?

— J'ai remarqué que vous improvisiez. Toute la journée, quoi que vous disiez, vous ne vous engagiez jamais.

— Pas vrai. Je suis juste secouée. L'ours, vous savez.

— Non. Ce n'est pas ça. Je parle d'avant l'ours. Et d'après. Et de toute la journée.

— Je n'ai aucune idée de ce que vous...

— Ce regard, je l'ai déjà vu chez d'autres que vous. Je le reconnaîtrais n'importe où.

— Je n'ai pas idée de ce que vous racontez.
— Comment s'explique la pulsation des glaciers ?
— Hein ?
— C'est votre domaine d'expertise. C'est pour ça que vous êtes là, non ?
— La science n'est pas tout à fait d'accord sur l'affaire.
— D'accord. Bon. Nommez-moi l'un des glaciers qui se trouvent autour d'ici. Les glaciers ont des noms. Citez-m'en un. Le Kongsbreen ? Le Nathorstbreen ? Ça vous dit quelque chose ?
— Je ne veux pas avoir cette conversation.
— Parce que vous n'êtes pas la même personne qu'hier, n'est-ce pas ?
— Personne ne l'est, répondit sèchement Nora. Notre cerveau change. Ça s'appelle la plasticité neuronale. S'il vous plaît, Hugo, arrêtez d'expliquer les glaciers à une glaciologue.
Ce fut comme s'il rentrait dans sa coquille, et elle se sentit un peu coupable. Il y eut une minute de silence. Juste le bruit de la neige qu'ils écrasaient sous leurs pieds. Ils étaient presque arrivés à leur logement. Les autres n'étaient pas très loin derrière eux.
— Je suis comme vous, Nora. Je visite des vies qui ne sont pas la mienne. Ça fait cinq jours que je suis dans celle-ci. Mais j'ai été dans beaucoup d'autres. Il m'a été donné une occasion – une occasion rare – d'expérimenter ça. Il y a longtemps que je dérive entre les vies.
Ingrid attrapa Nora par le bras.
— J'ai encore de la vodka, annonça-t-elle alors qu'ils arrivaient à la porte.

Elle prit sa carte magnétique dans son gant, la tapota sur le scanner. La porte s'ouvrit.

— Écoutez, marmonna Hugo sur un ton de conspirateur, si vous voulez en savoir davantage, rencontrons-nous dans la cuisine commune dans cinq minutes.

Nora sentit son rythme cardiaque s'accélérer, mais, cette fois, elle n'avait pas de poêle et de louche pour taper dessus. Elle n'aimait pas particulièrement ce Hugo, mais elle était beaucoup trop intriguée pour ne pas écouter ce qu'il avait à dire. Et elle voulait aussi savoir si on pouvait lui faire confiance.

— D'accord, dit-elle. J'y serai.

Attentes

Nora avait toujours eu du mal à s'accepter. D'aussi loin que remontent ses souvenirs, elle avait l'impression de ne pas être à la hauteur. Ses parents, qui manquaient eux-mêmes de confiance en eux, avaient encouragé cette idée.

Désormais, elle imaginait à quoi cela ressemblerait de s'accepter pleinement. Toutes les erreurs qu'elle avait faites dans sa vie. Chacune des marques sur son corps. Chaque rêve qu'elle n'avait pas accompli, chaque douleur qu'elle avait éprouvée. Toutes les envies, tous les désirs qu'elle avait réprimés.

Elle s'imaginait acceptant tout cela. De la même façon qu'elle acceptait la nature. La façon dont elle acceptait un glacier, un puffin ou le surgissement d'une baleine.

Elle imaginait se considérer comme un caprice de la nature parmi tant d'autres, et voilà tout. Rien qu'un animal comme tant d'autres, doué de pensée, et qui faisait de son mieux.

Et en faisant cela, elle imaginait à quoi cela pouvait ressembler d'être libre.

Vie et mort et fonction d'onde quantique

Pour Hugo, ce n'était pas une bibliothèque.

— C'est un vidéoclub, dit-il appuyé contre le pauvre placard où ils rangeaient le café. Ça ressemble exactement à un vidéoclub où j'allais dans les environs de Lyon – Vidéo Lumière – où j'ai grandi. Les frères Lumière sont des héros à Lyon, et des tas de choses portent leur nom. C'est là qu'ils ont inventé le cinéma. Enfin, ce n'est pas le sujet, le sujet, c'est que toutes les vies que je choisis sont des vieilles cassettes VHS du magasin, et au moment où ça commence – au début du film – c'est là que je disparais.

Nora réprima un petit gloussement.

— Qu'est-ce qu'il y a de si drôle ? demanda Hugo, un peu vexé.

— Rien. Rien du tout. Je trouve ça un peu marrant. Un vidéoclub.

— Oh ? Et une bibliothèque ? C'est plus sensé ?

— Plus sensé, oui. Je veux dire, au moins, on lit encore des livres. Qui regarde des cassettes vidéo à notre époque ?

— Intéressant. Je n'aurais pas cru qu'il y avait un truc comme un snobisme inter-vies. Vous êtes une révélation.

— Désolée, Hugo. D'accord, je vais poser une question sensée. Il y a quelqu'un d'autre, là-bas ? Une personne qui vous aide à choisir chaque vie ?

Il hocha la tête.

— Oui. Mon oncle Philippe. Il est mort il y a des années. Sauf qu'il n'a jamais travaillé dans un vidéoclub. C'est complètement illogique.

Nora lui parla de Mme Elm.

— Une documentaliste de collège ? fit Hugo sur un ton moqueur. C'est assez amusant aussi.

Nora l'ignora.

— Vous pensez que ce sont des fantômes ? Des guides spirituels ? Des anges gardiens ? Qu'est-ce qu'ils sont ?

Ça paraissait tellement ridicule, de parler comme ça, dans l'enceinte d'un complexe scientifique.

Hugo esquissa un geste, comme s'il tentait d'arracher le terme exact au vide.

— Des interprétations. Voilà ce qu'ils sont.

— Des interprétations ?

— J'en ai rencontré d'autres comme nous, reprit Hugo. Vous voyez, je suis depuis longtemps dans cet état d'entre-deux. J'ai rencontré quelques autres dériveurs. C'est comme ça que je les appelle. Enfin, nous. Que je nous appelle. Des dériveurs. Nous avons une vie racine dans laquelle nous gisons quelque part, inconscients, suspendus entre la vie et la mort, et nous arrivons dans un endroit. Toujours un endroit différent. Une bibliothèque, un vidéoclub, une galerie d'art, un casino, un restaurant... Qu'est-ce que ça vous dit ?

Nora haussa les épaules. Et réfléchit. En écoutant le bourdonnement du chauffage central.

— Que tout ça, c'est des conneries ? Que rien de tout ça n'est réel ?

— Non. Parce que le schéma est toujours le même. Par exemple, il y a toujours quelqu'un d'autre à cet endroit – un guide. Il est systématiquement seul. Et c'est toujours quelqu'un qui a aidé le dériveur à un moment important de sa vie. Le décor est chaque fois un lieu chargé d'une signification émotionnelle. Et il y a généralement une conversation sur les vies racines, ou sur les embranchements.

Nora songea à la façon dont elle avait été consolée par Mme Elm à la mort de son père. Elle était restée avec elle, l'avait réconfortée. On ne lui avait probablement jamais témoigné autant de gentillesse.

— Et il y a toujours une étendue infinie de choix, poursuivit Hugo. Un nombre infini de cassettes vidéo, de livres, de tableaux ou de repas... Maintenant, je suis scientifique. J'ai vécu de nombreuses vies de scientifique. Dans ma vie racine, ma vie d'origine, j'ai fait des études de biologie. Et dans une autre vie, j'ai été un chimiste lauréat du prix Nobel. J'ai fait de la biologie marine, et j'essayais de protéger la Grande Barrière de corail. Mais mon point faible a toujours été la physique. Au début, je n'avais aucun indice de ce qui m'arrivait. Jusqu'à ce que je rencontre une femme, dans une vie, qui traversait ce que nous traversons tous, et qui avait fait de la physique quantique dans sa vie racine. Dominique Bisset, professeur à l'université de Montpellier. C'est elle qui m'a tout expliqué.

La théorie des mondes multiples de la physique quantique. Ce qui veut dire que nous...

Un homme au visage doux, à la peau rose et à la barbe rousse, dont Nora ne connaissait pas le nom, entra, en pantoufles, dans la cuisine pour rincer une tasse de café, et leur sourit.

— Allez, à demain, dit-il avec un léger accent américain (peut-être canadien) avant de ressortir.

— Oui, dit Nora.

— À demain, dit Hugo avant de revenir, un ton plus bas, à son sujet principal. La fonction d'onde universelle est une réalité, Nora. C'est ce que m'a dit le professeur Bisset.

— Hein?

Hugo leva un doigt. Sur le mode un peu ennuyé, du genre « une minute s'il vous plaît ». Nora résista à la tentation de l'attraper et de le tordre.

— Erwin Schrödinger...

— Celui du chat.

— Oui, le type au chat. Il disait que le principe de la physique quantique, c'est que toutes les possibilités alternatives se produisent *simultanément*. Toutes en même temps; au même endroit. La superposition quantique. Le chat dans la boîte est à la fois vivant et mort. En ouvrant la boîte, vous pourriez voir s'il est vivant ou mort, c'est comme ça que ça se passe, mais d'une certaine façon, même quand la boîte est ouverte, le chat est encore vivant *et* mort. Tous les univers existent dans tous les autres univers. Comme un million d'images sur un papier-calque, qui présenteraient toutes de légères variations dans le même cadre. La théorie des mondes multiples de la physique quantique pose comme principe qu'il y a un nombre infini d'univers parallèles divergents. À chaque instant de votre vie, vous entrez dans un nouvel univers. À chaque décision que vous prenez. Traditionnellement, on pensait qu'il ne pouvait pas y avoir de communication ou de transfert entre ces mondes, bien qu'ils se produisent dans le même espace, alors même qu'ils sont là, littéralement, à quelques millimètres de nous.

— Bon, mais, et *nous*? Ce que nous faisons...

— Exactement. Je suis là, mais je sais aussi que je ne suis pas là ; je suis aussi dans un lit d'hôpital à Paris, où j'ai fait un AVC. Et je fais aussi du parachutisme en Arizona. Je suis en voyage dans l'Inde du Sud. Je déguste du vin à Lyon, et je me prélasse sur un yacht au large de la Côte d'Azur.

— Je le savais !

— Vraiment ?

Elle décida qu'il était plutôt beau.

— Vous avez l'air plus fait pour arpenter la Croisette à Cannes que pour une aventure dans l'Arctique.

Il élargit sa main gauche comme une étoile de mer.

— Cinq jours ! Cinq jours que je suis dans cette vie. C'est mon record. Peut-être que c'est la vie qu'il me faut...

— Intéressant. Vous allez passer une vie très froide.

— Qui sait ? Peut-être que vous aussi... Je veux dire, si l'ours ne vous a pas renvoyée dans votre bibliothèque, peut-être que rien ne le fera. (Il commença à remplir la bouilloire.) La science nous dit que la « zone grise » entre la vie et la mort est un endroit mystérieux. Il y a un point singulier où nous ne sommes ni une chose ni une autre. Ou, plutôt, nous sommes les deux. Vivants et morts. Et à ce moment-là, entre les deux alternatives, parfois, juste de temps en temps, nous nous changeons en chat de Schrödinger, qui peut non seulement être vivant ou mort, mais peut aussi être toutes les possibilités quantiques existantes conformément à la fonction d'onde universelle, qui inclut la possibilité que nous soyons en train de bavarder dans une cuisine collective, à Longyearbyen, à une heure du matin…

Nora absorbait tout cela. Elle pensait à Volts, raide, sans vie, sous son lit, et gisant au bord du trottoir.

— Mais parfois le chat est juste mort *et* mort.

— Pardon ?

— Non, rien. C'est juste que mon chat est mort. J'ai essayé une autre vie, et dans l'autre aussi, il était encore mort.

— C'est triste. J'ai connu une situation similaire avec un labrador. Mais le truc, c'est qu'il y en a d'autres comme nous. Parfois, le seul fait de dire notre propre vérité à haute voix suffit à nous en faire trouver d'autres comme nous.

— C'est dingue de penser qu'il y a d'autres personnes qui pourraient être… comment vous nous avez appelés ?

— Des dériveurs ?

— Oui. Ça.

— Eh bien, c'est possible, évidemment, mais je pense que nous sommes rares. L'une des choses que j'ai remarquées, c'est que les autres dériveurs dont j'ai fait la connaissance – une douzaine à peu près – avaient tous plus ou moins notre âge. La trentaine, la quarantaine ou la cinquantaine. En fait, il y en avait un qui avait vingt-neuf ans. Tous auraient profondément désiré faire les choses différemment. Ils avaient des regrets. Certains se disaient qu'ils auraient peut-être été mieux morts, mais ils avaient aussi le désir de vivre sous la forme d'une autre version d'eux-mêmes.

— Une vie de Schrödinger. À la fois mort et vivant dans son propre esprit.

— Exactement ! Et quelque effet que ces regrets puissent produire sur notre cerveau, quels que soient les – comment dire ? – événements neurochimiques susceptibles de survenir, ce désir confus de vie et de mort suffirait, d'une façon ou d'une autre, à nous envoyer dans cet état d'*entre-deux* total.

La bouilloire se mit doucement à faire plus de bruit. L'eau commençait à bouillonner, comme les pensées de Nora.

— Pourquoi est-ce qu'on ne voit jamais qu'une seule personne dans cet endroit ? La bibliothèque. Ou ailleurs ?

Hugo haussa les épaules.

— Si j'étais croyant, je dirais que c'est Dieu. Et comme Dieu est quelqu'un qu'on ne peut a priori ni voir, ni appréhender, alors Il, ou Elle, ou quelque pronom que soit Dieu, devient l'image de quelqu'un de bon que nous avons connu dans notre vie. Et si je n'étais pas croyant – d'ailleurs je ne le suis pas –, je penserais que le cerveau humain, étant incapable de gérer la complexité d'une fonction d'onde quantique ouverte, organise ou traduit cette complexité en une entité intelligible pour lui. Une bibliothécaire dans une bibliothèque. Un oncle amical dans un vidéoclub. Etc.

Nora avait lu des choses sur les multivers et avait un peu entendu parler de la Gestalt, la psychologie de la forme. La façon dont le cerveau humain absorbait les informations complexes sur le monde et les simplifiait. Par exemple, quand un être humain regardait un arbre, il traduisait la masse, l'intrication complexe de feuilles et de branches, en la chose appelée « arbre ». Être un humain revenait à réduire bêtement, continuellement, le monde à une histoire compréhensible qui ne compliquait pas les choses.

Elle savait que tout ce que les hommes voyaient était une simplification. L'être humain voit le monde en trois dimensions. Ce qui est une simplification. Les êtres humains sont des créatures fondamentalement limitées, qui généralisent, qui vivent en pilotage automatique et redressent mentalement les trajectoires courbes, ce qui explique pourquoi ils se perdent tout le temps.

— C'est comme si les êtres humains ne voyaient jamais l'aiguille des minutes d'une horloge entre deux tic-tac, dit Nora.

— Pardon ?

Elle vit que Hugo portait une montre de type analogique.

— Essayez. On ne peut pas. L'esprit ne voit pas ce qu'il ne peut appréhender.

Hugo hocha la tête tout en observant sa montre.

— Et donc, continua Nora, ce qui existe entre les univers, quoi que ce soit, n'est, très vraisemblablement, pas une bibliothèque, mais c'est la façon la plus facile pour moi de l'appréhender. Ce serait mon hypothèse. Je vois une version simplifiée de la vérité. La bibliothécaire n'est qu'une sorte de métaphore mentale. Comme tout cela.

— C'est fascinant, non ? lança Hugo.

Nora soupira.

— Dans la dernière vie, j'ai parlé à mon père mort.

Hugo ouvrit une boîte de café et pelleta une cuillerée de café lyophilisé dans deux mugs.

— Et je ne buvais pas du café. Je buvais une tisane à la menthe.

— Ça paraît affreux.

— C'était supportable.

— Encore une chose étrange, dit-il. À n'importe quel moment de cette conversation, nous pourrions disparaître, vous ou moi.

— Vous avez déjà vécu ça ? demanda Nora en prenant le mug que Hugo lui tendait.

— Oui. Plusieurs fois. C'est terrifiant. Mais personne d'autre ne le remarquerait. Ils n'ont qu'un vague souvenir de la dernière journée, vous seriez étonnée. Si vous repartiez pour la bibliothèque tout de suite, alors que je serais encore là, dans la cuisine, à parler avec vous – votre autre vous –, vous diriez quelque chose du genre « J'ai un trou de mémoire, là. De quoi est-ce qu'on parlait ? », et je me rendrais compte de ce qui s'est passé. Je répondrais qu'on parlait des glaciers, vous me bombarderiez de faits sur les glaciers, votre cerveau boucherait les trous et inventerait une explication à l'incident.

— Ouais, mais quid de l'ours polaire ? Et du dîner de ce soir ? Est-ce que je, cet autre moi, se souviendrait de ce que, moi, j'ai mangé ?

— Pas forcément. Mais j'ai déjà vu ça se produire. C'est stupéfiant comme le cerveau peut combler les trous. Et comme il s'accommode bien d'oublier.

— Alors comment étais-je ? Hier, je veux dire.

Il riva son regard au sien. Il avait de beaux yeux. Nora se sentit momentanément attirée dans son orbite comme un satellite de la Terre.

— Exquise, charmante, intelligente, magnifique. Plus ou moins comme tout de suite.

Elle écarta sa réponse d'un rire.

— Arrêtez d'être tellement français.

Un silence gêné.

— Combien de vies avez-vous eues ? finit-elle par demander. Combien en avez-vous vécu ?

— Beaucoup trop. Près de trois cents.

— Trois cents ?!

— J'ai été tellement de choses. Sur tous les continents de la terre. Et pourtant je n'ai jamais trouvé celle qui me convenait. Je me suis résigné à être comme ça pour toujours. Il n'y aura jamais une vie que je voudrais vivre éternellement. Je suis trop curieux. J'ai trop envie de vivre autrement. Et vous n'avez pas besoin de faire cette tête. Ce n'est pas triste. Je suis heureux dans les limbes.

— D'accord, mais si un jour il n'y avait plus de vidéoclub ? dit Nora en pensant à Mme Elm qui paniquait devant son ordinateur, et aux lumières vacillantes de la bibliothèque. Et si un jour vous disparaissiez pour de bon ? Avant d'avoir trouvé une vie dans laquelle rester ?

Il haussa les épaules.

— Eh bien, je mourrais. Et ça veut dire que je serais mort, de toute façon. Dans la vie que j'ai vécue avant. J'aime plutôt bien être un dériveur. J'aime l'imperfection. J'aime que la mort reste une option. J'aime ne jamais être obligé de me fixer.

— Je pense que ma situation est différente. Je pense que ma mort est plus imminente. Si je ne trouve pas une vie à vivre d'ici peu, je crois que je partirai pour de bon.

Elle expliqua le problème qu'elle avait eu la dernière fois, lors de son transfert de retour.

— Oh. Eh bien, il se pourrait que ce soit moche. Mais il se pourrait que non. Vous comprenez bien qu'il y a une infinité de possibilités, là ? Je veux dire, le multivers, ce n'est pas de quelques univers ou d'une poignée d'univers dont il est question. Ni même de beaucoup. Ce n'est pas d'un million, d'un milliard ou d'un trillion d'univers qu'il s'agit. C'est d'une *infinité* d'univers. Même avec vous dedans. Vous pourriez être vous dans n'importe quelle version du monde, si peu probable que soit ce monde. La seule limite est l'imagination. On peut être très créatif avec les regrets que l'on veut effacer. Une fois, j'ai effacé le regret de ne pas avoir fait ce que j'imaginais quand j'étais adolescent : devenir ingénieur en aéronautique et astronaute, et c'est comme ça que, dans une vie, je suis devenu astronaute. Je ne suis pas allé dans l'espace. Mais je suis devenu, pendant un bref instant, quelqu'un qui y était allé. La chose qu'il faut que vous gardiez en mémoire, c'est que c'est une chance, une chance rare, de pouvoir effacer toutes les erreurs qu'on a commises, et de vivre toutes les vies qu'on veut. N'importe quelle vie. Faire de grands rêves... On peut être tout ce qu'on veut. Parce que, dans une vie, on l'est.

Elle prit une gorgée de café.

— Je comprends.

— Mais vous ne vivrez jamais si vous cherchez le sens de la vie, dit-il avec sagesse.

— Vous citez Camus.

— Touché.

Il la regardait. Nora ne se souciait plus maintenant de l'intensité de son regard à lui, mais du sien à elle.

— J'ai fait des études de philo, dit-elle aussi platement que possible en détournant les yeux.

Il était tout proche d'elle, à présent. Il avait quelque chose d'aussi ennuyeux que de séduisant. Il exsudait une amoralité arrogante qui en faisait une tête à claques, ou qui pouvait donner envie de l'embrasser, selon les circonstances.

— Dans une vie, nous nous connaissons depuis des années, et nous sommes mariés..., dit-il.

— Dans la plupart des vies, je ne vous connais pas du tout, contra-t-elle, en le regardant maintenant bien en face.

— C'est vraiment triste.

— Je ne trouve pas.

— Vraiment ?
— Vraiment, répondit-elle avec un sourire.
— Nous sommes spéciaux, Nora. Nous avons été choisis. Personne ne nous comprend.
— Personne ne comprend personne. Nous ne sommes pas choisis.
— La seule raison pour laquelle je suis encore dans cette vie, c'est vous...
Elle se pencha légèrement en avant et l'embrassa.

S'il m'arrive quelque chose, je veux être là

C'était une sensation très agréable. Tant le baiser que la révélation qu'elle pouvait être aussi directe. Avoir conscience que tout ce qui était susceptible de lui arriver se déroulait quelque part, dans une vie, l'absolvait plus ou moins un peu de toute décision. Ce n'était que la réalité de la fonction d'onde universelle. Quoi qu'il arrive, ça pouvait – raisonnait-elle – être ramené à la physique quantique.

— Je suis seul dans ma chambre, dit-il.

Elle le regardait sans crainte, à présent, comme si le fait de se retrouver face à un ours polaire lui avait donné une certaine faculté de domination dont elle n'avait jamais eu conscience.

— Eh bien, Hugo, dit-elle, peut-être que vous devriez rompre avec cette habitude.

Mais le sexe se révéla décevant. Une citation de Camus lui revint, au beau milieu de leurs ébats.

Je n'étais peut-être pas sûr de ce qui m'intéressait réellement, mais j'étais tout à fait sûr de ce qui ne m'intéressait pas.

Le fait qu'elle pense à la philosophie existentialiste, ou que ce soit précisément cette citation qui lui soit venue à l'esprit, n'était probablement pas le meilleur signe de la façon dont se déroulait leur rencontre nocturne. Mais Camus n'avait-il pas dit aussi : « Quand il m'arrive quelque chose, je préfère être là » ?

Hugo, conclut-elle, était un personnage étrange. Pour un homme qui avait tenu une conversation tellement intime et profonde, il était très détaché du moment. Sans doute que, quand on avait vécu autant de vies, la seule personne avec laquelle on partageait une relation intime était soi-même. Elle avait l'impression qu'elle aurait aussi bien pu ne pas être là du tout.

Et quelques instants plus tard, elle n'y était plus.

Dieu et autres bibliothécaires

— Qui êtes-vous ?

— Tu sais bien. Je suis madame Elm. Louise Isabel Elm.

— Êtes-vous Dieu ?

— Je suis qui je suis, répondit-elle avec un sourire.

— C'est-à-dire ?

— La bibliothécaire.

— Mais vous n'êtes pas une vraie personne. Vous êtes juste… *un mécanisme.*

— Comme nous tous, non ?

— Pas comme ça. Vous êtes le produit d'une étrange interaction entre mon esprit et le multivers, une simplification de la fonction d'onde quantique, quoi que ça puisse être.

Mme Elm eut l'air troublée par cette suggestion.

— Quel est le problème ?

Nora baissa les yeux vers le sol de pierre brun-jaune et pensa à l'ours polaire.

— J'ai failli mourir.

— Et rappelle-toi que, si tu meurs dans une vie, il n'y a pas de retour possible ici.

— Ce n'est pas juste.

— La bibliothèque a des règles strictes. Les livres sont précieux. Tu dois les traiter avec soin.

— Mais ce sont d'autres vies. D'autres variantes de moi. Pas la moi *moi*.

— Oui, mais quand tu en fais l'expérience, c'est à toi d'en payer les conséquences.

— Eh bien, pour être parfaitement honnête, je trouve que ça pue.

Les commissures des lèvres de la bibliothécaire s'incurvèrent en un sourire, comme une feuille morte.

— Eh bien, c'est intéressant.

— Qu'est-ce qui est intéressant ?

— Le fait que tu aies si radicalement changé d'attitude envers la mort.

— Quoi ?

— Tu voulais mourir, et maintenant, tu ne veux plus.

Nora fut frappée par l'idée que Mme Elm pourrait avoir raison, mais pas tout à fait.

— Eh bien, je pense encore que ma vie actuelle ne vaut pas la peine d'être vécue. En réalité, cette expérience n'a réussi qu'à le confirmer.

Mme Elm secoua la tête.

— Je ne pense pas que tu penses ça.

— Je le pense. C'est pour ça que je l'ai dit.

— Non. *Le Livre des regrets* s'allège. Il y a beaucoup de blancs dedans, maintenant... On dirait que tu as passé toute ta vie à dire des choses que tu ne croyais pas vraiment. C'est une de tes barrières.

— Mes barrières ?

— Oui. Tu en as des tas ; elles t'empêchent de voir la vérité.

— À quel sujet ?

— À ton sujet. Et il faut vraiment que tu commences à essayer de voir la vérité. Parce que c'est important.

— Je pensais qu'il y avait un nombre infini de vies entre lesquelles choisir.

— Il faut que tu choisisses la vie dans laquelle tu serais la plus heureuse. Ou, bientôt, tu n'auras plus le choix du tout.

— J'ai rencontré quelqu'un qui fait ça depuis longtemps, et il n'a toujours pas trouvé une vie dont il soit satisfait…

— Eh bien, Hugo a un privilège qu'il se pourrait que tu n'aies pas.

— Hugo ? Comment…

Et puis elle se rappela que Mme Elm en savait beaucoup plus qu'elle n'aurait dû.

— Il faut que tu décides soigneusement, continua la bibliothécaire. Un jour, il se pourrait que la bibliothèque ne soit plus là, et tu disparaîtrais pour toujours.

— De combien de vies est-ce que je dispose ?

— Ce n'est pas une lampe magique, et je ne suis pas un génie. Il n'y a pas de nombre défini ; il se pourrait qu'il n'y en ait plus qu'une. Ou qu'il y en ait une centaine. Mais tu n'as le choix entre un nombre infini de vies que tant que l'heure, dans la Bibliothèque, reste à *minuit.* Tant qu'il est minuit, ta vie – ta vie racine – est quelque part entre la vie et la mort. Si le temps avance ici, ça voudra dire que quelque chose de très… (Elle chercha un terme délicat.) … qu'il se passe quelque chose de *décisif.* Quelque chose qui réduira la Bibliothèque de Minuit en cendres, et nous avec. Et donc, j'opterais pour la prudence. J'essaierais de réfléchir très intensément à l'endroit où je voudrais être. Il est clair que tu as fait des progrès, je le vois bien. Tu as l'air de prendre conscience que la vie pourrait valoir la peine d'être vécue si tu trouvais celle dans laquelle exister. Mais il ne faut pas que tu laisses cette porte se refermer avant d'avoir eu une chance de la franchir.

Elles restèrent toutes les deux silencieuses très longtemps, pendant que Nora observait tous les livres qui l'entouraient. Toutes les possibilités. Calmement, lentement, elle suivit l'allée, en se demandant ce que dissimulait la couverture de chacun des livres, et en espérant que les dos verts lui offriraient une sorte d'indice.

— Maintenant, quel livre vas-tu choisir ? fit Mme Elm, dans son dos.

Nora se rappela les paroles de Hugo, dans la cuisine.

Faire de grands rêves.

La bibliothécaire avait un regard pénétrant.

— Alors, qui *est* Nora Seed ? Et que veut-elle ?

Quand elle réfléchissait à ce qui la rapprochait le plus du bonheur, c'était la musique. D'accord, elle jouait encore de temps en temps du piano et sur son clavier électrique, mais elle avait renoncé à *créer.* Elle avait laissé tomber le chant. Elle pensa à ces joyeuses prestations dans des pubs, à leurs débuts, quand ils jouaient « Beautiful Sky ». Elle pensa à son frère qui faisait l'idiot sur la scène avec Ravi, Ella et elle.

Elle savait donc précisément quel livre demander.

Célébrité

Elle était en sueur. Première observation. L'adrénaline courait dans ses veines, et ses vêtements collaient à sa peau. Elle était entourée de gens, dont deux tenaient des guitares. Elle entendait du bruit. Un énorme, un puissant bruit humain – un rugissement de vie qui adoptait peu à peu un rythme et une forme. Devenait un chant.

Une femme, devant elle, lui essuyait le visage.

— Merci, dit Nora avec un sourire.

La femme eut l'air surprise, comme si Dieu venait de lui parler.

Elle reconnut un homme qui tenait des baguettes. Ravi. Il avait les cheveux décolorés blond platine, et il portait un costume indigo ajusté qui révélait sa poitrine, sans chemise. Rien à voir avec le type qui regardait les magazines de musique chez le marchand de journaux de Bedford, pas plus tard que la veille, ou avec le professionnel en chemise bleu ciel qui avait assisté à son discours catastrophique à l'hôtel InterContinental.

— Ravi, dit-elle. Tu es magnifique !

— Quoi ?

Il ne l'avait pas entendue dans ce vacarme, mais elle avait une autre question. Elle fut quasiment obligée de hurler.

— Où est Joe ?

Ravi eut l'air momentanément dérouté, ou effrayé, et Nora s'attendait à une terrible nouvelle. Mais non.

— Comme d'hab', je suppose. À faire la lèche à la presse étrangère.

Nora n'avait pas idée de ce qui pouvait bien se passer. Apparemment, il faisait encore partie du groupe, mais en même temps il n'était pas sur scène avec eux. Et s'il n'était pas avec eux, ce qui l'avait amené à les quitter ne l'avait pas fait disparaître complètement. Mais Ella n'était pas là. À sa place, à la basse, il y avait un grand gaillard musclé au crâne rasé et couvert de tatouages. Elle aurait voulu en savoir davantage, mais ce n'était visiblement pas le moment.

Ravi esquissa un geste de la main dans le vide, indiquant ce que Nora voyait maintenant comme une scène immense.

Elle était submergée. Elle ne savait pas ce qu'elle devait ressentir.

— On fait le rappel, annonça Ravi.

Nora essaya de réfléchir. Il y avait bien longtemps qu'elle n'avait pas joué. Et même à l'époque, ce n'était que devant un public d'environ douze personnes qui s'en fichaient, au sous-sol d'un pub.

Ravi se pencha vers elle.

— Ça va, Nora ?

Il avait quelque chose d'un peu cassant. La façon dont il avait prononcé son nom paraissait receler le même genre de ressentiment que lorsqu'elle était tombée sur lui, la veille, dans cette vie très différente.

— Oui, dit-elle, en criant bel et bien, à présent. Bien sûr. C'est juste que... Je me demande ce qu'on devrait jouer.

Ravi haussa les épaules.

— Comme d'hab'.

— Hmm. Ouais. Bon.

Sur la scène, un écran vidéo géant sur lequel clignotait l'inscription LES LABYRINTHES pivotait vers la foule rugissante. *Waouh,* pensa-t-elle. *On casse la baraque.* Du genre à jouer dans un stade. Elle vit un clavier et le tabouret sur lequel elle était assise. Les autres membres du groupe, dont elle ne connaissait pas les noms, s'apprêtaient à remonter sur scène.

— On est où, déjà ? demanda-t-elle pour se faire entendre malgré le bruit de la foule. J'ai un trou, là.

Le grand gars au crâne rasé qui tenait les baguettes lui dit :

— Sao Paolo.

— On est au Brésil ?

Ils la regardèrent comme si elle avait perdu l'esprit.

— Où étais-tu ces quatre derniers jours ?

— « Beautiful Sky », dit Nora, prenant conscience qu'elle pouvait probablement encore se souvenir de la plupart des paroles. On la fait.

— Encore ? demanda Ravi en riant, le visage luisant de sueur. On l'a faite il y a dix minutes.

— D'accord. Écoutez, cria Nora pour se faire entendre malgré la foule qui réclamait un bis. Je pensais qu'on pourrait faire quelque chose de différent.

Changer un peu. Je me demandais si on ne pourrait pas faire quelque chose d'autre, pas comme d'habitude.

— Il faut qu'on fasse « Howl », dit l'autre membre du groupe, la courroie turquoise de sa guitare turquoise en bandoulière. On fait toujours « Howl ».

Nora n'avait jamais entendu parler de « Howl ».

— Ouais, je sais, bluffa-t-elle. Mais on va changer. Faire quelque chose à quoi ils ne s'attendent pas. On va les surprendre.

— Tu conceptualises trop, Nora, dit Ravi.

— Je n'ai pas d'autre mode de pensée disponible.

Il haussa les épaules.

— Bon, alors, qu'est-ce qu'on fait ?

Nora s'efforça de réfléchir. Elle pensa à Ash – à sa partition de chansons de Simon et Garfunkel pour la guitare.

— On va faire « Bridge Over Troubled Water ».

— Quoi ? s'exclama Ravi, incrédule.

— Je pense qu'on devrait faire ça. Ça va surprendre les gens.

— J'adore cette chanson, ajouta l'autre femme du groupe. Et je la connais.

— Tout le monde la connaît, Imani, dit Ravi sur un ton définitif.

— Exactement, répondit Nora en s'efforçant d'avoir l'air d'une rock star. On va faire ça.

Voie lactée

Nora s'avança sur la scène.

Au début elle ne distingua pas les visages, parce que les lumières étaient braquées sur elle, et qu'au-delà de ces lumières tout paraissait se résumer à des ténèbres. En dehors d'une voie lactée pétrifiante de flashs et d'écrans de téléphones allumés.

Mais elle les entendait.

Les êtres humains, quand ils sont assez nombreux, et ensemble, agissant parfaitement à l'unisson, deviennent autre chose. Le rugissement collectif lui faisait penser à un tout autre genre d'animal. Au début, c'était presque menaçant, elle se faisait un peu l'impression d'être Hercule face à l'hydre à mille têtes déterminée à le tuer, mais c'était un rugissement de soutien total, et sa puissance lui conférait une espèce de force.

Elle se rendit compte à ce moment qu'elle était capable de bien plus qu'elle ne l'avait jamais imaginé.

Sauvage et libre

Arrivée au clavier, elle s'assit sur le tabouret et rapprocha un peu le micro.

— Merci Sao Paulo, dit-elle. On vous aime !

Et le Brésil rugit en réponse.

Voilà, c'était ça, le pouvoir, on dirait. Le pouvoir de la célébrité. Comme ces idoles de la pop qu'elle avait vues sur les réseaux sociaux, qui gagnaient un million de « j'aime » et de partages avec un seul mot. On pouvait parler de célébrité totale quand avoir l'air d'un héros, d'un génie ou d'un dieu exigeait un effort minimal. Mais la médaille avait un revers : c'était précaire. On pouvait tout aussi facilement tomber de son piédestal et avoir l'air démoniaque, l'air d'un brigand ou juste d'un trou du cul.

Son cœur se mit à battre plus vite, comme si elle s'apprêtait à mettre le pied sur une corde raide.

Elle distinguait certains visages dans la foule, maintenant, des milliers de visages, émergeant du noir. Minuscules et bizarres, des corps vêtus presque invisibles. Elle regardait dix mille têtes désincarnées.

Elle avait la bouche sèche. C'est à peine si elle arrivait à parler, alors elle visualisait mal comment elle allait chanter. Elle se rappela Dan, qui lui faisait un clin d'œil ironique quand elle chantait pour lui.

Le bruit de la foule s'estompa.

C'était le moment.

— Bon, dit-elle. Voilà une chanson que vous avez peut-être déjà entendue.

C'était la chose la plus stupide à dire, évidemment. Ils avaient tous payé leur billet pour ce concert parce qu'ils avaient entendu beaucoup de ces chansons avant.

— C'est une chanson qui a énormément de signification pour mon frère et pour moi.

Ce fut aussitôt le délire. Les gens criaient, hurlaient, frappaient dans leurs mains et chantaient. La réaction était phénoménale. Elle se sentit momentanément comme Cléopâtre. Une Cléopâtre morte de peur.

Elle positionna ses mains, s'apprêtant à frapper un accord de *mi* bémol majeur, quand elle fut distraite un instant par un tatouage joliment calligraphié en italique sur son avant-bras étrangement lisse. C'était une citation de Henry David Thoreau : « Toutes les bonnes choses sont sauvages et libres ».

« Sauvages et libres »... Elle ferma les yeux et fit le vœu de ne pas les rouvrir avant la fin de la chanson.

Elle comprenait pourquoi Chopin aimait tant jouer dans le noir. C'était tellement plus facile comme ça.

Sauvage, se dit-elle. *Libre.*

Tout en chantant, elle se sentit vivante. Encore plus vivante que quand elle s'était sentie nager avec son corps de championne olympique.

Elle se demanda pourquoi elle avait eu tellement peur de ça, de chanter devant la foule. C'était une sensation incroyable.

Ravi s'approcha d'elle, à la fin de la chanson, alors qu'ils étaient encore sur scène.

— Putain, mec, c'était super-génial, lui hurla-t-il à l'oreille.

— Tant mieux, répondit-elle.

— Maintenant, on finit en faisant « Howl ».

Elle secoua la tête et parla dans le micro, précipitamment, sans laisser à personne le temps de le faire.

— Merci d'être venus, tout le monde ! J'espère vraiment que vous avez passé une bonne soirée. Rentrez chez vous, et prenez bien soin de vous.

— « Rentrez chez vous et prenez bien soin de vous » ? répéta Ravi dans le taxi qui les ramenait à l'hôtel.

Elle ne se rappelait pas lui avoir jamais vu l'air aussi con. Aussi malheureux.

— Pourquoi, c'était mal ? se demanda-t-elle tout haut.

— Ce n'est pas du tout ton style.

— Ah bon ?

— Eh bien, ça n'a rien à voir avec Chicago.

— Quoi ? Qu'est-ce qui s'est passé à Chicago ?

Ravi éclata de rire.

— Tu as été lobotomisée ?

Elle regarda son téléphone. Dans cette vie, elle avait le dernier modèle.

Un message d'Izzy.

C'était le même message qu'elle avait reçu dans sa vie avec Dan, au pub. Pas un message, en fait, juste une photo de baleine. En réalité, peut-être une photo légèrement différente. C'était intéressant. Pourquoi étaient-elles encore amies, Izzy et elle, dans cette vie et pas dans sa vie racine ? Après tout, dans celle-ci, elle était assez sûre de ne pas être mariée à Dan. Elle jeta un coup d'œil à sa main et constata avec soulagement que son annulaire était rigoureusement nu.

Nora supposa que c'était parce qu'elle était déjà super-célèbre avec les Labyrinthes *avant* qu'Izzy décide de partir pour l'Australie : sa décision de ne pas la suivre était donc peut-être plus compréhensible. Ou alors Izzy appréciait l'idée d'avoir une amie célèbre.

Izzy avait écrit quelque chose sous la photo de la baleine.

« Toutes les bonnes choses sont sauvages et libres ».

Elle devait être au courant pour le tatouage.

Un autre message lui arriva à cet instant.

J'espère que c'était énorme au Brésil. Je suis sûre que tu as déchiré ! Et merci, dix millions de fois merci d'avoir réglé le truc pour Brisbane. C'est le kif intégral ! Comme on dit sur la Gold Coast.

Il y avait quelques émojis de baleines et de cœurs, des mains qui remerciaient, un micro et des notes de musique.

Nora vérifia son compte Instagram. Dans cette vie, elle avait onze millions trois cent mille followers.

Et – *putain de merde !* – elle avait une allure d'enfer. Ses cheveux naturellement noirs étaient barrés par une espèce de bande blanche. Elle avait un maquillage vampirique. Et un piercing à la lèvre. Elle avait l'air *fatiguée*, mais elle supposait que c'était juste le résultat de la vie en tournée. Une espèce de fatigue glamour. Comme la tante cool de Billie Eilish.

Elle fit un selfie et nota que, même si elle ne ressemblait pas exactement aux photos retouchées, excessivement stylisées, de son site – des photos prises pour des magazines –, elle avait l'air plus cool qu'elle n'aurait jamais cru pouvoir l'être. Comme dans sa vie australienne, elle mettait aussi des poèmes en ligne. La différence, c'est que chacun des poèmes comptait plus ou moins un demi-million de *likes*. Un des poèmes s'appelait même *Fire*, mais il était différent de l'autre :

Un feu couvait en elle.
Qui la réchauffait ou la détruisait ?
Puis elle vit la lumière.
Le feu n'a pas de volonté.
C'était à elle seule de vouloir.
Le pouvoir était à elle.

Une femme s'assit à côté d'elle. Elle ne faisait pas partie du groupe, mais elle respirait l'importance. Elle avait une cinquantaine d'années. Peut-être que c'était leur manager. Ou qu'elle travaillait pour la prod. On aurait dit une maman un peu coincée. Elle commença par un sourire.

— Un coup de génie, dit-elle. Le truc de Simon and Garfunkel. Tu es une idole dans toute l'Amérique du Sud !

— Cool.

— J'ai posté à partir de tes comptes.

Elle avait dit ça comme si c'était parfaitement normal.

— Oh. Ah bon. D'accord.

— Il y a quelques trucs de presse de dernière minute ce soir, à l'hôtel. Et demain on part tôt… On prend le premier vol pour Rio, et on a huit heures de presse. Tout ça à l'hôtel.

— Rio ?

— Tu connais le programme de tournée de cette semaine, pas vrai ?

— Euh, plus ou moins. Ce serait possible de me le rappeler ?

La femme soupira, mais c'était un soupir de bonne humeur, comme si c'était « tout Nora », ça, d'oublier le programme de la tournée.

— Mais bien sûr. Demain, Rio. Deux nuits. Ensuite Porto Alegre – la dernière nuit au Brésil – et puis Santiago du Chili, Buenos Aires et Lima. Notre dernière étape en Amérique du Sud. La semaine prochaine, c'est le début de la tournée en Asie – le Japon, Hong Kong, les Philippines, Taïwan…

— Le Pérou ? On est connus au Pérou ?

— Nora, tu es déjà allée au Pérou, tu te souviens ? L'an dernier. C'était vraiment dingue. Quinze mille personnes. On va au même endroit. Le champ de courses.

— Le champ de courses. Mais bien sûr. Ouais. Je me rappelle. Une sacrée soirée. Vraiment… super.

Voilà probablement à quoi sa vie ressemblait, se dit-elle. Une gigantesque course de chevaux. Mais elle s'interrogeait : dans cette analogie, elle était le cheval ou le jockey ?

Ravi tapota l'épaule de la femme.

— Joanna, le podcast, demain, c'est à quelle heure ?

— Oh merde ! En fait, c'est ce soir. Tout de suite. Le timing… Désolée. J'ai oublié de vous prévenir. Mais, en réalité, c'est à Nora qu'ils veulent parler, toute seule. Alors tu pourras aller te coucher plus tôt si tu veux.

Ravi haussa les épaules, l'air abattu.

— Bien sûr. Ouais.

Joanna poussa un soupir.

— Ne tue pas la messagère. Enfin, ce n'est pas comme si ça t'avait déjà arrêté…

Nora se demanda à nouveau où son frère pouvait bien être, mais, vu la tension entre Joanna et Ravi, elle trouvait peu judicieux de poser une question dont elle était visiblement censée connaître la réponse. Alors elle regarda par la vitre du car qui les emmenait sur l'autoroute à quatre voies. Les feux arrière étincelants des voitures, des camions et des motos dans le noir, comme des yeux rouges qui les observaient. Des gratte-ciel dans le lointain avec quelques petits carrés de lumière sur le fond humide de ciel noir et de nuages plus noirs encore. Une armée ombreuse d'arbres bordait les côtés et se dressait au milieu de l'autoroute, séparant les deux files de circulation.

Si elle était encore dans cette vie demain soir, on attendrait d'elle qu'elle fournisse tout un récital de chansons dont elle ignorait la moitié, en réalité. Elle se demanda à quelle vitesse elle pourrait les apprendre.

Son téléphone sonna. Un appel vidéo. D'un certain « Ryan ».

En voyant son nom, Joanna eut un petit rictus.

— Tu ferais mieux de le prendre.

C'est ce qu'elle fit, sans avoir la moindre idée de qui était ce Ryan, et l'image sur l'écran était trop floue pour qu'elle la reconnaisse.

Mais il était là. Un visage qu'elle avait vu, au cinéma, et en imagination, de nombreuses fois.

— Salut, chérie. Je voulais juste faire un petit coucou à une amie. On est toujours amis, pas vrai ?

Elle connaissait la voix, aussi.

Américaine, rocailleuse, charmeuse. Célèbre.

Elle entendit Joanna chuchoter à quelqu'un dans le car :

— Elle est au téléphone avec Ryan Bailey.

Ryan Bailey

Ryan Bailey.

Genre LE Ryan Bailey. Genre le Ryan Bailey de ses fantasmes, où ils parlaient de Platon et de Heidegger enveloppés dans des voiles de vapeur dans son jacuzzi de West Hollywood.

— Nora ? Tu es là ? On dirait que tu as vu un fantôme.

— Euh, ouais. Je suis… ouais… Je suis… Je viens de… Je suis là… Dans un bus… Un grand… bus de… ouais. Salut.

— Devine où je suis ?

Elle n'avait pas idée de ce qu'il fallait dire. « Dans ton bain à remous » paraissait être une réponse rigoureusement inappropriée.

— Franchement, je n'en ai pas idée.

Il fit pivoter son téléphone pour lui faire voir une grande et somptueuse villa, avec son arsenal de décoration luxueuse, tomettes au sol et grand lit à colonnes drapé d'une moustiquaire.

— Nayarit, *Mexico.*

Il avait dit *Mehico,* prononçant le *x* comme un h en une parodie d'espagnol. Son visage et sa voix n'étaient pas tout à fait comme ceux du Ryan Bailey des films. Un peu plus bouffi. Un peu ralenti. Ivre, peut-être.

— Ils m'ont confié le shooting du *Saloon 2*.

— *Le Saloon de la Dernière Chance 2* ? Oh, je voudrais tellement voir le premier.

Il se mit à rire comme si elle venait de dire la chose la plus drôle du monde.

— Toujours le même humour à froid, Nono.

Nono ?

— Je suis à la Casa de Mita, poursuivit-il. Tu te souviens ? Le week-end qu'on a passé là ? Ils m'ont mis exactement dans la même villa. Tu te rappelles ? J'ai pris une margarita au mezcal, en ton honneur. Et toi, où es-tu ?

— Au Brésil. On vient de donner un concert à Sao Paolo.

— Wouah. Le même continent. C'est cool. C'est, ouais, cool.

— C'était vraiment excellent, dit-elle.

— Tu parles d'une façon très formelle.

Nora avait conscience que la moitié du bus l'écoutait. Ravi la regardait par-dessus une bouteille de bière.

— C'est juste que je suis… tu sais… dans le bus. Il y a des gens partout.

— Les gens, soupira-t-il comme si c'était un juron. Il y a toujours des gens. C'est le putain de problème. Mais, hé, j'ai pas mal réfléchi, ces derniers temps. À ce que tu as dit sur Jimmy Fallon…

Nora essaya de réagir comme si chacune des phrases qu'il prononçait ne lui faisait pas l'effet d'un animal échappé courant sur la route.

— Qu'est-ce que j'ai dit ?

— Tu sais, sur le fait que ça avait juste suivi son cours. Toi et moi. Qu'on était restés en bons termes. Je voulais simplement te remercier d'avoir dit ça. Parce que je sais que je suis un mec foutument compliqué. Je le sais. Mais j'y travaille. Le psy que je vois est vraiment un foutument bon psy.

— C'est… super.

— Tu me manques, Nora. On a eu de bons moments. Mais il y a autre chose dans la vie que le sexe, même génial.

— Oui, répondit Nora en essayant de ne pas laisser vagabonder son imagination. Absolument.

— On a eu toutes sortes de bons moments. Mais tu avais raison d'y mettre fin. Tu as fait ce qu'il fallait, dans l'ordre cosmique des choses. Il n'y a pas de *rejet*, il n'y a qu'une *redirection*. Tu sais, j'ai pas mal réfléchi. Au cosmos. Je me suis connecté. Et le cosmos m'a dit que j'avais besoin de remettre de l'ordre dans mon merdier. C'est une question d'équilibre, quoi. Ce qu'on avait, c'était trop intense, on a des vies trop intenses, et c'est comme la troisième loi du mouvement de Darwin. À propos de l'action qui provoque une réaction. Il fallait bien que quelque chose lâche. C'est toi qui as vu juste, maintenant on est simplement des particules qui flottent dans l'univers, et qui pourraient se reconnecter un jour au Château Marmont…

Elle ne voyait vraiment pas quoi dire.

— Je pense que c'était Newton.

— Hein ?

— La troisième loi du mouvement.

Il inclina la tête comme un chien pris en faute.

— Quoi ?

— Peu importe. Aucune importance.

Il poussa un soupir.

— Enfin, je vais finir cette margarita. Parce qu'on répète tôt demain. Au mezcal, tu vois. Pas à la tequila. Faut rester pur. J'ai un nouveau coach. Un type du MMA. Il est intense.

— D'accord.

— Et, Nono…

— Ouais ?

— Tu pourrais juste m'appeler encore une fois le nom spécial que tu me donnes ?

— Euh…

— Tu sais bien.

— Évidemment. Ouais. Bien sûr.

Elle essaya de trouver ce que ça pouvait bien être. *Ry-ry ? Rye Bread ? Platon ?*

— Peux pas.

— Les gens ?

Elle regarda ostensiblement autour d'elle.

— Exactement. Les gens. Et tu sais, maintenant qu'on a chacun repris notre vie, ça paraît un peu… inapproprié.

Il eut un sourire mélancolique.

— Écoute, je serai là pour le dernier concert à L.A. Premier rang. Staples Centre. Tu ne pourras pas m'empêcher de venir, d'accord ?

— C'est vraiment chou.

— Amis pour la vie ?

— Amis pour la vie.

Sentant qu'ils approchaient de la fin de la conversation, Nora eut tout à coup une question à lui poser.

— Tu t'es vraiment mis à la philo ?

Il rota. Elle s'étonna de trouver choquant que Ryan Bailey soit un être humain dans un corps humain qui émettait des gaz.

— Quoi ?

— La philo. Il y a des années, quand tu jouais Platon dans *Les Athéniens*, lors d'une interview, tu avais dit que tu lisais beaucoup de philosophie.

— Je lisais la vie. Et la vie est une philosophie.

Nora n'avait pas idée de ce qu'il racontait, mais, tout au fond, elle était fière de cette autre version d'elle-même qui avait pécho une vedette de cinéma de premier plan.

— Il me semble qu'à l'époque tu avais dit que tu lisais Martin Heidegger.

— C'est qui, Martin Hot-Dog ? Oh, c'était probablement juste des conneries pour la presse. Tu sais, on dit des tas de conneries.

— Ouais. Évidemment.

— Adios, amiga.

— Adios, Ryan.

Et puis la seconde d'après il n'était plus là, et Joanna lui souriait sans rien dire. Elle pensait que cette Nora aimait Joanna. Et puis elle se rappela qu'elle était censée faire un podcast pour le compte d'un groupe dont elle ne connaissait pas le nom de la moitié des membres. Ni le titre de leur dernier album. Ni d'aucun de leurs albums.

Le car s'arrêta devant un hôtel de luxe à la périphérie de la ville. Des voitures sublimes aux vitres noires.

Des palmiers entourés de lumières féeriques. Une architecture d'une autre planète.

— Un ancien palace, lui dit Joanna. Conçu par un architecte brésilien de première bourre. J'ai oublié son nom. (Elle regarda.) Oscar Niemeyer, ajouta-t-elle au bout d'un instant. Moderniste. Mais il paraît que c'est plus fastueux que ce qu'il fait d'habitude. Le meilleur hôtel du Brésil...

C'est alors que Nora vit une petite foule de gens qui brandissaient leur téléphone vers elle, comme des mendiants tendant leur sébile, pour filmer son arrivée.

On peut tout avoir et ne rien ressentir.
@NoraLabyrinth, 74 800 retweets, 485 300 likes.

Un plateau d'argent de gâteaux au miel

C'était dingue de penser que cette vie coexistait avec les autres dans le multivers, comme une note parmi toutes celles d'un accord.

Nora avait peine à croire que dans une vie elle avait du mal à payer son loyer alors que dans une autre elle suscitait l'hystérie chez des populations du monde entier.

La poignée de fans qui avaient filmé l'arrivée du bus de la tournée à l'hôtel attendait maintenant des autographes. Les groupies n'avaient pas l'air trop intéressées par les autres membres du groupe, mais ils semblaient prêts à tout pour attirer son attention.

Tout en s'avançant vers eux sur le gravier crissant, elle remarqua une fille en particulier. Avec ses tatouages et sa tenue, on aurait dit qu'elle s'était échappée des années 1930 et retrouvée plus ou moins embarquée dans une version cyberpunk d'une guerre postapocalyptique. Elle était coiffée exactement comme Nora, jusqu'à la bande blanche dans les cheveux.

— Nora ! Noraaaah ! Salut ! On t'aime ! T'es une reine ! Merci d'être venue au Brésil ! T'es grave mortelle !

Et puis ils se mirent à scander, sur l'air des lampions :

— No-ra ! No-ra ! No-ra !

Elle griffonnait des autographes d'une écriture illisible quand un jeune homme d'une petite vingtaine d'années enleva son tee-shirt et lui demanda de signer son épaule.

— C'est pour un tatouage, dit-il.

— Vraiment ? demanda-t-elle en écrivant son nom sur le corps du gars.

— C'est le plus grand moment de ma vie, bredouilla-t-il. Je m'appelle Francisco.

Nora s'interrogea sur le fait que quelqu'un qui vous écrive son nom au feutre sur la peau puisse être le plus grand moment de votre existence.

— Vous m'avez sauvé la vie. « Beautiful Sky » m'a sauvé la vie. Cette chanson. Elle est tellement puissante…

— Oh. Eh bien. « Beautiful Sky » ? Vous connaissez « Beautiful Sky » ?

Le fan devint hystérique.

— Vous êtes tellement marrante ! C'est pour ça que vous êtes mon idole ! Je vous aime tant ! Si je connais « Beautiful Sky » ? C'est de la bombe !

Nora ne savait pas quoi dire. Cette petite chanson qu'elle avait écrite quand elle avait dix-neuf ans, à la fac de Bristol, avait changé la vie d'une personne au Brésil. C'était renversant.

C'était clairement la vie à laquelle elle était destinée. Elle doutait de devoir jamais retourner à la bibliothèque. Elle pouvait supporter d'être idolâtrée. C'était mieux que de se retrouver à Bedford, dans le bus 77, à fredonner des mélodies déprimantes le nez collé à la vitre.

Elle posait pour des selfies.

Une jeune femme avait l'air au bord des larmes. Elle tenait une grande photo de Nora en train d'embrasser Ryan Bailey.

— J'ai été tellement triste quand vous avez rompu !

— Je sais. Ouais, c'était triste. Enfin, vous savez, c'est des choses qui arrivent. C'est une… courbe d'apprentissage.

Joanna apparut, la prit par le bras et l'entraîna doucement vers l'hôtel.

Quand elle arriva à l'élégant hall d'entrée qui sentait le jasmin (du marbre, des lustres de cristal, des compositions florales), elle vit que le reste du groupe était déjà au bar. Mais où était son frère ? En train de faire de la lèche à la presse ailleurs ?

Elle commença à se diriger vers le bar et se rendit compte que tout le monde – le concierge, le réceptionniste, les clients – la regardait.

Nora s'apprêtait à sauter sur l'occasion pour s'enquérir des faits et gestes de son frère quand Joanna repéra un homme qui portait un tee-shirt « Les Labyrinthes » imprimé dans une police de film de science-fiction rétro. Un gars d'une quarantaine d'années, à la barbe grisonnante et aux cheveux clairsemés, qui avait l'air intimidé par la présence de Nora. Il se fendit d'une petite courbette et lui serra la main.

— Je m'appelle Marcelo, dit-il. Merci de m'avoir accordé cet entretien.

Nora remarqua un autre homme derrière Marcelo – plus jeune, des piercings, des tatouages et un grand sourire –, qui trimbalait tout le matériel d'enregistrement.

— On avait réservé un coin tranquille au bar, annonça Joanna. Mais il y a… des gens. Je pense qu'on ferait mieux d'aller dans la suite de Nora.

— Génial, dit Marcelo. Super, super.

Tandis qu'ils se dirigeaient vers l'ascenseur, Nora jeta un coup d'œil vers le bar et repéra les autres membres du groupe.

— Dites, vous aimeriez peut-être parler aussi aux autres ? demanda-t-elle à Marcelo. Ils pourraient se rappeler de choses que j'aurais oubliées. Tout un tas de choses.

Marcelo eut un sourire et dit avec délicatesse, en secouant la tête :

— Ce sera mieux comme ça, je crois.

— Ah bon, d'accord, répondit-elle.

Tout le monde les dévorait du regard pendant qu'ils attendaient l'arrivée de l'ascenseur, et Joanna se pencha sur Nora.

— Ça va ?

— Bien sûr. Ouais. Pourquoi ?

— Je ne sais pas. C'est juste que tu as l'air différente ce soir.

— Comment ça, différente ?

— Juste… différente.

Ils entrèrent dans l'ascenseur, et Joanna demanda à une autre femme que Nora reconnut – elle l'avait vue dans le bus – d'aller chercher des boissons au bar

– deux bières pour les podcasteurs, une eau minérale pétillante pour Nora et une caïpirinha pour elle.

— Et apporte-les dans la suite, Pria.

Peut-être que dans cette vie je ne bois pas d'alcool, pensa Nora en sortant de l'ascenseur, puis en suivant le couloir (moquette rose saumon) conduisant à sa suite.

Ensuite, en entrant, elle essaya de faire comme si tout cela était parfaitement normal. Une pièce gigantesque qui menait à une autre gigantesque pièce, qui menait à une gigantesque salle de bains. Un énorme bouquet de fleurs pour elle, avec un mot signé par la direction de l'hôtel.

Waouh, se retint-elle de dire, tout en contemplant le mobilier luxueux, les rideaux qui allaient du sol au plafond, le lit d'un blanc virginal grand comme un terrain de foot, la télé de la taille d'un écran de cinéma, le champagne dans un seau à glace, le plateau d'argent plein de « gâteaux au miel brésiliens », d'après la petite carte.

— Je ne crois pas que tu devrais manger ça, dit Joanna en mordant dans la chose délicieuse qu'elle venait de prendre sur le plateau. Maintenant que tu suis ce nouveau régime. Harley m'a dit de te tenir à l'œil.

Nora regarda Joanna prendre une nouvelle bouchée de l'un des gâteaux et s'interrogea sur la pertinence d'un régime qui vous interdisait de déguster quelque chose d'aussi visiblement délicieux qu'un gâteau au miel brésilien. Elle ignorait qui pouvait bien être ce Harley, mais elle l'avait déjà dans le nez.

— Et puis… juste pour que tu saches, les incendies ne sont pas encore éteints à L.A., et ils sont en train d'évacuer la moitié de Calabasas, mais, avec un peu de chance, ça ne montera pas jusque chez toi…

Nora ne savait pas si elle devait se réjouir d'avoir une maison à L.A., ou bien redouter qu'elle prenne feu.

Les deux types du podcast brésilien mirent un petit moment à installer leur matériel. Nora se laissa tomber dans l'immense canapé du coin salon tandis que Joanna – qui s'efforçait de récupérer avec un doigt épaissement manucuré quelques miettes récalcitrantes collées autour de sa bouche – expliquait que leur podcast musical, *O Som,* était le plus populaire du Brésil.

— Des super-cibles, s'enthousiasmait Joanna. Et les chiffres sont stratosphériques. On ne peut pas louper ça.

Et elle resta là, à l'observer comme une mère faucon, alors que le podcast débutait.

Le podcast des révélations

— Donc, ça a été une année folle pour vous, amorça Marcelo dans son très bon anglais.

— Ah oui alors. Ça a été une sacrée tirée, fit Nora en essayant de parler comme une rock star.

— Maintenant, si je peux vous poser des questions sur l'album… *Pottersville*. C'est vous qui avez écrit toutes les chansons, n'est-ce pas ?

— La plupart, oui, supposa Nora en regardant le petit grain de beauté familier sur sa main gauche.

— C'est elle qui les a toutes écrites, intervint Joanna.

Marcelo hocha la tête pendant que l'autre gars, qui souriait toujours à pleines dents, tripotait les niveaux de son sur un ordinateur portable.

— Je pense que « Feathers » est ma piste préférée, reprit Marcelo tandis que les boissons arrivaient.

— Je suis ravie qu'elle vous plaise, répondit Nora tout en essayant de trouver un moyen de se tirer de cet interview.

Une migraine ? Des crampes d'estomac ?

— Mais celle dont je voudrais vous parler d'abord est la première que vous aviez décidé de sortir. « Stay

Out of My Life ». « Sors de ma vie », ça ressemble à une déclaration tellement personnelle…

Nora s'obligea à sourire.

— Les paroles disent tout, en réalité.

— On a pas mal spéculé sur le fait que ça évoquait la… Comment dites-vous ça en anglais ?

— L'injonction d'éloignement ? suggéra Joanna, toujours serviable.

— C'est ça ! L'injonction d'éloignement…

— Ha ! fit Nora, saisie. Eh bien, je préfère m'en tenir à la chanson. J'ai du mal à parler de cette affaire.

— Oui. Je comprends. C'est juste que, dans votre récent entretien pour *Rolling Stones*, vous avez un peu parlé de votre ex-petit ami, Dan Lord, et vous avez dit que vous aviez eu le plus grand mal à obtenir la… l'injonction d'éloignement contre lui, alors qu'il vous avait harcelée… Est-ce qu'il n'a pas essayé d'entrer chez vous par effraction ? Et puis, il a raconté aux journalistes que c'était lui qui avait écrit les paroles de « Beautiful Sky ».

— Seigneur !

Elle hésitait entre rire et pleurer et réussit tant bien que mal à ne faire ni l'un ni l'autre.

— J'étais encore avec lui quand je l'ai écrite, mais ça ne lui plaisait pas. Il n'aimait pas que je sois dans ce groupe. Il détestait ça. Il détestait mon frère. Il détestait Ravi. Il détestait Ella, qui était là depuis le début. De toute façon, Dan était très jaloux.

C'était complètement surréaliste. Dans une vie, la vie qu'il avait prétendu vouloir, Dan s'ennuyait tellement dans leur couple qu'il avait eu une liaison, et dans cette vie, il s'introduisait chez elle parce qu'il ne pouvait supporter son succès.

— C'est un connard, dit Nora. Je ne connais pas le juron portugais pour désigner quelqu'un d'aussi terrible.

— *Cabrão.* Ça veut dire que quelqu'un est une tête de nœud.

— Ou un trou du cul, suggéra obligeamment le jeune gars.

— Ouais, bon, un *cabrão.* Il s'était révélé sous un jour complètement différent. C'est dingue. La façon dont, quand votre vie change, les gens se comportent autrement. La rançon du succès, je suppose.

— Et vous avez écrit une chanson appelée « Henry David Thoreau ». Il n'y a pas beaucoup de chansons qui portent des noms de philosophes...

— Je sais. Eh bien, j'ai fait des études de philo, à la fac, et c'était un de mes chouchous. D'où mon tatouage. Et ça faisait une chanson sensiblement meilleure que si je l'avais intitulée « Emmanuel Kant ».

Elle était dans le coup, à présent. Ce n'était pas trop difficile de jouer un rôle quand c'était celui auquel on était destiné.

— Et « Howl », évidemment. Une chanson si puissante. Elle est numéro un dans vingt-deux pays. La vidéo a remporté un Grammy Award et elle s'est retrouvée en tête de liste à Hollywood... Je suppose que vous en avez assez d'en parler.

— J'imagine, oui.

Joanna alla se chercher un autre gâteau au miel. Marcelo eut un doux sourire, mais il insista.

— Pour moi, elle me faisait un effet très primal. La chanson, je veux dire. Comme si vous laissiez tout sortir. Et puis j'ai découvert que vous l'aviez écrite la nuit où vous avez viré votre dernier manager. Avant Joanna. Quand vous vous êtes rendu compte qu'il vous dépouillait...

— Ouais. Ce n'était pas un bon moment, improvisa-t-elle. C'était une telle trahison.

— J'étais un grand fan des Labyrinthes avant « Howl ». Mais c'est ce qui a tout changé pour moi. Ça et « Lighthouse Girl ». « Howl », c'est là que je me suis dit, *Nora Seed est un génie.* Les paroles sont plutôt abstraites, mais la façon dont vous exprimez toute cette rage est tellement douce et expressive, et puissante en même temps. C'était comme si les débuts de Cure avaient fusionné avec Frank Ocean via les Carpenters et Tame Impala.

Nora essaya – vainement – d'imaginer à quoi ça pouvait bien ressembler. C'est alors qu'il commença à chanter à la surprise générale : « Fais taire la musique pour qu'irradie la mélodie /Plus de faux sourires hurle à la lune. »

Nora sourit et hocha la tête comme si elle reconnaissait ces paroles.

— Ouais. Ouais. C'était juste... un hurlement.

Le visage de Marcelo retrouva sa gravité. Il avait l'air de s'en faire sincèrement pour elle.

— Vous avez eu tant de merdes à régler au cours des dernières années. Les harceleurs, les mauvais managers, les fausses querelles, le procès, les problèmes de droits, la rupture orageuse avec Ryan Bailey, la réception du dernier album, la cure de désintox, cet incident à Toronto... la fois où vous vous êtes écroulée d'épuisement à Paris, la tragédie personnelle, que des drames, des drames, des drames. Et la constante intrusion des médias. Pourquoi pensez-vous que la presse vous déteste tant ?

Nora commençait à se sentir un peu mal à l'aise. C'était donc à ça que ressemblait le succès ? À un cocktail doux-amer permanent d'adoration et d'agressivité ? Pas étonnant que tant de gens célèbres déraillent, si les rails partaient dans tous les sens. C'était comme si on la giflait et l'embrassait en même temps.

— Je... je ne sais pas. C'est plutôt... dingue...

— Je veux dire... vous ne vous demandez jamais à quoi aurait ressemblé votre vie si vous aviez décidé de suivre un autre chemin ?

Nora écoutait ça tout en observant les bulles monter dans son eau minérale.

— Je crois que ce n'est pas difficile d'imaginer qu'il y a des chemins plus faciles, dit-elle en prenant conscience de quelque chose pour la première fois. Mais peut-être qu'il n'y a pas de chemins faciles. Il n'y a que des chemins. Dans une vie, j'aurais pu me marier. Dans une autre, je pourrais travailler dans une boutique. J'aurais pu dire oui à ce charmant garçon qui m'avait invitée à prendre un café. Dans une autre, je pourrais être une scientifique et faire des recherches sur les glaciers dans le cercle arctique. Dans une autre, je pourrais être championne olympique de natation. Qui sait ? À chaque seconde de chaque jour, on entre dans un nouvel univers. Et on passe tellement de temps à regretter de ne pas avoir vécu une autre vie, à se comparer aux autres ou à d'autres versions de soi-même, alors qu'en réalité la plupart des vies contiennent un certain pourcentage de bien et de mal.

Marcelo, Joanna et l'autre jeune Brésilien la regardaient en ouvrant de grands yeux, mais elle était lancée, maintenant. Elle était en roue libre.

— Il y a des schémas de vie… Des rythmes. C'est tellement facile, quand on est piégé dans une seule et unique vie, d'imaginer que les moments de tristesse, de tragédie, d'échec ou d'angoisse résultent de cette existence spécifique. Que c'est un produit dérivé du fait de vivre d'une certaine façon, plutôt qu'un corollaire de la vie, tout simplement. Je veux dire, ça simplifierait bien les choses si on comprenait qu'aucune façon de vivre ne nous immunisera jamais contre la tristesse. La tristesse fait partie intégrante du tissu du bonheur. On ne peut pas avoir l'un sans l'autre. Évidemment, tout ça selon des degrés et des quantités différents. Mais il n'y a pas de vie où on peut connaître éternellement un état de pur bonheur. Et imaginer qu'il y en a une ne fait qu'accroître le malheur dans la vie qu'on vit.

— C'est une réponse géniale, dit Marcelo quand il fut sûr qu'elle avait fini. Mais, ce soir, je dirais qu'au concert vous aviez l'air heureuse. Quand vous avez joué « Bridge Over Troubled Water » au lieu de « Howl », c'était une déclaration tellement puissante. Ça disait : *Je suis forte.* J'ai eu l'impression que vous nous disiez à nous, vos fans, que vous alliez bien. Alors, comment se passe la tournée ?

— Eh bien, c'est génial. Et oui, je me suis dit que j'allais faire passer un message, dire, vous savez, je suis là, en train de vivre ma meilleure vie. Mais ça me manque, au bout d'un moment, de ne pas être chez moi.

— Quel chez-vous ? demanda Marcelo, avec un sourire calmement complice. Je veux dire, où vous sentez-vous le plus chez vous, à Londres, à L.A., ou sur la côte amalfitaine ?

Visiblement, c'était la vie où son empreinte carbone était la plus élevée.

— Je ne sais pas. Je dirais Londres, je suppose.

Marcelo prit une profonde inspiration, comme si sa question suivante lui imposait de nager sous l'eau. Il se gratta la barbe.

— D'accord, mais j'imagine que ça doit être difficile pour vous, parce que je sais que vous partagiez cet appartement avec votre frère ?

— Pourquoi est-ce que ce serait difficile ?

Joanna lui jeta un curieux regard par-dessus son cocktail. Marcelo la regarda affectueusement, avec une sorte de tendresse. Ses yeux semblaient embués.

— Je veux dire, fit-il après avoir pris une délicate gorgée de bière, votre frère faisait tellement partie de votre vie, faisait tellement partie du groupe…

Faisait.

Une telle menace dans un si petit mot. Telle une pierre tombant dans l'eau.

Elle se rappela avoir demandé à Ravi où était son frère, avant le rappel. Elle se rappela la réaction de la foule quand elle avait fait allusion à son frère, sur scène.

— Il est toujours dans le coin, il était là ce soir.

— Elle veut dire qu'elle le sent, dit Joanna. Comme nous tous. C'était un esprit tellement fort. Tourmenté, mais fort… C'est une tragédie, comment l'alcool, les drogues et la vie dans son ensemble ont fini par avoir raison de lui…

— Mais de quoi parlez-vous ? interrogea Nora.

Elle ne jouait plus. Elle avait sincèrement besoin de savoir.

Marcelo eut l'air navré pour elle.

— Il n'y a que deux ans qu'il est mort… d'une overdose…

Nora étouffa un hoquet.

Elle ne se retrouva pas instantanément dans la bibliothèque parce qu'elle n'avait pas encore encaissé. Elle se leva, sonnée, et sortit en titubant de la suite.

— Nora ? lança Joanna avec un rire nerveux. Nora ?

Elle prit l'ascenseur et descendit au bar. Retrouver Ravi.

— Tu m'as dit que Joe faisait de la lèche aux médias.

— Hein ?

— Tu m'as dit ça. Je t'ai demandé ce que fabriquait Joe, et tu m'as répondu : « de la lèche aux médias ».

Il reposa sa bière et la regarda comme si c'était une énigme vivante.

— C'était vrai. Elle faisait de la lèche aux médias.

— *Elle*?

Il tendit le doigt vers Joanna, au loin, qui la regardait, l'air suffoquée, depuis les ascenseurs.

— Ben ouais. Jo. Elle était avec la presse.

La tristesse lui fit l'effet d'un coup de poing en pleine poitrine.

— Oh non, dit-elle. Oh Joe… Oh Joe… Oh…

Et le bar du grand hôtel disparut. La table, les boissons, Joanna, Marcelo, le preneur de son, les clients de l'hôtel, Ravi, les autres, le sol de marbre, le barman, les serveurs, les lustres de cristal, les fleurs, tout se réduisit à rien.

Chanson « Howl »

Vers la forêt en hiver
Nulle part où aller
Elle fuit la fille
Tout ce qu'elle connaît

La pression monte au ciel
La pression monte (sans trêve)

Ils veulent ton corps
Ils veulent ton âme
Ils veulent de faux sourires
C'est ça, le rock'n roll
Les loups te cernent
Un rêve de fièvre
Les loups te cernent
Alors commence à hurler

Hurle, dans la nuit,
Hurle, jusqu'à l'aube,
Hurle, c'est ta guerre,
Hurle fort, c'est tout

Hurle hurle hurle hurle
(enculé de ta mère)

Tu ne peux pas toujours lutter
Il faut l'admettre
Si ta vie foire
Demande-toi pourquoi

(Parlé)
Rappelle-toi
Quand on était assez jeunes
Pour ne pas craindre demain
Ou regretter hier
Quand on n'était
Que soi
Et que le temps n'était
Qu'aujourd'hui
Quand on était
Dans la vie
Pas enfermés
Comme un bras dans une manche
Parce qu'on avait le temps
Le temps de souffler

Les temps sont durs
La vie est dure
Mais la vie ne peut finir
Avant d'avoir commencé
Le lac brille l'eau est froide
Tout ce qui brille peut devenir or
Fais taire la musique pour qu'irradie la mélodie
Plus de faux sourires hurle à la lune

Hurle, dans la nuit
Hurle jusqu'à l'aube
Hurle, à toi de te battre
Hurle, pour tout arranger

Hurle hurle hurle hurle
(répéter jusqu'au fondu)

Amour et douleur

— Je déteste ce... procédé, dit Nora à Mme Elm, avec force. Je veux que ça CESSE !

— Pas si fort, rétorqua Mme Elm, un cavalier blanc à la main, concentrée sur son mouvement. C'est une bibliothèque.

— Il n'y a que nous deux, ici !

— Peu importe. C'est tout de même une bibliothèque. Dans une cathédrale, on ne fait pas de bruit parce qu'on est dans une cathédrale, pas parce qu'on n'est pas seul. C'est pareil dans une bibliothèque.

— D'accord, répondit Nora, un ton plus bas. Ça ne me plaît pas. Je veux que ça cesse. Je veux résilier mon abonnement à la bibliothèque. Je veux rendre ma carte de bibliothèque.

— Mais *tu es* la carte de bibliothèque.

Nora en revint à son point de départ.

— Je veux que ça cesse.

— Non, tu ne veux pas ça.

— Si, c'est ce que je veux.

— Alors pourquoi es-tu encore là ?

— Parce que je n'ai pas le choix.

— Fais-moi confiance, Nora. Si tu ne voulais *vraiment pas* être là, tu n'y serais pas. Je te l'ai dit dès le début.

— Ça ne me plaît pas.

— Pourquoi ?

— Parce que c'est trop pénible.

— Et pourquoi est-ce pénible ?

— Parce que c'est réel. Dans une vie, mon frère est mort.

Le visage de la bibliothécaire retrouva sa gravité.

— Et dans une vie, une de ses vies, c'est toi qui es morte. Est-ce que ce serait pénible pour lui ?

— J'en doute. Il ne veut plus rien avoir à faire avec moi, ces temps-ci. Il a sa vie à lui, et il m'en veut parce qu'il l'a ratée.

— Alors, tout le problème tourne autour de ton frère ?

— Non. C'est un ensemble. J'ai l'impression de ne pas pouvoir vivre sans faire du mal à quelqu'un.

— C'est parce que c'est comme ça.

— Alors pourquoi vivre tout court ?

— Eh bien, en toute sincérité, mourir fait aussi du mal aux gens. Bon, quelle vie veux-tu choisir maintenant ?

— Aucune.

— Pardon ?

— Je ne veux pas d'autre livre. Je ne veux pas d'autre vie.

Le visage de Mme Elm blêmit, comme lorsqu'elle avait reçu le coup de fil concernant le père de Nora, il y avait si longtemps.

Nora sentit un tremblement sous ses pieds. Un tremblement de terre mineur. Elles se cramponnèrent aux rayonnages alors que les livres tombaient par terre. Les lumières vacillèrent et s'éteignirent tout à fait. L'échiquier et la table se renversèrent.

— Oh non, dit Mme Elm. Ça ne va pas recommencer.

— Que se passe-t-il ?

— C'est pourtant clair. Tout cet endroit n'existe qu'à cause de toi. Tu en es la source d'énergie. Quand cette source est sévèrement perturbée, la bibliothèque est menacée. C'est toi, Nora. Tu renonces au pire moment possible. Tu ne peux pas laisser tomber. Tu as davantage à offrir. D'autres occasions t'attendent. Il y a tellement de versions de toi, là-dedans. Rappelle-toi comment tu t'es sentie, après l'ours polaire. Rappelle-toi combien tu voulais vivre.

L'ours polaire.

L'ours polaire.

— Même ces mauvaises expériences servent à quelque chose. Tu ne le vois pas ?

Elle le voyait. Les regrets avec lesquels elle avait vécu pendant la majeure partie de sa vie étaient un gâchis.

— Si.

Les tremblements de terre mineurs s'estompèrent.

Il y avait quand même des livres répandus partout, par terre.

Les lumières étaient revenues, mais elles vacillaient encore.

— Je suis désolée, dit Nora, et elle essaya de ramasser les livres et de les remettre en place.

— Non ! lança Mme Elm. Ne les touche pas. Repose-les par terre.

— Désolée.

— Et arrête de dire que tu es désolée. Maintenant, tu peux m'aider à faire ça. C'est plus sûr.

Elle aida Mme Elm à relever la table puis à ramasser les pièces de jeu d'échecs et à les replacer sur l'échiquier pour une nouvelle partie.

— Et tous les livres qui sont tombés ? On va juste les laisser là comme ça ?

— Qu'est-ce que ça peut te faire ? Je pensais que tu voulais qu'ils disparaissent complètement ?

Mme Elm n'était peut-être qu'un mécanisme destiné à simplifier l'extrême complexité de l'univers quantique, n'empêche qu'en cet instant – assise entre les étagères à moitié vides, à côté de son échiquier, prête à commencer une autre partie – elle avait l'air triste, sage et infiniment humaine.

— Je ne voulais pas être aussi brusque, réussit-elle enfin à articuler.

— Pas de problème.

— Je me souviens quand nous avons commencé à jouer aux échecs dans la bibliothèque de l'école, tu perdais tout de suite tes meilleures pièces. Tu perdais tout de suite la reine ou les tours, elles disparaissaient ; et puis tu faisais comme si la partie était perdue parce qu'il ne te restait que des pions et un ou deux cavaliers.

— Pourquoi me rappelez-vous ça maintenant ?

Mme Elm vit un fil détaché sur son cardigan et tenta de le rentrer dans sa manche, puis elle renonça et le laissa dépasser à nouveau.

— Si tu veux gagner aux échecs, il faut que tu comprennes quelque chose, dit-elle, comme si Nora n'avait pas de sujets de préoccupation plus importants. Et le truc qu'il faut que tu comprennes, c'est que la partie n'est jamais finie tant qu'elle n'est pas terminée. Et elle n'est pas terminée tant qu'il reste un seul pion sur l'échiquier. Si un joueur est réduit à un pion et un roi alors que l'adversaire a encore toutes ses pièces, il y a encore une partie. Et même si tu étais un pion – et peut-être que nous sommes tous des pions –, tu dois te rappeler que le pion est la pièce la plus magique de toutes. Il a peut-être l'air petit et ordinaire, mais ce n'est pas le cas. Parce qu'un pion n'est jamais seulement un pion. Un pion est une reine en puissance. Tu n'as qu'à trouver le moyen de continuer à avancer. Une case après l'autre. Pour atteindre l'autre côté, et libérer toutes sortes de pouvoirs.

Nora regarda les livres qui l'entouraient.

— Vous voulez dire que je n'ai plus que des pions avec lesquels jouer ?

— Tout ce que je dis, c'est que la chose qui a l'air la plus anodine pourrait finir par être ce qui te mènera à la victoire. Il ne faut pas t'arrêter. Comme ce jour-là, dans la rivière. Tu te rappelles ?

Bien sûr qu'elle se rappelait.

Quel âge avait-elle ? Elle devait avoir dix-sept ans, puisqu'elle avait renoncé à la compétition. C'était une période tendue. Son père l'engueulait tout le temps, et sa mère, qui avait perdu son boulot, traversait des épisodes dépressifs de quasi-mutisme. Son frère était revenu de son école d'art pour le week-end, avec Ravi. Il avait montré à son copain les hauts lieux de Bedford la magnifique. Joe avait organisé une fête improvisée au bord de la rivière, avec de la musique, de la bière, une tonne d'herbe, et des filles frustrées que Joe ne s'intéresse pas à elles. Nora, qui avait été invitée, avait trop bu et s'était mise, Dieu sait pourquoi, à parler à Ravi de natation.

— Alors tu pourrais nager dans la rivière ? lui avait-il demandé.

— Bien sûr.

— Non, on ne peut pas, avait dit quelqu'un d'autre.

Et c'est comme ça que, dans un moment d'idiotie, elle avait décidé de leur prouver qu'ils avaient tort. Et le temps que son frère aîné, défoncé et complètement alcoolisé, se rende compte de ce qu'elle faisait, il était trop tard. Elle était déjà bien engagée dans l'eau.

Comme elle repensait à ce moment, le corridor de pierre au bout de l'allée se changea en cours d'eau. Et tandis que les étagères autour d'elle demeuraient immobiles, sous ses pieds, de l'herbe commençait à pousser sur les dalles de pierre, et au-dessus d'elle, le plafond se transforma en ciel. Mais, contrairement aux autres fois où elle disparaissait dans une autre version du présent, Mme Elm et les livres restèrent à leur place. Elle était à moitié dans la bibliothèque et à moitié dans ses souvenirs.

Elle regardait quelqu'un dans la rivière-corridor. C'était elle-même, plus jeune, dans l'eau, et les derniers rayons de la lumière d'été fondirent au noir.

Équidistance

La rivière était froide, et le courant fort.

En observant celle qu'elle avait été, tout lui revint. Combien elle avait eu mal aux bras et aux épaules. Leur raideur, leur lourdeur, comme si elle avait porté une armure. Elle se rappela qu'elle ne comprenait pas pourquoi, malgré tous ses efforts, les sycomores restaient obstinément de la même taille, tout comme la rive demeurait exactement à la même distance. Elle se rappela avoir avalé un peu d'eau sale et regardé autour d'elle, la rive opposée, la rive d'où elle venait – l'endroit où elle se trouvait plus ou moins à présent, en train d'observer cette version plus jeune de son frère et de ses amis à côté d'elle, ignorant son moi présent et les étagères à livres qui les entouraient de toute part.

Elle se remémora comment dans son délire le mot « équidistant » s'était présenté à son esprit. Un mot qui appartenait à la sécurité clinique d'une salle de classe. Équidistant. Un genre de mot si neutre, mathématique, qui était devenu une idée fixe, se répétant de façon obsessionnelle, tel un mantra, tandis qu'elle usait ses dernières forces à rester presque exactement au même endroit. Équidistant. Équidistant. Équidistant. Pas plus près d'une rive que de l'autre.

C'est ainsi qu'elle s'était sentie presque toute sa vie.

Bloquée au milieu. Se démenant, s'agitant, s'efforçant juste de survivre sans savoir de quel côté aller. Sur quel chemin s'engager sans regret.

Elle regarda la rive opposée – où se trouvaient davantage de rayonnages à présent, et pourtant la vaste silhouette d'un sycomore était encore penchée au-dessus de l'eau comme un parent inquiet, le vent murmurant dans ses feuilles.

— Mais tu t'étais engagée, dit Mme Elm, qui avait évidemment entendu les pensées de Nora. Et tu as survécu.

Le rêve de quelqu'un d'autre

— La vie, c'est toujours agir, dit Mme Elm alors qu'elles observaient son frère, que ses amis tiraient de l'eau, lequel regardait ensuite une fille, dont Nora avait depuis longtemps oublié le nom, appeler les secours. Et tu as agi quand ça comptait. Tu as nagé vers cette rive. Tu t'en es sortie en te bagarrant. Tu as toussé à en cracher tes poumons, tu étais en hypothermie, mais tu as traversé la rivière, contre toutes les probabilités. Tu avais trouvé quelque chose en toi.

— Oui. Une bactérie. J'ai mis plusieurs semaines à m'en débarrasser. J'avais tellement bu de cette eau merdique.

— Mais tu as survécu. Tu avais de l'espoir.

— Ouais, eh bien, je le perdais jour après jour.

Elle baissa les yeux pour voir l'herbe se rétracter dans la pierre, releva les yeux et eut une dernière vision de l'eau avant qu'elle s'estompe et que le sycomore se dissolve dans l'air ainsi que son frère, ses amis et son moi plus jeune.

La bibliothèque ressemblait à nouveau exactement à ce qu'elle était. Tous les livres étaient revenus sur les étagères, et les lumières avaient cessé de clignoter.

— C'était tellement stupide de nager dans cette rivière rien que pour crâner. J'ai toujours pensé que Joe était meilleur que moi. Je voulais qu'il m'aime.

— Pourquoi pensais-tu qu'il était meilleur que toi ? Parce que c'était ce que pensaient vos parents ?

Nora en voulait à Mme Elm de son franc-parler. D'un autre côté, elle avait peut-être mis le doigt sur quelque chose.

— Il fallait toujours que je fasse ce qu'ils voulaient pour les impressionner. Joe avait ses problèmes, visiblement. Et je ne les ai pas vraiment compris jusqu'à ce que j'apprenne qu'il était gay et qu'il préférait le cacher, mais on dit que la rivalité entre frère et sœur n'est pas un problème frère-sœur, qu'en fait ça vient des parents, et j'ai toujours pensé que mes parents encourageaient un peu plus ses rêves à lui.

— Comme la musique ?

— Oui. Quand ils ont décidé, Ravi et lui, qu'ils voulaient être des rock stars, papa et maman ont acheté à Joe une guitare puis un piano électrique.

— Et comment ça a marché ?

— La guitare, plutôt bien. Au bout de huit jours, il pouvait jouer « Smoke on the Water », mais il ne s'est pas mis au piano, et il a décidé qu'il n'en voulait pas dans sa chambre, que ça l'encombrait.

— Et c'est là que tu t'y es mise, lâcha Mme Elm, et ce n'était pas une question, mais une affirmation.

Elle *le savait.* Bien sûr qu'elle le savait.

— Oui.

— On l'a relégué dans ta chambre, tu l'as accueilli comme un ami, et tu as commencé à apprendre à en jouer avec une détermination sans faille. Tu consacrais ton argent de poche à acheter des guides d'apprentissage, *Mozart pour les débutants* et *Les Beatles pour le piano*. Parce que ça te plaisait. Et aussi parce que tu voulais impressionner ton frère aîné.

— Je ne vous ai jamais raconté tout ça.

Un sourire entendu.

— Ne t'inquiète pas. J'ai lu le livre.

— Oui. Bien sûr. Évidemment. Je comprends.

— Tu sais, Nora, il faudrait peut-être que tu arrêtes de quêter l'approbation des autres, dit Mme Elm, tout bas, comme pour ajouter de la puissance et de l'intimité à son propos. Tu n'as pas besoin de permission pour être…

— Oui. J'ai pigé.

Et elle avait pigé.

En réalité, toutes les vies qu'elle avait essayées jusque-là, depuis qu'elle était entrée dans la bibliothèque, étaient le rêve de quelqu'un d'autre. La vie d'épouse dans le pub était le rêve de Dan. Le voyage en Australie celui d'Izzy, et si elle s'en voulait de ne pas l'avoir suivie, c'était plus parce qu'elle se sentait coupable envers sa meilleure amie que parce qu'elle était malheureuse pour elle-même. Le rêve de devenir championne de natation était celui de son père. D'accord, elle s'intéressait à l'Arctique et avait voulu devenir glaciologue quand elle était plus jeune, mais cela avait été assez significativement orienté par ses conversations avec Mme Elm en personne, à la bibliothèque de l'école. Et les Labyrinthes, eh bien, ça avait toujours été le rêve de son frère.

Peut-être qu'il n'y avait pas de vie parfaite pour elle, mais quelque part, assurément, il y avait une vie qui valait la peine d'être vécue. Et pour trouver une vie qui valait vraiment la peine d'être vécue, elle se rendait compte qu'il faudrait qu'elle lance un filet plus large.

Mme Elm avait raison. La partie n'était pas terminée. Un joueur ne devait jamais renoncer tant qu'il restait des pièces sur l'échiquier.

Elle se redressa de toute sa hauteur.

— Il faut que tu choisisses plutôt sur les étagères du haut ou du bas. Tu as cherché à revenir sur tes regrets les plus immédiats. Les livres des étagères du haut et du bas sont des vies un peu plus éloignées. Les vies que tu vis encore dans un univers ou un autre, mais pas des vies que tu avais imaginées, que tu regrettais, ou auxquelles tu avais pensé. Ce sont des vies que tu pourrais avoir, mais dont tu n'avais jamais rêvé.

— Et donc, des vies malheureuses ?

— Certaines, mais pas toutes. C'est juste que ce ne sont pas les vies les plus évidentes. Il y en a qui pourraient exiger un peu d'imagination pour y arriver. Mais je suis sûre que ce serait à ta portée…

— Vous ne pouvez pas me guider ?

— Je pourrais te lire un poème, répondit Mme Elm avec un sourire. Les bibliothécaires adorent les poèmes.

Et elle cita Robert Frost :

— « Deux sentiers s'écartaient l'un de l'autre dans un bois et moi / J'ai pris le moins fréquenté / Et cela a fait toute la différence… »

— Et s'il y avait plus de deux routes divergentes dans le bois ? Et s'il y avait plus de routes que d'arbres ? Et s'il n'y avait pas de limite aux choix que l'on peut faire ? Qu'aurait fait Robert Frost, alors ?

Elle se rappela avoir étudié Aristote en première année de philo. Et avoir trouvé un peu déprimante son idée que l'excellence n'était jamais un accident. Que d'excellentes conséquences étaient le résultat de « choix astucieux entre de nombreuses alternatives ». Et elle était là, dans la position privilégiée de pouvoir échantillonner ces nombreuses alternatives. C'était un raccourci vers la sagesse, et peut-être un raccourci vers le bonheur aussi. Elle voyait cela, à présent, non comme un fardeau, mais comme un cadeau à chérir.

— Regarde cet échiquier que nous avons remis en place, dit doucement Mme Elm. Regarde comme il a l'air bien ordonné, paisible et sans danger, maintenant, avant le début de la partie. C'est beau. Mais ennuyeux. Mort. Pourtant, à l'instant où tu feras un mouvement sur cet échiquier, les choses changeront. Elles deviendront plus chaotiques. Et le chaos s'accroîtra à chaque mouvement que tu feras.

Elle s'assit devant la table, face à Mme Elm, baissa les yeux sur l'échiquier et avança un pion de deux cases.

Mme Elm imita son mouvement de son côté de l'échiquier.

— C'est un jeu auquel il est facile de jouer, dit-elle à Nora. Mais difficile d'exceller. Chaque mouvement que tu fais ouvre tout un nouveau monde de possibilités.

Nora déplaça l'un de ses cavaliers. Et elles continuèrent ainsi pendant un petit moment.

Mme Elm se fendit d'un commentaire :

— Au début d'une partie, il n'y a pas de variations. Il n'y a qu'une façon de disposer les pièces. Après les six premiers mouvements, il y a neuf millions de variations. Et après huit déplacements, il y a deux cent quatre-vingt-huit milliards de positions différentes. Et les possibilités ne cessent de se multiplier. Il y a plus de façons possibles de jouer une partie d'échecs qu'il n'y a d'atomes dans l'univers observable. Et ça devient très compliqué. Et il n'y a pas une bonne façon de jouer, il y en a un grand nombre. Aux échecs, comme dans la vie, c'est peut-être la base de tout. Tous les espoirs, tous les rêves, tous les regrets, tous les instants de la vie.

Pour finir, Nora gagna la partie. Elle soupçonnait insidieusement Mme Elm de l'avoir *laissée* gagner, mais elle se sentait quand même un peu mieux.

— D'aaaccord, dit Mme Elm. Maintenant, je crois que c'est le moment de choisir un livre. Qu'en penses-tu ?

Nora parcourut les étagères du regard. Si seulement les titres étaient plus spécifiques. Si seulement il y en avait un qui disait : « Ici, une vie parfaite ».

Son instinct initial avait été d'ignorer la question de Mme Elm. Mais, là où il y avait des livres, il y avait toujours la tentation de les ouvrir. Et elle prit conscience qu'il en allait de même avec les vies.

Mme Elm sentit que Nora avait besoin d'un conseil, alors elle lui répéta une chose qu'elle avait dite un peu plus tôt.

— Il ne faut jamais sous-estimer l'importance énorme des petites choses.

Cela devait se révéler utile par la suite.

— Je veux, dit-elle, une vie douce. La vie où je travaillais avec des animaux. Où j'avais choisi de bosser dans un refuge pour animaux – celui où j'avais fait mon stage, quand j'étais à l'école – et pas à La Théorie des Cordes. Oui. Donnez-moi ce livre-là, s'il vous plaît.

Une douce vie

Il s'avéra qu'il était assez facile de s'intégrer dans cette existence particulière.

Dans cette vie, elle dormait bien, et elle ne se réveilla pas avant la sonnerie du réveil, à huit heures moins le quart. Elle se rendit au travail en voiture, une vieille Hyundai déglinguée qui sentait le chien, les croquettes, et pleine de miettes. Elle passa devant l'hôpital, le centre sportif, et s'arrêta sur le petit parking devant le refuge pour animaux, un bâtiment de plain-pied en briques grises.

Elle passa la matinée à nourrir et promener les chiens. Il était facile de se fondre dans cette vie, en partie parce qu'elle avait été accueillie par une femme affable, pas compliquée, aux cheveux bruns ondulés, et qui parlait avec l'accent du Yorkshire. La femme, Pauline, ayant dit à Nora de commencer à s'occuper des chiens plutôt que des chats, celle-ci avait donc une excuse légitime pour demander ce qu'elle devait faire et avoir l'air perdue. Et le problème des noms des gens était réglé par le fait que tout le monde possédait un badge nominatif.

Nora avait promené un bull mastiff, une femelle, une nouvelle arrivante, dans le pré derrière le refuge.

Pauline lui dit que la chienne avait été horriblement maltraitée par son propriétaire. Elle lui montra quelques petites cicatrices rondes.

— Des brûlures de cigarette.

Nora aurait voulu vivre dans un monde où la cruauté n'existait pas, mais, dans les seuls mondes à sa disposition, il y avait des humains. La femelle bull mastiff s'appelait Sally. Elle avait peur de tout. De son ombre. Des buissons. Des autres chiens. Des jambes de Nora. De l'herbe. De l'air. Elle appréciait visiblement Nora, et se laissa même (très brièvement) frotter le ventre.

Ensuite, Nora aida à nettoyer certaines des petites niches à chiens. Elle supposait qu'on appelait cela des niches parce que ça sonnait mieux que des cages, dénomination qui leur aurait mieux convenu. Un berger allemand à trois pattes appelé Diesel était là depuis un moment, apparemment. Quand ils jouèrent à la balle, Nora découvrit qu'il avait de bons réflexes, qu'il l'attrapait presque chaque fois avec sa gueule. Elle aimait cette vie – ou, plus précisément, elle aimait bien la version d'elle-même dans cette vie. Elle voyait le genre de personne qu'elle était à la façon dont on s'adressait à elle. Ça paraissait agréable – réconfortant, stabilisant – d'être une bonne personne.

Son esprit paraissait différent, là. Elle réfléchissait beaucoup, mais c'étaient de douces pensées.

« La compassion est la base de la moralité », avait écrit le philosophe Arthur Schopenhauer dans l'un de ses meilleurs moments. Peut-être que c'était la base de la vie, aussi.

Un garçon appelé Dylan travaillait là. Il savait vraiment s'y prendre avec les animaux. Il avait à peu près son âge, peut-être un peu moins, de longs cheveux blonds de surfeur, comme un golden retriever, et quelque chose de doux, de gentiment triste. À l'heure du déjeuner, il vint s'asseoir à côté d'elle, sur un banc qui donnait sur le pré.

— Qu'est-ce que tu manges aujourd'hui ? demanda-t-il doucement en indiquant la boîte à déjeuner de Nora d'un mouvement de menton.

Elle n'en savait rien, honnêtement – elle l'avait trouvée toute prête quand elle avait ouvert son frigo couvert de magnets et de calendriers, ce matin-là. Elle souleva le couvercle et découvrit un sandwich au fromage et à la Marmite, avec un sachet de chips au sel et au vinaigre. Le ciel s'assombrit et le vent se leva.

— Ah zut, dit Nora. Il va pleuvoir.

— Peut-être. Les chiens ne sont pas sortis de leurs cages.

— Pardon ?

— Les chiens sentent quand il va pleuvoir, et ils rentrent souvent quand ils pensent que ça va arriver. C'est cool, non ? Qu'ils arrivent à prévoir l'avenir avec leur truffe ?

— Oui, dit Nora. Super-cool.

Nora mordait dans son sandwich au fromage quand Dylan la prit par les épaules. Elle eut un violent mouvement de recul.

— Qu'est-ce que… ? dit-elle.

Il la regarda, l'air profondément navré. Et un peu horrifié par son geste.

— Je suis désolé. Je t'ai fait mal à l'épaule ?

— Non… c'est juste que… Je… Non, non, ça va.

Elle découvrit que Dylan était son petit ami et qu'ils étaient allés à la même école secondaire. Le groupe scolaire Hazeldene. Et qu'il avait deux ans de moins qu'elle.

Nora se rappelait le jour où son père était mort. Elle était à la bibliothèque de l'école et regardait un garçon blond de quelques classes en dessous de la sienne courir derrière la vitre striée par la pluie. *Soit il court après quelque chose, soit on lui court après.* C'était lui. Elle l'appréciait vaguement, de loin, sans réellement le connaître, ou sans penser à lui du tout.

— Ça va, Norster ? lui demanda Dylan.

Norster ?

— Ouais, c'est juste que… Ouais, ça va.

Nora se rassit, mais en laissant un plus grand espace de banc entre eux. Elle n'avait vraiment rien de spécial à reprocher à ce Dylan. Il était gentil. Elle était sûre que, dans cette vie, elle l'aimait vraiment bien. Peut-être même qu'elle l'aimait tout court. Mais entrer dans une vie n'était pas la même chose que d'entrer dans une émotion.

— Au fait, tu as réservé chez Gino's ?

Gino's. L'italien. Nora y allait, quand elle était ado. Elle était étonnée que cela existe toujours.

— Quoi donc ?

— Gino's ? La pizzeria ? Pour ce soir ? Tu disais que tu connaissais plus ou moins le patron.

— Papa le connaissait, oui.

— Alors, tu as pu les appeler ?

— Oui, mentit-elle. Mais, en fait, c'était complet.

— Un soir de semaine ? Bizarre. Vraiment dommage. J'adore les pizzas. Et les pâtes. Et les lasagnes. Et...

— D'accord, dit Nora. Oui. J'ai pigé. Carrément pigé. Je sais que c'est bizarre. Mais ils avaient eu quelques grosses réservations.

Dylan avait déjà sorti son téléphone, l'air avide.

— Je vais essayer La Cantina. Tu sais, le mexicain. Des tonnes d'options véganes. J'adore le tex-mex. Pas toi ?

Nora n'arrivait pas à trouver une raison légitime de ne pas y aller, à part la conversation pas tout à fait fascinante de Dylan, et puis, à côté du sandwich qu'elle était en train de manger et du peu qui restait dans son frigo, un dîner mexicain présentait quelques attraits.

Et donc, Dylan leur retint une table. Ils continuèrent à discuter pendant que les chiens aboyaient dans le bâtiment derrière eux. De la conversation, il ressortit qu'ils pensaient à s'installer ensemble.

— On pourrait regarder *Le Saloon de la dernière chance*, dit-il.

Elle n'écoutait pas vraiment.

— C'est quoi, ça ?

Elle constata qu'il était timide. Il avait du mal à soutenir son regard. C'était assez attendrissant.

— Tu sais, le film avec Ryan Bailey que tu voulais voir. On a regardé la bande annonce. Tu disais que ça devait être drôle, et j'ai fait des recherches, il a 86 % d'avis positifs sur le site Rotten Tomatoes, et il est sur Netflix, alors…

Elle se demanda si Dylan la croirait si elle lui disait que, dans une vie, elle était chanteuse leader d'un groupe de pop-rock mondialement connu et une idole planétaire qui était bel et bien sortie et avait volontairement *plaqué* Ryan Bailey.

— Bonne idée, répondit-elle tout en regardant un sachet de chips vide planer sur la maigre pelouse.

Dylan se leva d'un bond, attrapa le sachet et le déposa dans la poubelle à côté du banc.

Il revint se laisser tomber à côté de Nora, en souriant. Elle comprit ce que cette autre Nora lui trouvait. Il y avait quelque chose de pur chez lui. Comme s'il était un chien lui-même.

Pourquoi vouloir un autre univers puisqu'il y a des chiens dans celui-ci ?

Le restaurant se trouvait au coin de Castle Road, juste après La Théorie des Cordes. La familiarité de l'endroit lui fit un drôle d'effet. En arrivant devant le magasin, elle vit qu'il y avait quelque chose de pas normal. Il n'y avait pas de guitares dans la vitrine. À vrai dire, il n'y avait rien. Juste une feuille de papier A4 collée sur la vitre, à l'intérieur.

Elle reconnut l'écriture de Neil.

Hélas, La Théorie des Cordes doit quitter les lieux. L'augmentation du loyer nous oblige à fermer. Merci à tous nos fidèles clients. Comme dit Bob Dylan : N'y pensez plus, tout est bien. Suivez Fleetwood Mac et tracez votre propre chemin. Dieu seul et les Beach Boys savent ce qu'on va devenir sans vous.

Dylan était amusé.

— Je vois ce qu'ils ont voulu faire.

Et puis, un instant plus tard :

— On m'a appelé comme ça à cause de Bob Dylan. Je te l'avais dit ?

— Je ne me souviens pas.
— Le musicien, tu sais.
— Oui, Dylan. J'ai entendu parler de Bob Dylan.
— Ma sœur aînée s'appelle Suzanne. À cause de la chanson de Leonard Cohen.

Nora eut un sourire.

— Mes parents adoraient Leonard Cohen.
— Tu y es déjà allée ? lui demanda Dylan. Ça avait l'air d'être une boutique géniale.
— Une fois ou deux.
— C'est ce que je pensais, vu que tu aimes la musique. Tu jouais du piano, hein ?

Tu jouais.

— Ouais. Du piano électrique. Un peu.

Nora vit que l'affichette avait l'air ancienne. Elle se rappela ce que Neil lui avait dit. « Je ne peux plus me permettre de te payer pour faire fuir les clients avec ta tête d'enterrement. »

Eh bien, Neil, peut-être que ce n'était pas ma tête, tout compte fait.

Ils continuèrent à marcher.

— Dylan, tu crois aux univers parallèles ?

Il haussa les épaules.

— Il me semble.
— Qu'est-ce que tu crois que tu fais dans une autre vie ? Tu penses que c'est un bon univers ici ? Ou tu préférerais être dans un univers où tu as quitté Bedford ?
— Pas vraiment. Je suis heureux, ici. Pourquoi vouloir un autre univers alors que dans celui-ci il y a des chiens ? Les chiens sont les mêmes ici qu'à Londres. J'avais une place, tu sais. J'étais pris à l'université de

Glasgow, en médecine vétérinaire. J'y suis allé une semaine, mais mes chiens me manquaient trop. Et mon père a perdu son boulot, il ne pouvait pas vraiment se permettre de m'y envoyer. Alors bon, je ne suis pas devenu vétérinaire. Pourtant je voulais *vraiment* être véto. Mais je ne regrette rien. J'ai une bonne vie. J'ai de bons amis. J'ai mes chiens.

Elle sourit. Elle aimait bien Dylan, même si elle doutait de pouvoir être attirée par lui comme cette autre Nora. C'était quelqu'un de bien, et les gens bien étaient rares.

Tandis qu'ils allaient au restaurant, ils virent un grand gars aux cheveux noirs en tenue de jogging courir vers eux. Elle mit un moment un peu vertigineux à se rendre compte que c'était Ash — l'Ash qui avait été chirurgien, qui avait été un client de La Théorie des Cordes et qui l'avait invitée à prendre un café, l'Ash qui l'avait réconfortée à l'hôpital, et qui avait frappé à sa porte, dans un autre monde, la veille au soir, pour lui dire que Voltaire était mort. Il paraissait tellement récent, ce souvenir, et en même temps il n'était qu'à elle seule. Il s'entraînait visiblement pour le semi-marathon de dimanche. Il n'y avait pas de raison de croire que l'Ash de cette vie était différent de celui de sa vie racine, sauf qu'il n'avait probablement pas trouvé un Voltaire mort hier soir. Ou peut-être que si, mais que Voltaire ne s'appelait pas Voltaire.

— Salut, dit-elle, oubliant dans quelle ligne temporelle elle se trouvait.

Et Ash lui rendit son sourire, mais c'était un sourire confus. Confus mais doux, ce qui acheva de hérisser

Nora. Parce que, bien sûr, dans cette vie, il n'avait pas frappé à sa porte, il n'y avait même jamais eu d'invitation à aller prendre un café, ni d'achat de partitions de Simon and Garfunkel.

— C'était qui ? demanda Dylan.

— Oh, juste quelqu'un que j'ai connu dans une autre vie.

Dylan était troublé, mais il évacua le problème aussitôt.

Et puis ils arrivèrent.

Le dîner avec Dylan

La Cantina avait à peine changé.

Un souvenir revint à Nora en un éclair, celui d'une soirée qu'elle y avait passée avec Dan, des années auparavant, la première fois qu'il était venu à Bedford. Ils avaient une table dans un coin et avaient bu trop de margaritas en parlant de leur avenir commun. C'est là que Dan lui avait parlé de son rêve de vivre dans un pub à la campagne. Ils étaient sur le point de s'installer ensemble, juste comme Nora et Dylan, visiblement, dans cette vie. Maintenant, elle s'en souvenait, Dan avait un peu rudoyé le serveur, et Nora avait compensé avec un excès de sourires. C'était un principe de base – *Ne jamais faire confiance à quelqu'un qui houspille le petit personnel.* Et Dan avait foiré sur ce coup-là, comme sur beaucoup d'autres. Nora devait reconnaître que, franchement, La Cantina ne figurait pas en haut de la liste des restaurants où elle aurait choisi de retourner.

— J'aime cet endroit, disait présentement Dylan, en parcourant du regard le décor criard, fatigant.

Nora se demanda vaguement s'il y avait un endroit que Dylan n'aimait pas, ou n'aimerait pas. Elle avait l'impression qu'il aurait pu s'asseoir dans un champ à côté de Tchernobyl et se pâmer devant le magnifique paysage.

Ils parlèrent de chiens et d'école en mangeant des tacos aux haricots noirs. Dylan était deux classes en dessous de Nora à l'école, et il se souvenait d'elle comme de « la fille qui était forte en natation ». Il se souvenait même de la fête de l'école – un souvenir que Nora avait longtemps essayé de refouler – où elle avait été appelée sur l'estrade pour recevoir un certificat de représentante exceptionnelle du groupe scolaire Hazeldene. Maintenant qu'elle y réfléchissait, c'était peut-être le moment où elle avait commencé à laisser tomber la compétition. Le moment où elle avait trouvé plus difficile d'être avec ses amis, où elle s'était éclipsée dans les marges de la vie scolaire.

— Je te voyais à la bibliothèque pendant les récréations, dit-il en souriant. Je me rappelle que je te voyais jouer aux échecs avec la bibliothécaire... Comment s'appelait-elle ?

— Madame Elm, répondit Nora.

— Madame Elm ! C'est ça !

Et puis il dit quelque chose d'encore plus surprenant.

— Je l'ai revue l'autre jour.

— Vraiment ?

— Ouais. Sur Shakespeare Road avec une femme en uniforme. Genre tenue d'infirmière. Je pense qu'elle retournait à la maison de retraite après une promenade. Elle avait l'air très fragile. Très vieille.

Nora n'aurait su dire pourquoi, mais elle songeait que Mme Elm était morte depuis des années, et la version de Mme Elm qu'elle voyait toujours dans la bibliothèque avait rendu cette idée plus vraisemblable, car c'était toujours la copie conforme de celle qu'elle avait été à l'école, conservée dans la mémoire de Nora tel un moustique dans l'ambre.

— Oh non. Pauvre madame Elm. Je l'adorais.

Le Saloon de la dernière chance

Après dîner, Nora retourna chez Dylan regarder le film avec Ryan Bailey. Ils avaient la demi-bouteille de vin qui leur restait du dîner et que le restaurant les avait laissés emporter chez eux. Elle se justifiait d'aller chez Dylan parce qu'il était gentil et ouvert, et qu'il lui en révélerait beaucoup sur leur vie sans qu'elle ait besoin de fouiner trop profondément.

Il habitait dans la petite maison mitoyenne sur Huxley Avenue qu'il avait héritée de sa mère. La maison paraissait encore plus petite à cause de tous les chiens qui s'y trouvaient. Nora en avait vu cinq, mais il se pouvait qu'il y en ait d'autres dans les étages. Nora, qui avait toujours pensé aimer l'odeur de chien, prit conscience soudain qu'il y avait une limite à cet amour.

En s'asseyant sur le canapé, elle sentit quelque chose de dur sous ses fesses – un jouet pour chien en forme d'anneau de plastique. Elle le posa par terre, sur le tapis, parmi d'autres jouets à mâcher. Un en forme d'os. Un en peluche à moitié massacré. Une balle de mousse jaune, partiellement rongée.

Un chihuahua affligé de cataracte tenta d'avoir une relation sexuelle avec sa jambe droite.

— Ça suffit, Pedro, dit Dylan en riant, tout en la débarrassant de la petite créature.

Un autre chien, un géant, un gros lard de terre-neuve marron, assis sur le canapé à côté d'elle, lui lécha l'oreille avec sa langue grande comme une pantoufle, obligeant Dylan à s'asseoir par terre.

— Tu ne veux pas t'asseoir sur le canapé ?

— Non, je suis bien par terre.

Nora n'insista pas. À vrai dire, elle était assez soulagée. Elle serait plus à l'aise pour regarder *Le Saloon de la dernière chance.* D'autant que le terre-neuve arrêta de lui lécher l'oreille pour poser sa tête sur ses genoux, et elle se sentit peut-être pas vraiment heureuse, mais pas déprimée non plus.

Pourtant, en regardant Ryan Bailey dire à sa conquête cinématographique que « la vie est faite pour être vécue, mon petit chou à la crème », tout en étant simultanément informée par Dylan qu'il pensait laisser *un autre chien dormir dans son lit* (« Il pleure toute la nuit. Il veut son papa »), Nora comprit qu'elle n'était pas trop fan de cette vie.

Et puis Dylan méritait l'autre Nora. Celle qui avait réussi à tomber amoureuse de lui. Encore un nouveau sentiment : l'impression de prendre la place de quelqu'un d'autre.

Constatant qu'elle tenait bien l'alcool ici, elle se versa un peu plus de vin. Un zinfandel de Californie pas génial. Elle regarda l'étiquette au dos de la bouteille : une mini-autobiographie d'un homme et d'une femme, Janine et Terence Thornton, les propriétaires du vignoble. Elle lut la dernière phrase : *Quand nous*

nous sommes mariés, nous avions toujours rêvé de fonder notre propre vignoble un jour. Et maintenant, nous avons réalisé ce rêve. Ici, à Dry Creek Calley, nous menons une vie aussi délicieuse qu'un verre de zinfandel.

Elle caressa le grand chien qui l'avait léchée, murmura un « au revoir » sur le grand front chaud du terre-neuve et laissa Dylan et ses chiens derrière elle.

Le vignoble de Buena Vista

Lors de son passage suivant dans la Bibliothèque de Minuit, Mme Elm aida Nora à trouver la vie la plus proche de celle que décrivait l'étiquette de la bouteille de vin du restaurant. Et donc elle donna à Nora un livre qui l'envoyait en Amérique.

Dans cette vie, Nora s'appelait Nora Martínez et était mariée à un Mexicano-Américain d'une petite quarantaine d'années, aux yeux brillants, appelé Eduardo, qu'elle avait rencontré pendant l'année sabbatique qu'elle regrettait de ne jamais avoir prise après la fac. Après la mort de ses parents, survenue dans un accident de bateau (ainsi qu'elle l'avait appris en lisant un article sur eux dans le magazine *The Wine Enthusiast*, qu'ils avaient encadré dans leur pièce de dégustation lambrissée de chêne), Eduardo avait fait un modeste héritage, et ils avaient acheté un petit vignoble en Californie. En trois ans, ils avaient si bien réussi – surtout avec leurs variétés de syrah – qu'ils avaient acheté le vignoble voisin quand il s'était trouvé à vendre. Leur vignoble – le vignoble de Buena Vista – était situé au pied des montagnes de Santa Cruz, et ils avaient un petit garçon appelé

Alejandro qui était en pension près de Monterey Bay.

Une bonne partie de leur chiffre d'affaires venait des touristes qui faisaient la tournée des propriétés viticoles. Des autocars pleins de gens arrivaient toutes les heures. Elle n'avait pas trop de mal à improviser, parce que les touristes étaient généralement d'authentiques gogos. Voilà comment ça se passait : Eduardo décidait quels vins mettre dans les verres avant l'arrivée de chaque chargement de touristes, tendait les bouteilles à Nora — « waouh, Nora, *despacio, un poco* trop », la réprimandait-il dans son espanglais jovial quand elle était un peu trop généreuse – et quand les touristes arrivaient, Nora humait les vins qu'ils dégustaient et éclusaient avidement, tout en s'efforçant de faire écho à Eduardo et de dire ce qu'il fallait.

« Vous remarquerez le bouquet boisé de celui-ci », ou « Vous noterez le nez végétal de celui-là – les arômes de bourgeon de cassis, la nectarine odorante, parfaitement équilibrée par la persistance aromatique du charbon de bois ».

Chaque vie qu'elle avait expérimentée recelait une émotion différente, comme les divers mouvements d'une symphonie, et celle-ci lui faisait une impression assez vive et euphorisante. Eduardo était d'une incroyable bonne nature, et leur mariage avait l'air d'un assemblage réussi. Peut-être même du niveau du couple de l'étiquette de la bouteille, par ailleurs médiocre, qu'elle avait finie avec Dylan pendant que son chien énorme la débarbouillait. Elle se rappelait même leurs noms. Janine et Terence Thornton.

Elle avait l'impression de vivre maintenant, elle aussi, dans une étiquette collée sur une bouteille. Elle avait même la tête de l'emploi. Les cheveux parfaitement californiens, les dents visiblement onéreuses, bronzée, et saine malgré une consommation sans doute assez conséquente de syrah. Elle avait le genre d'estomac plat, dur, qui évoquait des heures de pilates toutes les semaines.

Cela dit, dans cette vie, il n'était pas seulement facile de feindre de connaître le vin. Tout était comme ça, ce qui aurait pu être un indice que l'apparente réussite de son mariage avec Eduardo tenait à ce qu'il n'était pas vraiment attentif.

Après le départ du dernier touriste, Eduardo et Nora s'assirent dehors, sous les étoiles, avec un verre de leur propre vin dans les mains.

— Les incendies sont enfin éteints à L.A., lui dit-il.

Nora se demanda qui habitait dans la maison de Los Angeles qu'elle avait eue dans sa vie de pop star.

— C'est un soulagement.

— Ouais.

— C'est beau, non ? fit-elle en regardant le ciel clair, plein de constellations.

— Quoi ?

— La galaxie.

— Oui.

Il était au téléphone et ne disait pas grand-chose. Puis il le posa, et ne dit pas grand-chose de plus.

Elle avait connu trois types de silence dans les échanges. Il y avait le silence passif-agressif, évidemment, il y avait le silence signe qu'on n'avait plus rien à se dire, et puis il y avait le silence qu'ils semblaient avoir cultivé, Eduardo et elle. Celui de ne pas avoir besoin de parler. D'être juste ensemble, l'être-ensemble. Le bonheur de pouvoir faire le silence en soi aussi.

Mais, quand même, elle avait envie de parler.

— On est heureux, hein ?

— Pourquoi cette question ?

— Je sais qu'on est heureux. C'est juste que j'aimerais bien te l'entendre dire de temps en temps.

— On est heureux, Nora.

Elle sirota son vin et regarda son mari. Il portait un pull alors même qu'il faisait parfaitement doux. Ils passèrent un moment comme cela, et il alla se coucher avant elle.

— Je vais juste rester encore un peu ici.

Eduardo parut parfaitement d'accord, et s'esquiva après lui avoir planté un petit baiser sur le haut du crâne.

Elle sortit avec son verre de vin et se promena dans les vignes éclairées par la lune.

Elle regarda le ciel dégagé, plein d'étoiles.

Il n'y avait absolument rien qui clochait dans cette vie, mais elle éprouvait intérieurement une faim pour d'autres choses, d'autres vies, d'autres possibilités. Comme si elle était encore en suspens, pas prête à se poser. Peut-être qu'elle était plus comme Hugo Lefèvre qu'elle ne pensait. Peut-être qu'elle pourrait feuilleter les vies aussi facilement qu'on feuilletait des pages.

Elle vida son verre, sachant qu'elle n'aurait pas la gueule de bois.

— Terre et bois, se dit-elle.

Elle ferma les yeux.

Ce ne serait plus long, maintenant.

Plus long du tout.

Elle se contenta de rester debout, là, en attendant de disparaître.

Les nombreuses vies de Nora Seed

Nora avait fini par comprendre quelque chose. Une chose que Hugo ne lui avait pas vraiment expliquée dans la cuisine du Svalbard. Il n'était pas nécessaire d'apprécier tous les aspects de chaque vie pour pouvoir continuer à les expérimenter. Il suffisait de ne jamais renoncer à l'idée qu'il y en avait une quelque part qu'on aimerait. De la même façon, apprécier une vie ne voulait pas dire qu'on allait y rester. On ne restait pour toujours dans une vie que si on ne pouvait pas en imaginer de meilleure, et pourtant, paradoxalement, plus on vivait de vies, plus il était facile d'imaginer en trouver une mieux, parce que l'imagination s'élargissait un peu à chaque nouvelle expérience.

Et donc, avec le temps, et avec l'assistance de Mme Elm, Nora prit des tas de livres sur les étagères et finit par avoir un aperçu de toutes sortes de vies différentes dans sa recherche de la meilleure. Elle apprit qu'effacer les regrets était vraiment un moyen de permettre à ses désirs de se réaliser. Finalement, toutes les vies ou presque étaient possibles dans l'univers.

Dans une vie, elle menait une existence assez solitaire à Paris, où elle enseignait l'anglais dans un lycée de Montparnasse, faisait du vélo le long de la Seine et lisait des tas de livres sur les bancs des parcs. Dans une autre, elle était professeur de yoga et avait le cou aussi mobile qu'une chouette.

Dans une vie, elle avait continué la natation, mais n'avait jamais été aux Jeux olympiques. Elle nageait juste pour son plaisir. Dans cette vie, elle était maître-nageur à Sitges, une station balnéaire non loin de Barcelone, elle parlait couramment le catalan et l'espagnol, et elle avait une meilleure amie hilarante appelée Gabriela qui lui apprenait à faire du surf, avec qui elle partageait un appartement à cinq minutes de la plage.

Dans une autre existence, elle était romancière, activité à laquelle elle s'était vaguement essayée à la fac, et elle avait été publiée. Son roman, *La Forme du regret*, avait été accueilli par des critiques délirantes et sélectionné pour un prix littéraire de premier plan. Dans cette vie, elle avait déjeuné dans un club de Soho d'une banalité décevante avec deux producteurs sympathiques et décontractés de Magic Lantern Productions, qui voulaient lui faire signer un contrat d'adaptation à l'écran. Elle avait fini par s'étouffer avec un bout de pain pita, puis renverser son verre de vin rouge sur le pantalon du producteur, fichant le rendez-vous en l'air.

Dans une vie, elle avait un fils adolescent appelé Henry avec qui elle n'arrivait pas à avoir une vraie conversation parce qu'il n'arrêtait pas de lui claquer la porte au nez.

Dans une vie, elle était pianiste de concert, en tournée en Scandinavie, où elle jouait soir après soir devant des foules enamourées (tout cela pour se retrouver dans la Bibliothèque de Minuit à l'issue d'une interprétation désastreuse du *Deuxième Concerto* de Chopin au Finlandia Hall d'Helsinki).

Dans une vie, elle ne mangeait que des toasts.

Dans une vie, après avoir fait ses études à Oxford, elle avait décroché un poste de prof de philo au St Catherine's College et vivait seule dans une jolie maison géorgienne, dans un bon quartier calme et élégant.

Dans une vie, Nora était un océan d'émotions. Elle ressentait tout personnellement et avec intensité, les joies comme les chagrins. Chaque moment pouvait receler à la fois un plaisir extrême et une douleur extrême, comme si les deux étaient dépendants l'un de l'autre, comme un pendule en mouvement. Une simple promenade, et elle pouvait éprouver une profonde tristesse parce que le soleil venait de disparaître derrière un nuage ; en même temps, rencontrer un chien qui appréciait ses caresses lui procurait une telle exaltation qu'il lui semblait qu'elle allait se liquéfier sur place de pur bonheur. Dans cette vie, elle avait un recueil de poèmes d'Emily Dickinson sur sa table de nuit, et deux playlists, une intitulée « Extrêmes états d'euphorie » et l'autre appelée « La Colle pour me réparer quand je suis cassée ».

Dans une vie, elle était blogueuse de voyages, elle avait 1 750 000 abonnés sur YouTube, presque autant de followers sur Instagram, et sa vidéo la plus populaire était celle où elle tombait d'une gondole à Venise. Elle en avait aussi une sur Rome intitulée « Thérapie romaine ».

Dans une vie, elle était mère célibataire, et son bébé refusait obstinément de dormir.

Dans une vie, elle tenait la rubrique showbiz d'un tabloïd, et elle écrivait des histoires sur les conquêtes de Ryan Bailey.

Dans une vie, elle était responsable du service photo de *National Geographic.*

Dans une vie, elle était architecte écolo à succès et menait une existence au bilan carbone neutre dans un bungalow de sa conception qui recueillait l'eau de pluie et fonctionnait grâce à l'énergie solaire.

Dans une vie, elle était humanitaire au Botswana.

Dans une vie, nounou pour chats.

Dans une vie, bénévole dans un refuge pour sans-abri.

Dans une vie, elle dormait sur le canapé de sa seule amie.

Dans une vie, elle était prof de musique à Montréal.

Dans une vie, elle passait toutes ses journées à discuter sur Twitter avec des gens qu'elle ne connaissait pas et finissait un grand nombre de ses tweets en leur disant de « faire mieux », tout en se rendant compte secrètement que c'était exactement ce qu'elle se disait à elle-même.

Dans une vie, elle n'était sur aucun réseau social.

Dans une vie, elle ne buvait pas une goutte d'alcool.

Dans une vie, elle était championne d'échecs et participait à un tournoi.

Dans une vie, elle était mariée à un membre éloigné de la royauté et en détestait chaque minute.

Dans une vie, elle ne postait sur ses comptes Facebook et Instagram que des citations de Roumi et de Lao Tseu.

Dans une vie, elle en était à son troisième mari et s'ennuyait déjà.

Dans une vie, elle était végane et haltérophile.

Dans une vie, elle faisait un voyage en Amérique du Sud et s'était retrouvée dans un tremblement de terre au Chili.

Dans une vie, elle avait une amie appelée Becky qui disait « Quelle rigolade ! » chaque fois qu'il arrivait quelque chose de bien.

Dans une vie, elle était retombée sur Hugo en faisant de la plongée sous-marine en Corse, ils avaient reparlé de mécanique quantique, s'étaient soûlés dans un bar de plage, et Hugo s'était éclipsé hors de cette vie au milieu d'une phrase, de sorte que Nora s'était retrouvée en train de parler à un Hugo au regard vide, qui essayait de se rappeler son nom.

Dans certaines vies, Nora attirait pas mal l'attention. Dans d'autres, elle passait complètement inaperçue. Dans certaines vies, elle était riche, dans d'autres, fauchée. Dans certaines vies, elle était en bonne santé. Dans d'autres, elle ne pouvait pas monter un étage sans être essoufflée. Dans certaines vies, elle avait un petit copain, dans d'autres elle était célib, dans de nombreuses vies elle était entre les deux. Parfois, elle était mère de famille, mais généralement non.

Elle avait été vedette de rock, championne olympique, professeur de musique, institutrice, enseignante, PDG, assistante, cuisinière, glaciologue, climatologue, acrobate, planteuse d'arbres, responsable d'une boîte d'audit, coiffeuse, promeneuse de chiens professionnelle, employée de bureau, informaticienne, standardiste, femme de ménage dans un hôtel, politicienne, avocate, kleptomane, directrice d'une fondation caritative spécialisée dans la protection des océans, vendeuse (encore une fois), serveuse, agent de maîtrise, souffleuse de verre, et un millier d'autres choses. Elle avait fait des trajets épouvantables en voiture, en bus, en train, en ferry-boat, à bicyclette, à pied. Elle avait reçu des mails, des mails et encore des mails. Elle avait eu un patron de cinquante-trois ans à l'haleine fétide qui lui faisait du pied sous la table et lui avait envoyé une photo de son sexe. Elle avait eu des collègues qui racontaient des histoires sur elle, d'autres qui l'adoraient, et (surtout) des collègues complètement indifférents. Dans beaucoup de vies, elle avait décidé de ne pas travailler, dans d'autres elle cherchait du travail et n'en trouvait pas. Dans certaines vies, elle avait fracassé le plafond de verre, et dans d'autres elle l'avait juste effleuré. Elle avait été excessivement sur- et sous-qualifiée. Elle avait merveilleusement et affreusement dormi. Dans certaines vies, elle était sous antidépresseurs, dans d'autres elle ne prenait même pas d'ibuprofène quand elle avait mal à la tête. Dans certaines vies, elle était une hypocondriaque physiquement en pleine forme et dans d'autres une hypocondriaque gravement malade, mais généralement elle n'était pas hypocondriaque du tout.

Il y avait une vie où elle souffrait de fatigue chronique, une vie où elle avait un cancer, une vie où elle avait une hernie discale et s'était fracturé les côtes dans un accident de voiture.

Bref, elle avait eu tout un tas de vies.

Et dans ces vies, elle avait ri et pleuré, elle s'était sentie apaisée, terrifiée, et tout ce qu'il y avait entre tout cela.

Et entre ces vies, elle revoyait toujours Mme Elm dans la bibliothèque.

Au début, elle avait l'impression que plus elle vivait de vies, moins le transfert semblait poser de problème. La bibliothèque ne donnait jamais l'impression d'être sur le point de s'effondrer, de s'écrouler ou en danger de disparaître complètement. Lors de beaucoup de transitions, les lumières ne vacillaient même plus. C'était à croire qu'elle en était arrivée à accepter la vie – que, si elle faisait une mauvaise expérience, elle ne ferait *pas que* des mauvaises expériences. Elle se rendait compte qu'elle n'avait pas essayé de mettre fin à ses jours parce qu'elle était désespérée, mais parce qu'elle avait réussi à se persuader qu'il n'y avait pas d'issue à sa détresse.

Et ça, elle supposait que c'était la base de la dépression ainsi que la différence entre la peur et le désespoir. La peur, c'était quand on s'aventurait dans une cave et qu'on redoutait que la porte se referme derrière soi. Le désespoir, c'était quand la porte se refermait et se verrouillait dans votre dos.

Mais à chaque vie, comme elle s'habituait à utiliser son imagination et à lancer le filet plus loin, elle voyait cette porte métaphorique s'entrouvrir davantage. Parfois, elle restait moins d'une minute dans une vie, dans d'autres, elle y passait des journées ou des semaines. Apparemment, plus elle vivait de vies, plus elle avait de mal à se sentir chez elle où que ce soit.

L'ennui, c'était qu'en fin de compte Nora perdait petit à petit toute notion de celle qu'elle était. Tel un mot murmuré à la ronde, d'oreille en oreille, même son nom commençait à lui faire l'impression de n'être qu'un bruit dépourvu de signification.

— Ça ne marche pas, avait-elle dit à Hugo lors de sa dernière vraie conversation avec lui, dans le bar sur la plage, en Corse. Ce n'est plus amusant. Je ne suis pas toi. J'ai besoin d'un endroit où rester. Mais le sol n'est jamais stable.

— Ce qui est amusant, c'est de sauter, mon amie.

— Et si c'était l'atterrissage ?

C'est là qu'il était reparti pour son vidéoclub purgatoire.

— Je suis désolé, avait dit son autre lui-même tout en sirotant une gorgée de vin sur fond de soleil couchant. J'ai oublié qui vous êtes.

— Ne vous inquiétez pas, avait-elle répondu. Moi aussi.

Et elle s'était estompée à son tour alors que le soleil était avalé par l'horizon.

Perdue dans la bibliothèque

— Madame Elm ?

— Oui, Nora. Qu'y a-t-il ?

— Il fait noir.

— J'ai remarqué.

— Ce n'est pas bon signe, hein ?

— Non, répondit Mme Elm, visiblement déconcertée. Tu sais parfaitement bien que ce n'est pas bon signe.

— Je ne peux pas continuer.

— Tu dis toujours ça.

— Je suis à court de vies. J'ai été tout ce qu'on veut. Et pourtant, je me retrouve toujours ici. Il y a toujours quelque chose qui met fin à mon plaisir. Toujours. J'ai l'impression d'être ingrate.

— Eh bien, tu ne devrais pas. Et tu n'es arrivée au bout de rien du tout. (Mme Elm s'interrompit et soupira.) Tu sais que chaque fois que tu choisis un livre, il ne revient jamais sur les étagères ?

— Oui.

— C'est pourquoi tu ne peux jamais retourner dans une vie que tu as essayée. Il y a toujours, obligatoirement, certaines… variations sur un thème. Dans la Bibliothèque de Minuit, tu ne peux pas prendre deux fois le même livre.

— Je ne vous suis pas.

— Regarde : même dans le noir, tu vois bien que ces étagères sont toujours aussi pleines de livres. Tu peux les tâter si tu veux.

Nora n'y toucha pas.

— Ouais. Je sais qu'ils sont là.

— Elles sont exactement aussi remplies que lorsque tu les as vues pour la première fois, n'est-ce pas ?

— Je ne...

— Ça veut dire qu'il y a encore là, pour toi, autant de vies possibles qu'il y en avait au début. Un nombre infini, en fait. Tu ne seras jamais à court de possibilités.

— Mais on peut être à court d'envie de les vivre.

— Oh, Nora...

— Oh quoi ?

Il y eut une pause, dans le noir. Nora alluma la petite lumière de sa montre, juste pour vérifier.

00 h 00 mn 00 s.

— Je pense, finit par dire Mme Elm, et j'espère ne pas être trop dure, je pense que tu t'es peut-être un peu égarée.

— Est-ce que c'est pour ça que je suis arrivée à la Bibliothèque de Minuit, au départ ? Parce que j'avais perdu mon chemin ?

— Eh bien, *oui.* Mais maintenant tu es égarée dans ton égarement. Autant dire, très égarée en vérité. Ce n'est pas comme ça que tu trouveras la façon dont tu veux vivre.

— Et s'il n'y avait jamais de chemin ? Et si j'étais… piégée ?

— Tant qu'il y aura des livres sur les étagères, tu ne seras pas piégée. Chaque livre est une échappatoire possible.

— Je ne comprends tout simplement pas la vie, fit Nora, boudeuse.

— Tu n'as pas besoin de *comprendre* la vie. Tu n'as qu'à la *vivre.*

Nora secoua la tête. C'était un peu trop à encaisser pour une étudiante de philo.

— Mais je ne veux pas être comme ça, répondit-elle. Je ne veux pas être comme Hugo. Je ne veux pas continuer à passer éternellement d'une vie à l'autre.

— Très bien. Alors il va falloir que tu m'écoutes attentivement. Maintenant, tu veux mon avis ou non ?

— Oui, évidemment. On pourrait même dire qu'il est grand temps, mais oui, madame Elm, je vous serais très reconnaissante de me donner votre avis à ce sujet.

— Bon. Eh bien, je pense que tu es arrivée au point où les arbres te cachent la forêt.

— Je ne suis pas sûre de comprendre…

— Tu as raison de penser à ces vies comme à un piano où tu joues des airs qui ne sont pas vraiment toi. Tu oublies qui tu es. En devenant tout le monde, tu deviens personne. Tu oublies ta vie racine. Tu oublies ce qui marchait pour toi, et ce qui ne marchait pas. Tu oublies tes regrets.

— Mes regrets, je les ai passés en revue.

— Non. Pas tous.

— Eh bien, pas les plus petits, apparemment.

— Il faut que tu jettes un nouveau coup d'œil au *Livre des regrets*.

— Comment pourrais-je faire ça dans cette nuit noire ?

— Parce que tu connais déjà tout le livre. Parce qu'il est en toi. Tout comme… comme moi.

Elle se rappela que Dylan lui avait dit avoir vu Mme Elm près de la maison de retraite. Elle pensa à le lui dire, et puis elle décida de n'en rien faire.

— D'accord.

— On ne sait que ce qu'on perçoit. Tout ce dont on fait l'expérience, en fin de compte, n'est que la perception qu'on en a. « Ce n'est pas ce qu'on regarde qui compte. C'est ce qu'on voit. »

— Vous connaissez Thoreau ?

— Évidemment. Puisque tu le connais.

— Le truc, c'est que je ne sais plus quoi regretter.

— D'accord. Voyons, tu dis que je ne suis qu'une perception. Alors pourquoi me perçois-tu ? Pourquoi suis-je – moi, madame Elm – la personne que tu vois ?

— Je ne sais pas. Parce que vous étiez quelqu'un en qui j'avais confiance. Vous étiez gentille avec moi.

— La gentillesse est une grande force.

— Et rare.

— Tu ne cherches peut-être pas au bon endroit.

— Peut-être.

Le noir fut ponctué par la lueur doucement croissante des ampoules dans toute la bibliothèque.

— Alors, où, à quel autre endroit dans ta vie racine as-tu éprouvé cela ? De la gentillesse ?

Nora repensa au soir où Ash avait frappé à sa porte. Peut-être que le fait de ramasser sous la pluie un chat mort dans un caniveau pour le porter vers le petit jardin, derrière son appartement, et l'enterrer pour elle, parce qu'elle pleurait à chaudes larmes, dévastée par le chagrin, n'était pas l'archétype du geste romantique. Mais prendre quarante minutes sur son jogging pour aider une personne en détresse et n'accepter qu'un verre d'eau en retour pouvait assurément être qualifié de « gentil ».

Elle n'était pas vraiment en état d'apprécier cette gentillesse sur le moment. Son chagrin, son désespoir étaient trop profonds. Mais maintenant qu'elle y réfléchissait, en réalité c'était plutôt remarquable.

— Je crois que je sais, dit-elle. Je l'avais juste là, sous le nez, le soir avant d'essayer de me tuer.

— Hier soir, tu veux dire ?

— Je crois, oui. Ash. Le chirurgien. Celui qui a trouvé Volts. Qui m'avait un jour proposé de prendre un café avec lui. Il y a des années. Quand j'étais avec Dan. J'avais dit non, parce que j'étais avec Dan. Mais… Et si ça n'avait pas été le cas ? Si j'avais rompu avec Dan et accepté de prendre un café avec lui, si j'avais osé, un samedi, alors que tout le monde dans la boutique me regardait, dire oui à ce café ? Parce qu'il doit bien y avoir une vie où j'étais célibataire à ce moment-là, et où j'aurais dit ce que j'avais envie de dire. Où j'aurais dit : « Oui, Ash, je veux bien prendre un café avec vous, un de ces jours, ce serait adorable. » Où j'aurais choisi Ash. J'aimerais bien essayer cette vie-là. Où est-ce que ça m'aurait emmenée ?

Et dans le noir, elle entendit le bruit familier des étagères qui commençaient à bouger, lentement, en grinçant, puis plus vite, d'une façon plus fluide, jusqu'à ce que Mme Elm repère le livre, la vie, en question.

— Et voilà !

Une perle dans la coquille

Elle ne dormait pas très profondément, et la première chose qu'elle remarqua en ouvrant les yeux fut qu'elle était incroyablement fatiguée. Il y avait un tableau au mur, dans le noir. Elle arrivait tout juste à distinguer qu'il s'agissait d'une interprétation quelque peu abstraite d'un arbre. Pas un grand arbre fuselé. Quelque chose de moins haut, plus large et fleuri.

Un homme dormait à côté d'elle. Impossible de dire, parce qu'il lui tournait le dos, dans le noir, et disparaissait presque complètement sous la couette, si cet homme était Ash.

Ça semblait, comment dire ?, plus bizarre que d'habitude. D'accord, dans le cours normal des choses, se retrouver au lit avec un homme avec qui elle n'avait rien fait de plus qu'enterrer un chat et avoir quelques conversations intéressantes par-dessus le comptoir d'un magasin de musique, aurait déjà eu de quoi paraître plus ou moins étrange. Mais, depuis qu'elle avait mis les pieds dans la Bibliothèque de Minuit, Nora s'était peu à peu habituée à l'étrangeté.

Seulement, tout comme il se pouvait que l'homme soit Ash, il était tout aussi envisageable que ce ne soit pas lui. Il n'y avait pas moyen de prévoir les issues possibles après une décision donnée. Aller prendre un café avec Ash aurait, par exemple, pu amener Nora à tomber amoureuse de celui qui servait le café. C'était l'imprévisibilité de la physique quantique, tout simplement.

Elle palpa son index gauche.

Deux anneaux.

L'homme se retourna.

Un bras se posa sur elle dans le noir. Elle le souleva doucement, le remit sur la couette et sortit du lit, dans le noir. Elle avait l'intention de descendre au rez-de-chaussée et peut-être de s'allonger sur un canapé pour faire, comme d'habitude, des recherches sur elle-même sur son téléphone.

C'était curieux : elle avait vécu un grand nombre de vies, rigoureusement différentes, et elle avait presque toujours son téléphone à portée de main. Il en allait de même cette fois, alors elle le prit et se faufila sans bruit vers la porte de la chambre. Quel que soit cet homme, il avait le sommeil profond et ne bougea pas.

Elle le regarda.

— Nora ? murmura-t-il, à moitié endormi.

C'était lui. Elle en était presque sûre. Ash.

— Je vais aux toilettes, dit-elle.

Il marmonna quelque chose qui ressemblait à un « D'accord » et se rendormit.

Elle traversa le parquet sur la pointe des pieds. Mais, à l'instant où elle ouvrit la porte et sortit de la chambre, elle manqua mourir de peur.

Là, devant elle, dans la pénombre du palier, se trouvait un autre être humain. Petit. Taille enfant.

— Maman, j'ai fait un cauchemar.

À la lumière tamisée du couloir, elle vit le visage de la petite fille, ses cheveux fins ébouriffés par le sommeil, les mèches collées sur son front en sueur.

Nora ne répondit pas. C'était sa fille.

Qu'aurait-elle bien pu dire ?

La question, maintenant familière, se présenta à son esprit : comment allait-elle s'intégrer dans une vie dans laquelle elle avait des années de retard ? Nora ferma les yeux. Les autres vies dans lesquelles elle avait eu des enfants n'avaient duré que quelques minutes, ou à peu près. Celle-là la menait déjà en territoire inconnu.

Elle tremblait de tout son corps, ébranlée par ce qu'elle essayait de réprimer. Elle ne voulait pas la voir. Pas seulement pour elle-même, pour la fillette aussi. Ça ressemblait à une trahison. Nora était sa mère, mais aussi, d'une autre façon, plus importante, elle n'était pas sa mère. Elle n'était qu'une femme inconnue dans une maison inconnue regardant une enfant inconnue.

— Maman ? Tu as entendu ? J'ai fait un cauchemar.

Elle entendit l'homme bouger dans son lit, derrière elle. Ça ne pourrait que devenir plus gênant s'il se réveillait pour de bon. Nora décida donc de parler à l'enfant.

— Oh non, quel dommage, chuchota-t-elle. Mais ce n'était pas vrai, tu sais. Ce n'était qu'un rêve.

— Il y avait des ours dedans.

Nora referma la porte derrière elle.

— Des ours ?

— À cause de l'histoire.

— Oui. Bien sûr. L'histoire. Allez, retourne te coucher…

Se rendant compte que ça pouvait paraître un peu sec, elle ajouta :

— Mon petit cœur, dit-elle en se demandant comment s'appelait la fillette – sa fille dans cet univers. Il n'y a pas d'ours ici.

— Que des ours en peluche.

— Oui, que…

La fillette se réveilla un peu plus. Son regard s'illumina. Elle vit sa mère, et pendant une seconde, Nora se sentit comme cela : sa mère. Elle sentit l'étrangeté d'être reliée au monde par l'intermédiaire de quelqu'un d'autre.

— Maman, qu'est-ce que tu faisais ?

Elle parlait fort. Avec une gravité dont seuls les enfants de quatre ans (elle ne devait pas en avoir beaucoup plus) pouvaient faire preuve.

— Chut ! fit Nora.

Il fallait vraiment qu'elle connaisse le nom de la petite fille. Les noms recelaient un pouvoir. Si elle ne connaissait pas celui de sa propre fille, elle n'avait aucun contrôle sur elle.

— Écoute, murmura Nora. Je vais juste descendre faire quelque chose en bas. Toi, retourne au lit.

— Mais les ours…

— Il n'y a pas d'ours.

— Il y en a dans mon rêve.

Nora se rappela l'ours polaire qui avait foncé sur elle dans le brouillard. Se rappela sa peur. Son désir, soudain, à ce moment-là, de vivre.

— Cette fois, il n'y en aura pas. Je te le promets.

— Maman, pourquoi tu parles comme ça ?

— Comment, comme ça ?

— Comme ça.

— Tout bas, tu veux dire ?

— Non.

Nora n'avait pas idée de la façon dont la fillette pensait qu'elle parlait. Quel était le fossé entre elle, ici présente, et elle, la maman. La maternité affectait-elle votre façon de parler ?

— Comme si tu avais peur, explicita la fillette.

— Je n'ai pas peur.

— Je veux qu'on me tienne la main.

— Hein ?

— Je veux qu'on me tienne la main.

— D'accord.

— Tu es bête !

— Oui. Oui, elle est bête, maman.

— J'ai vraiment peur.

Elle dit cela tranquillement, très factuellement. Et c'est alors que Nora la regarda. Vraiment, comme il fallait. La petite fille semblait tout à la fois étrangère et familière. Nora sentit enfler quelque chose en elle, quelque chose de puissant, presque inquiétant.

La petite fille la regardait comme personne ne l'avait jamais regardée auparavant. C'était terrifiant, l'émotion. Elle avait la bouche de Nora. Et ce regard légèrement perdu que les gens lui voyaient parfois. Elle était belle, elle était à elle – plus ou moins –, elle fut envahie d'un amour irrationnel, une vague d'amour, et elle sut que, si la bibliothèque ne la récupérait pas tout de suite (et elle ne le faisait pas), il fallait qu'elle prenne la fuite.

— Maman, tu veux bien me tenir la main... ?

— Je...

La petite fille mit sa main dans celle de sa mère. Elle était si petite, si chaude, et Nora éprouva une soudaine tristesse, en sentant comment elle se détendait dans la sienne, aussi naturellement qu'une perle dans une coquille d'huître. Elle entraîna Nora vers la pièce voisine, la chambre de la petite fille. Nora referma presque la porte derrière elles et essaya de regarder l'heure à sa montre, mais dans ce monde c'était une montre analogique, classique, sans affichage lumineux, alors sa vue mit une seconde ou deux à s'adapter. Elle vérifia l'heure sur son téléphone aussi. Il était deux heures trente-deux du matin. Et donc, selon l'heure à laquelle elle s'était couchée dans cette vie, cette version de son corps n'avait pas beaucoup dormi. En tout cas, elle n'avait assurément pas l'impression de s'être reposée.

— Qu'est-ce qui se passe quand on meurt, maman ?

Il ne faisait pas complètement noir dans la chambre. Un rai de lumière venait du couloir, et il y avait un lampadaire dans la rue voisine, de sorte qu'une faible lueur filtrait par les rideaux avec des dessins de chiens. Elle voyait le rectangle bas qui était un petit lit d'enfant. Elle distinguait un jouet en peluche par terre. Un éléphant en peluche. D'autres jouets aussi. C'était une chambre agréablement en désordre.

Elle leva ses yeux brillants vers Nora.

— Je ne sais pas, répondit-elle. Je pense que personne ne le sait vraiment.

La petite fille fronça les sourcils. Ça ne la satisfaisait pas. Et même pas du tout.

— Écoute, dit Nora. Il y a une chance pour que, juste avant de mourir, on ait une chance de revivre. Pour qu'on puisse avoir les choses qu'on n'a pas eues avant. Qu'on puisse choisir la vie qu'on voulait.

— Ça paraît bien.

— Mais tu n'auras pas à t'en inquiéter avant très longtemps. Tu vas avoir une vie pleine d'aventures excitantes. Il va t'arriver tellement de choses heureuses.

— Comme d'aller camper !

Un éclair de chaleur irradia dans tout le corps de Nora alors qu'elle souriait à cette douce fillette.

— Oui ! Comme d'aller camper.

— J'aime bien quand on va camper.

Le sourire de Nora était là, mais elle sentait les larmes lui picoter les yeux. Ça paraissait être une bonne vie. Une famille à elle. Une fille avec laquelle aller camper pendant les vacances.

— Écoute, dit-elle en se rendant compte qu'elle ne pourrait pas fuir la chambre avant un certain temps. Quand tu t'inquiètes pour certaines choses que tu ne sais pas, comme l'avenir, c'est une très bonne idée de repenser à des choses que tu sais.

— Je ne comprends pas, répondit la fillette en se blottissant sous sa couette alors que Nora s'asseyait par terre, à côté d'elle.

— Eh bien, c'est une sorte de jeu.

— J'aime bien les jeux.

— Si on jouait à un jeu ?

— Oui, sourit sa fille. On joue.

Le jeu

— Je te demande quelque chose qu'on sait déjà et tu donnes la réponse. Par exemple, si je te demande : « Comment s'appelle maman ? » tu réponds « Nora ». Tu as compris ?

— Je crois.

— Alors, comment t'appelles-tu ?

— Molly.

— D'accord. Et comment s'appelle papa ?

— Papa !

— Mais son vrai nom, c'est quoi ?

— Ash !

Bon, pensa Nora. C'était vraiment un rendez-vous au café réussi.

— Et où est-ce qu'on habite ?

— Cambridge.

Cambridge. Ça se tenait. Nora avait toujours aimé Cambridge, qui n'était qu'à cinquante kilomètres de Bedford. Ash devait s'y plaire aussi. Et c'était à une distance encore correcte de Londres pour faire l'aller et retour tous les jours, si c'était toujours là qu'il travaillait. Brièvement, après avoir obtenu sa mention « très bien » à Bristol, elle s'était inscrite à une maîtrise de philo, et avait trouvé un poste au Caius College.

— Dans quelle partie de Cambridge ? Tu te souviens ? Comment s'appelle notre rue ?

— On habite dans... Bol... Bolton Road.

— Bravo ! Et tu as des frères ou des sœurs ?

— Non !

— Et est-ce que papa et maman s'aiment ?

— Oui ! répondit Molly avec un petit rire.

— On se crie parfois dessus ?

Le rire devint complice.

— Des fois ! Surtout maman !

— Désolée.

— Mais tu ne cries que quand tu es vraiment, vraiment, vraiment fatiguée, et tu dis pardon, alors ça va. Tout va bien quand on dit pardon. C'est ce que tu dis.

— Maman travaille ?

— Oui. Des fois.

— Je travaille encore à la boutique où j'ai rencontré papa ?

— Non.

— Et qu'est-ce qu'elle fait, maman, à son travail ?

— Elle donne des cours aux gens.

— Comment est-ce qu'elle... Qu'est-ce que je donne comme cours aux gens ? Qu'est-ce que j'enseigne ?

— Fill... o... Fill-o-woso-fie...

— La philosophie ?

— C'est ce que je dis.

— Et où est-ce que j'enseigne ? À l'université ?

— Oui !

— Quelle université ? demanda-t-elle, et puis elle se rappela où ils vivaient. À l'université de Cambridge ?

— C'est ça !

Elle essaya de combler les vides. Peut-être qu'elle s'était réinscrite en maîtrise et qu'après avoir obtenu son diplôme elle avait trouvé un poste en fac.

D'une façon ou d'une autre, si elle voulait s'en sortir au bluff dans cette vie, il faudrait probablement qu'elle se remette à lire de la philosophie. Mais Molly disait :

— Seulement tu arrêtes, maintenant.

— J'arrête ? Pourquoi est-ce que j'arrête ?

— Pour faire des livres !

— Des livres pour toi ?

— Non, tu es bête ! Pour faire un livre pour les grandes personnes.

— J'écris un livre ?

— Oui ! C'est ce que je viens de dire.

— Je sais. J'essaie juste de te faire dire certaines choses deux fois, parce que c'est doublement bien. Et ça rend les ours encore moins effrayants. D'accord ?

— D'accord.

— Et papa, il travaille, lui ?

— Oui.

— Tu sais ce qu'il fait comme travail ?

— Oui. Il découpe les gens !

L'espace d'un bref instant, elle oublia qu'Ash était chirurgien et se demanda si elle était dans la maison d'un tueur en série.

— Il découpe les gens ?

— Oui, il découpe les gens pour qu'ils aillent mieux !

— Ah oui, bien sûr.

— Il sauve des gens !

— Oui, c'est vrai.

— Sauf quand il est triste et que la personne est morte.

— Oui, c'est triste. Et papa travaille encore à Bedford ? Ou il travaille à Cambridge, maintenant ?

Elle haussa les épaules.

— Cambridge ?

— Il fait de la musique ?

— Oui. Oui, il fait de la musique. Mais très très très très mal ! fit-elle en gloussant.

Nora se mit à rire aussi. Molly avait un rire contagieux.

— C'est... Tu as des oncles et des tantes ?

— Oui, j'ai tante Jaya.

— Qui est tante Jaya ?

— La sœur de papa.

— Et il y a quelqu'un d'autre ?

— Oui. Oncle Joe et oncle Ewan.

Nora se sentit soulagée que son frère soit vivant dans cette ligne temporelle. Et avec le même homme qu'à l'époque où elle était nageuse de compétition. De plus, il était suffisamment présent dans leurs vies pour que Molly connaisse son nom.

— Quand est-ce qu'on a vu oncle Joe pour la dernière fois ?

— À Noël !

— Tu l'aimes bien, oncle Joe ?

— Oui, il est rigolo ! Et puis il m'a donné Panda !
— Panda ?
— Ma peluche préférée !
— Les pandas sont des ours aussi.
— Mais des gentils ours.
Molly se mit à bâiller. Elle commençait à s'endormir.
— Et maman et oncle Joe, ils s'aiment bien ?
— Oui ! Vous vous parlez tout le temps au téléphone !
Ça, c'était intéressant. Nora avait fini par se dire que les seules vies dans lesquelles elle s'entendait encore avec son frère étaient celles où elle n'avait jamais joué avec les Labyrinthes (contrairement à sa décision de continuer la natation, le rendez-vous au café avec Ash était postérieur à sa participation aux Labyrinthes). Cette information réfutait cette théorie. Nora ne pouvait pas s'empêcher de se demander si cette adorable Molly elle-même n'était pas le chaînon manquant. Peut-être que cette petite fille avait comblé la faille entre son frère et elle.
— Tu as des grands-parents ?
— Juste Mamie Sal.
Nora aurait aimé en savoir davantage sur la mort de ses parents, mais ce n'était probablement pas le moment.
— Tu es heureuse ? Je veux dire, quand tu ne penses pas aux ours ?
— Je crois.
— Et papa et maman, ils sont heureux ?

— Oui, dit-elle lentement. Des fois. Quand tu n'es pas fatiguée !

— Et il y a beaucoup de moments où on s'amuse ?

— Oui, dit-elle en se frottant les yeux.

— Et on a des animaux ?

— Oui. Platon.

— Et qui est Platon ?

— Notre chien.

— C'est quel genre de chien, Platon ?

Mais elle n'eut pas de réponse, parce que Molly s'était endormie. Alors Nora resta assise là, sur la moquette, et ferma les yeux.

Quand elle se réveilla, une langue lui léchait la figure.

Un labrador au regard souriant agitait la queue, l'air amusé ou excité de la voir.

— Platon ? demanda-t-elle, encore somnolente.

C'est moi, parut dire Platon en se tortillant.

C'était le matin. La lumière filtrait à travers les rideaux, maintenant. Le sol était jonché de jouets en peluche – notamment Panda et l'éléphant que Nora avait identifiés un peu plus tôt. Elle regarda le lit, constata qu'il n'y avait personne dedans. Molly n'était plus dans la chambre. Et des pas – plus lourds que ceux de Molly – montaient l'escalier.

Elle se redressa et se dit qu'elle devait avoir l'air en vrac après avoir dormi sur la moquette dans un tee-shirt Cure informe (qu'elle reconnaissait) et un pantalon de pyjama écossais (qu'elle ne reconnaissait pas). Elle se palpa le visage, sentit les plis où il avait reposé sur le sol, et ses cheveux lui firent l'impression d'être sales et hirsutes. Elle essaya de se rendre aussi présentable que possible pendant les deux secondes précédant l'arrivée d'un homme avec qui elle dormait toutes les nuits et simultanément n'avait jamais dormi. Un mari de Schrödinger, en quelque sorte.

Et tout à coup, il fut là.

La vie idéale

Ash. Sa carcasse dégingandée, séduisante dans le genre ado, n'avait payé qu'un modeste tribut à la paternité. Il avait même l'air plus en forme que lorsqu'il était apparu devant sa porte. Comme ce soir-là, il était en tenue de sport – certes visiblement plus raffinée et plus coûteuse –, et il portait une espèce de montre-bracelet connectée.

Il souriait et tenait deux tasses de café, dont une pour elle. Elle songea à combien de cafés ils avaient pris ensemble depuis le premier.

— Oh, merci.

— Oh non, Nor, tu n'as pas passé la nuit ici ? demanda-t-il.

Nor.

— Presque toute la nuit. Je voulais me recoucher, mais Molly était dans tous ses états. J'ai dû l'apaiser, et après, j'étais trop fatiguée pour bouger.

— Oh non. Je suis vraiment désolé. Je ne l'avais pas entendue. (Il avait l'air sincèrement navré.) Ça doit être ma faute. Je lui ai montré des ours sur YouTube, hier, avant d'aller au travail.

— Pas de souci.

— Bon, enfin, j'ai sorti Platon. Je ne vais à l'hôpital qu'après déjeuner. Je suis de garde, cette nuit. Tu veux toujours aller à la bibliothèque aujourd'hui ?

— Tu sais quoi ? Je vais peut-être sécher.

— Bon, eh bien je vais préparer le petit-déj de Mol, et je la déposerai à l'école.

— Je peux emmener Molly, dit Nora. Si tu as une grosse journée.

— C'est cool, aujourd'hui. Une vésicule biliaire et un pancréas, pour l'instant. Du gâteau. Je vais courir un peu.

— D'accord. Oui. Bien sûr. Pour le semi-marathon de dimanche.

— Hein ?

— Non, rien. Peu importe, répondit Nora. C'est d'avoir dormi par terre qui m'a rendue délirante.

— Aucun problème. Et puis ma sœur a téléphoné. Ils veulent lui faire illustrer le calendrier des Jardins de Kew. Des tas de plantes. Elle est vraiment enchantée.

Il sourit. Il paraissait heureux pour cette sœur dont Nora n'avait jamais entendu parler. Elle aurait voulu le remercier d'avoir été si gentil pour son chat mort, mais c'était évidemment impossible, alors elle se contenta de dire :

— Merci.

— De quoi ?

— Juste, tu sais, merci pour tout.

— Oh. Bon. D'accord.

— Alors merci.

Il hocha la tête.

— C'est gentil. Allez, c'est le moment de courir un peu.

Il finit son café et disparut. Nora parcourut la pièce du regard, absorbant chaque nouvelle bribe d'information. Chaque peluche, chaque livre, la moindre prise de courant, comme si tout cela faisait partie du puzzle de sa vie.

Une heure plus tard, Molly était déposée au jardin d'enfants, et Nora faisait comme d'habitude. Elle s'occupait du courrier et de ses réseaux sociaux. Son activité dans ce domaine n'était pas énorme ici, ce qui était toujours bon signe, mais elle avait une sacrée tonne de mails. De ces mails, elle déduisit qu'elle ne se contentait pas de faire une pause dans ses cours, elle avait officiellement arrêté. Elle prenait un congé sabbatique pour écrire un livre sur Thoreau et son importance pour le mouvement écolo contemporain. Plus tard dans l'année, elle prévoyait d'aller voir l'étang de Walden à Concord, dans le Massachusetts, grâce à une bourse de recherche.

Ça paraissait vraiment parfait.

Presque *ennuyeusement* parfait.

Une vie idéale, avec une fille idéale et un homme idéal dans une maison idéale dans une ville idéale. C'était trop idéal. Une vie où elle pouvait passer ses journées à lire, à faire des recherches et à écrire sur son philosophe favori de toujours.

— C'est super, dit-elle au chien. Pas vrai, que c'est super ?

Platon eut un bâillement indifférent.

Et puis elle se mit à explorer sa maison, sous le regard du labrador vautré sur le canapé à l'air confortable. Le salon était énorme. Ses pieds enfonçaient dans le tapis moelleux.

Le sol blanc, la télé, l'insert, le piano électrique, deux ordinateurs portables neufs en charge, une commode en acajou sur laquelle était posé un jeu d'échecs ornementé, des étagères à livres joliment rangées. Une belle guitare calée dans un coin. Nora reconnut instantanément une Fender Malibu « Midnight Satin » électroacoustique. Elle en avait vendu une pendant sa dernière semaine de travail à La Théorie des Cordes.

Il y avait des photos encadrées un peu partout dans le salon. Des enfants qu'elle ne connaissait pas, avec une femme qui ressemblait à Ash, sans doute sa sœur. Une vieille photo de ses parents à elle, maintenant décédés, lors de leur mariage, et une photo d'Ash et elle à leur mariage, avec son frère à l'arrière-plan. Une photo de Platon. Et une d'un bébé, sans doute Molly.

Elle parcourut les livres du regard. Des manuels de yoga, mais pas les bouquins d'occasion de sa vie racine. Des livres de médecine. Elle reconnut son exemplaire de l'*Histoire de la philosophie occidentale* de Bertrand Russell et *Walden*, de Thoreau, qu'elle avait depuis la fac. Un volume familier des *Principes de géologie.* Quelques ouvrages sur Thoreau. Des exemplaires de la *République* de Platon et des *Origines du totalitarisme* d'Hannah Arendt, qu'elle avait lus dans sa vraie vie, mais pas dans ces éditions. Des ouvrages à l'air intellectuels d'auteurs comme Julia Kristeva, Judith Butler et Chimamanda Ngozi Adichie. Des tas d'ouvrages sur la philosophie orientale qu'elle n'avait jamais lus, et elle se demanda, si elle restait dans cette vie, et elle ne voyait pas pourquoi elle n'y resterait pas, si elle aurait le temps de tous les lire avant de devoir reprendre les cours à Cambridge.

Des romans, certains de Dickens, *La Cloche de détresse*, de Sylvia Plath, des livres de vulgarisation scientifique pour geeks, quelques livres sur la musique, quelques manuels d'éducation pour parents, *Nature* de Ralph Waldo Emerson et *Le Printemps silencieux* de Rachel Carson, des trucs sur le changement climatique et un gros pavé relié intitulé *Rêves arctiques. Imagination et désir dans un paysage nordique.*

Elle avait rarement, et peut-être même jamais, été aussi carrément intellectuelle. C'était apparemment ce qui arrivait quand on passait un master à Cambridge et qu'on prenait un congé sabbatique pour écrire un livre sur son philosophe préféré.

— Avoue que je t'impressionne, dit-elle au chien. Hein, admets-le.

Il y avait aussi une pile de partitions de chansons, et Nora eut un sourire quand elle vit que celle qui se trouvait sur le dessus était celle de Simon et Garfunkel qu'elle avait vendue à Ash le jour où il l'avait invitée à prendre un café. Sur la table basse, un beau livre de photos de paysages d'Espagne, et sur le canapé une *Encyclopédie des plantes et des fleurs.*

Et dans le porte-revues, le dernier numéro de *National Geographic* avec un trou noir en couverture.

Un tableau au mur. Une reproduction de Miró d'un musée de Barcelone.

— Alors, Platon, on est allés à Barcelone ensemble, Ash et moi ?

Elle se voyait se promener avec lui, main dans la main, dans les rues du Quartier gothique, entrer dans un bar à tapas et rioja.

Sur le mur en face des rayonnages se trouvait un miroir. Un grand miroir avec un cadre blanc, mouluré. Elle n'était plus surprise par les différents aspects physiques qui étaient les siens selon les vies. Elle avait fait un peu toutes les tailles et toutes les corpulences, elle avait eu toutes les coiffures. Dans cette vie, elle avait l'air parfaitement *agréable*. Elle aurait aimé avoir une amie comme cette personne. Ce n'était pas une championne olympique, ni une rock star ou une acrobate du Cirque du Soleil qu'elle regardait, mais quelqu'un qui semblait avoir une bonne vie, pour autant qu'on puisse deviner ce genre de chose. Une adulte qui avait une vague idée de qui elle était et de ce qu'elle faisait dans la vie. Les cheveux courts, mais pas dramatiquement, la peau plus saine que dans sa vie racine, que ce soit grâce à son régime alimentaire, à l'absence de vin rouge, à l'exercice ou aux produits de soin, démaquillants et toniques qu'elle avait vus dans la salle de bains, tous plus haut de gamme que ceux qu'il lui était arrivé d'acheter dans sa vie racine.

— Eh bien, dit-elle à Platon, c'est la belle vie, pas vrai ?

Et Platon avait l'air bien d'accord.

Une quête spirituelle d'un lien plus profond avec l'univers

Elle trouva le tiroir à médicaments dans la cuisine et fouina dans les pansements adhésifs, l'ibuprofène, le Calpol, les cocktails de vitamines et les genouillères pour coureurs à pied, mais elle ne trouva pas d'antidépresseurs.

Peut-être que c'était ça. Peut-être que c'était, finalement, la vie dans laquelle elle allait rester. La vie qu'elle allait choisir. Celle qu'elle ne remettrait pas sur les étagères.

Je pourrais être heureuse ici.

Un peu plus tard, sous la douche, elle examina son corps à la recherche de nouvelles traces. Pas de tatouages, mais elle avait une cicatrice. Pas une scarification, une cicatrice chirurgicale. Une longue et fine ligne sous le nombril. Elle avait déjà vu des césariennes. Alors elle passa son pouce le long de celle-ci, en se disant que, même si elle restait dans cette vie, elle serait toujours arrivée trop tard pour ça.

Ash rentra à la maison après avoir déposé Molly.

Elle s'habilla en vitesse pour qu'il ne la voie pas nue.

Ils prirent leur petit-déjeuner ensemble, à la table de la cuisine. Ils parcoururent les nouvelles du jour en mangeant des toasts de pain au levain. On aurait dit une publicité vivante pour le mariage.

Puis Ash partit pour l'hôpital, et elle resta à la maison dans l'idée de passer la journée à faire des recherches. Elle lut son travail en cours, qui comptait déjà l'impressionnant total de 42 729 mots, et s'assit pour manger un toast avant d'aller chercher Molly à l'école.

Molly voulait aller au parc « comme d'habitude » pour donner à manger aux canards, et Nora l'y emmena en consultant secrètement Google Maps pour trouver le chemin.

Nora la poussa sur la balançoire au point d'en avoir mal aux bras, fit des glissades sur le toboggan avec elle et rampa derrière elle dans de grands tunnels métalliques. Et puis elles lancèrent aux canards de la mare l'avoine prélevée dans une boîte de porridge.

Ensuite, elle regarda la télé avec Molly, elle lui fit manger son dîner et lui lut une histoire avant de dormir, tout cela en attendant le retour d'Ash à la maison.

Il était là quand un homme se présenta à la porte dans l'espoir d'entrer, mais Nora lui avait claqué la porte au nez.

— Nora ?

— Oui.

— Pourquoi as-tu été si bizarre avec Adam ?

— Pardon ?

— Je pense qu'il a été un peu dépité.

— Que veux-tu dire ?
— Tu t'es comportée comme si c'était un étranger.
— Oh, fit Nora en souriant. Désolée.
— C'est notre voisin depuis trois ans. On est allés camper avec Hannah et lui dans le Lake District.
— Oui. Je sais, bien sûr.
— On aurait dit que tu ne voulais pas le laisser entrer. Comme si c'était un intrus, ou je ne sais quoi.
— Vraiment ?
— Tu lui as claqué la porte au nez.
— J'ai fermé la porte. Pas au nez. Je veux dire, si, son visage était là. Techniquement. Mais je ne voulais tout simplement pas qu'il pense qu'il pouvait faire irruption chez nous comme ça.
— Il nous rapportait le tuyau d'arrosage.
— Oui, euh, eh bien nous n'avons pas besoin de tuyau. Les tuyaux sont mauvais pour la planète.
— Tu te sens bien ?
— Pourquoi est-ce que ça n'irait pas ?
— Je m'en fais pour toi, c'est tout.

Cela dit, généralement, les choses se passaient plutôt bien, et même quand elle se demandait si elle n'allait pas se réveiller dans la bibliothèque, ça n'arrivait pas. Un jour, après son cours de yoga, Nora s'assit sur un banc, au bord de la Cam, et elle relut un passage de Thoreau. Le lendemain, dans la journée, elle regarda à la télé Ryan Bailey se faire interviewer sur le plateau du *Saloon de la dernière chance 2* et déclarer que, au lieu de s'inquiéter d'« être catalogué dans le registre romantique », il était « spirituellement en quête d'un lien plus profond avec l'univers ».

Elle reçut des photos de baleines d'Izzy. Elle l'appela sur WhatsApp pour lui dire qu'elle avait appris qu'il y avait eu un affreux accident de voiture en Australie, récemment, et lui fit promettre de toujours conduire prudemment.

Nora fut réconfortée de constater qu'elle n'avait aucun désir de voir ce que Dan faisait dans cette vie. Au lieu de cela, elle était reconnaissante d'être avec Ash. Ou plutôt, pour être plus précis : elle imaginait être reconnaissante, parce qu'il était génial, et qu'il y avait tellement de moments de joie, de rire et d'amour.

Ash faisait de longues gardes, mais, quand il était là, il était facile à vivre, même après des journées pleines de sang, de stress et de vésicules biliaires. Et il était aussi un peu bizarre. Quand il promenait le chien dans la rue, il disait toujours « Bonjour » aux personnes âgées, qui l'ignoraient parfois. Il chantait en accompagnant la radio. D'une façon générale, il donnait l'impression de ne jamais avoir besoin de dormir. Et il était toujours partant pour s'occuper de Molly le soir, même quand il opérait le lendemain matin.

Il adorait abreuver Molly d'informations factuelles – l'estomac renouvelle son revêtement tous les quatre jours ! Le cérumen est une espèce de sueur ! Il y a des créatures appelées les acariens qui vivent dans nos cils ! – et il adorait l'incongruité. Il avait raconté avec enthousiasme (à la mare aux canards, le premier samedi, à portée de voix de Molly) à un parfait étranger que les canards mâles avaient le pénis en forme de tire-bouchon.

Le soir, quand il rentrait assez tôt pour faire la cuisine, il préparait un super-plat de lentilles ou des penne all'arrabbiata plutôt bonnes, et il avait tendance à mettre une tête d'ail entière dans tous ses plats. Mais Molly avait absolument raison : ses dons artistiques ne s'étendaient pas à la musique. En réalité, quand il chantait « The Sound of Silence » tout en jouant de la guitare, elle regrettait, non sans une pointe de culpabilité, qu'il ne prenne pas le titre au mot.

En d'autres termes, c'était un peu un grand crétin d'intello – un grand crétin d'intello qui sauvait des vies au quotidien, mais un grand crétin d'intello quand même. Ce qui était très bien. Nora adorait les crétins d'intellos, elle se sentait très comme ça elle-même, et ça l'aidait à passer par-dessus la *particularité* fondamentale d'être avec un mari qu'elle commençait tout juste à connaître.

C'est la belle vie, se disait et se répétait inlassablement Nora.

Oui, être maman était épuisant, mais Molly était facile à aimer, au moins pendant les heures ouvrables. En fait, Nora préférait souvent quand Molly rentrait de l'école, parce que ça ajoutait une pointe de défi à ce qui était autrement une vie plutôt lisse. Pas de stress émotionnel, pas de boulot stressant, pas de problèmes d'argent.

Ça faisait beaucoup de raisons de se réjouir.

Il y avait inévitablement des moments tangents. Elle éprouvait le sentiment familier de jouer une pièce de théâtre dont elle ignorait le texte.

— Il y a quelque chose qui ne va pas ? demanda-t-elle à Ash, un soir.

— Eh bien…, commença-t-il en la regardant avec son doux sourire et son regard intense, scrutateur. Je ne sais pas. Tu as oublié que c'était notre anniversaire. Tu penses que tu n'as pas vu des films que tu as bel et bien vus. Et vice versa. Tu as oublié que tu avais une bicyclette. Tu ne sais plus où sont les assiettes. Tu mets mes pantoufles. Tu te couches de mon côté du lit.

— Seigneur, Ash, dit-elle, un peu trop tendue. J'ai l'impression d'être interrogée par les trois ours.

— Je m'inquiète, c'est tout…

— Ça va. C'est juste que, tu sais, je suis perdue dans le monde de mes recherches. Perdue dans les bois. Les bois de Thoreau.

Et dans ces moments-là, elle se disait qu'elle allait peut-être retourner dans la Bibliothèque de Minuit. Elle repensait parfois à ce que Mme Elm lui avait dit lors de son premier passage. *Si tu veux vraiment, fortement, vivre une vie, pas de problème… à l'instant où tu décideras que tu veux cette vie-là, que tu veux vraiment la vivre, tout ce que tu as dans la tête en ce moment, y compris cette Bibliothèque de Minuit, se réduira finalement à un rêve. Un souvenir si vague et intangible que c'est à peine si tu t'en souviendras encore.*

Ce qui amenait la question suivante : si c'était la vie idéale, pourquoi n'avait-elle pas oublié la Bibliothèque ?

Combien de temps fallait-il pour oublier ?

De temps en temps, elle se sentait effleurée, sans raison réelle, par de vagues bouffées de dépression, mais rien à voir avec l'état terrible dans lequel elle avait sombré dans sa vie racine, ou à vrai dire dans de nombreuses autres de ses vies. C'était comme un léger reniflement, à côté d'une pneumonie. Et par rapport au jour où elle avait perdu son boulot à La Théorie des Cordes, la détresse, la solitude, le besoin désespéré de ne pas exister qu'elle avait éprouvé à ce moment-là, ce n'était absolument *pas comparable*.

Tous les soirs, elle allait se coucher en pensant qu'elle allait à nouveau se réveiller dans cette vie parce que c'était, tout compte fait et tout bien considéré, la meilleure qu'elle avait connue. En réalité, elle oscillait entre aller se coucher sans se poser de questions et avoir peur en s'endormant de ne pas rester dans ici.

Pourtant, nuit après nuit, elle s'endormait, et jour après jour, elle se réveillait dans le même lit. Ou parfois sur la moquette, mais elle partageait cette épreuve avec Ash, et elle se retrouvait généralement dans son lit, Molly faisant de plus en plus souvent ses nuits sans se réveiller.

D'accord, il y avait des moments délicats. Nora ne savait jamais comment aller nulle part, ne trouvait jamais rien dans la maison, et Ash se demandait parfois tout haut si elle ne devrait pas consulter un médecin. Au début, elle évitait de faire l'amour avec lui, mais, une nuit, ça arriva, et après elle se sentit coupable du mensonge qu'elle vivait.

Ils étaient restés dans le noir pendant un moment, dans le silence post-coïtal, mais elle savait qu'elle devait aborder le sujet. Prendre la température de l'eau.

— Ash, dit-elle.
— Quoi ?
— Tu crois à la théorie des univers parallèles ?
Elle vit un sourire s'élargir sur son visage. C'était le genre de conversation qui était dans ses cordes.
— Oui, je pense.
— Moi aussi. Je veux dire, c'est scientifique, non ? Ce n'est pas comme si un savant fou s'était dit, un beau jour : « Hé, les univers parallèles, c'est cool. On va faire une théorie là-dessus. »
— Ouais, acquiesça-t-il. La science n'aime pas tout ce qui a l'air trop cool. Trop science-fiction. Les chercheurs sont des sceptiques, d'une façon générale.
— Exactement. Et pourtant, les physiciens croient aux univers parallèles.
— C'est bien à ça que mène la science, pas vrai ? Tout dans la mécanique quantique et la théorie des cordes amène à ça : il y a des univers multiples. Beaucoup, beaucoup d'univers.
— Eh bien, qu'est-ce que tu dirais si je te racontais que j'ai exploré mes autres vies, et que je crois que j'ai choisi celle-ci ?
— Je penserais que tu es dingue. Mais je t'aimerais quand même.
— Eh bien, je l'ai fait. J'ai eu beaucoup, beaucoup de vies.
Il eut un sourire.
— Génial. Il y en a une où tu m'embrasses à nouveau ?
— Il y en a une où tu as enterré mon chat mort.
Il se mit à rire.

— C'est tellement cool, Nor. Ce que j'aime chez toi, c'est que tu me donnes toujours l'impression d'être normal.

Et voilà, c'était tout.

Elle se rendit compte qu'on pouvait être aussi honnête que possible dans la vie, les gens ne voyaient la vérité que si elle était assez proche de leur réalité. Comme disait Thoreau : « Ce n'est pas ce que vous regardez qui compte, c'est ce que vous voyez. » Et Ash ne voyait que la Nora dont il était tombé amoureux et avec laquelle il s'était marié, et donc, d'une certaine façon, c'était la Nora qu'elle devenait.

Hammersmith

Pendant les vacances de la Toussaint, comme Molly n'avait pas école, un mardi où Ash n'était pas à l'hôpital, ils prirent le train pour Londres afin de voir Joe, le frère de Nora, et Ewan, qui habitaient dans un appartement à Hammersmith.

Joe avait l'air d'aller bien, et son mari n'avait pas changé depuis que Nora l'avait vu sur le téléphone de son frère, dans sa vie de championne de natation. Joe et Ewan s'étaient rencontrés au club de gym local. Dans cette vie, Joe était ingénieur du son et Ewan – plus précisément, le Dr Ewan Langford – était radiologue au Royal Marsden Hospital, de sorte qu'ils avaient, Ash et lui, toutes sortes de sujets de récriminations sur la vie hospitalière.

Joe et Ewan étaient adorables avec Molly. Ils lui posèrent des tas de questions sur Panda et ses projets. Et Joe leur fit à tous un super-plat de pâtes aux brocolis et à l'ail.

— C'est une recette des Pouilles, à ce qu'il paraît, dit-il à Nora. C'est un peu de notre héritage que j'ai mis là-dedans.

Nora pensa à son grand-père italien et à ce qu'il avait pu ressentir quand il avait compris que la London Brick Company était en réalité basée à Bedford. Est-ce qu'il avait été vraiment déçu ? Ou est-ce qu'il avait simplement décidé de faire contre mauvaise fortune bon cœur ? Il y avait probablement une version de leur grand-père qui était allé à Londres, et qui s'était fait renverser, le premier jour, par un bus à impériale à Piccadilly Circus.

Joe et Ewan avaient tout un casier à vin dans la cuisine, dont une des bouteilles était une syrah de Californie du vignoble de Buena Vista. Nora sentit sa peau la picoter quand elle vit les deux signatures imprimées en bas de l'étiquette – Alicia et Eduardo Martínez. Elle eut un sourire, sentant qu'Eduardo était tout aussi heureux dans cette vie. Elle se demanda momentanément qui était Alicia et à quoi elle ressemblait. Au moins, il y avait des couchers de soleil géniaux là-bas.

— Ça va ? s'inquiéta Ash alors que Nora fixait l'étiquette, le regard perdu dans le vide.

— Ouais, bien sûr. C'est juste que, euh, on dirait que c'est du bon.

— C'est carrément mon vin préféré, dit Ewan. Une sacrée bonne bouteille. On la débouche ?

— Eh bien, fit Nora, seulement si vous voulez en boire vous aussi.

— Ce sera sans moi, répondit Joe. J'ai un peu abusé, ces temps-ci. Je suis comme qui dirait dans un trip sans alcool.

— Tu connais ton frère, ajouta Ewan en plantant un baiser sur la joue de Joe. Avec lui, c'est tout ou rien.

— Oh oui. Je sais.

Ewan avait déjà le tire-bouchon à la main.

— J'ai eu une sacrée journée au travail. Alors, même si personne ne veut se joindre à moi, je ne vais pas me gêner pour vider la bouteille.

— J'en suis, dit Ash.

— Moi aussi, dit Nora en se rappelant que, la dernière fois qu'elle l'avait vu dans le salon VIP d'un hôtel, son frère avait avoué être alcoolique.

Ils donnèrent à Molly un livre illustré, et Nora le lut avec elle dans le canapé.

La soirée avança. Ils parlèrent des dernières nouvelles, de musique et de cinéma. Joe et Ewan avaient bien aimé *Le Saloon de la dernière chance.*

Un peu plus tard, à la surprise générale, Nora fit un virage à gauche dans l'environnement sécurisé de la culture pop et alla droit au but avec son frère.

— Tu ne m'en as jamais voulu ? Tu sais, d'avoir quitté le groupe ?

— C'était il y a des années, sœurette. Beaucoup d'eau a coulé sous les ponts depuis ce temps-là.

— Mais tu voulais être une rock star.

— C'est toujours une rock star, dit Ewan en riant. Mais maintenant il est tout à moi.

— J'ai toujours l'impression que je t'ai laissé tomber, Joe.

— Eh bien, il ne faut pas… et j'ai l'impression de t'avoir laissée tomber aussi. Parce que j'ai été vraiment idiot… J'ai été affreux avec toi pendant un moment.

Ces paroles lui firent l'impression d'un remontant qu'elle avait attendu pendant des années.

— Ne t'en fais pas pour ça, réussit-elle à dire.

— Avant d'être avec Ewan, j'étais vraiment crétin concernant tes problèmes psychologiques. Je pensais que les attaques de panique n'étaient rien du tout… Tu sais, l'esprit plus fort que la matière. Haut les cœurs, sœurette. Et puis, quand Ewan a commencé à en avoir, j'ai compris à quel point c'était réel.

— Ce n'était pas seulement pour les attaques de panique. C'est juste que ça ne paraissait pas bien. Je ne sais pas… je ne sais pas ce que ça vaut, mais je pense que tu es plus heureux dans cette vie que dans celle où tu es… – elle faillit dire mort – dans le groupe.

Son frère élargit son sourire et regarda Ewan. Elle doutait qu'il le croie, mais Nora devait accepter que – elle ne le savait que trop maintenant – certaines vérités étaient juste impossibles à voir.

Tricycle

Au fur et à mesure que les semaines passaient, Nora sentit qu'il se passait quelque chose de remarquable.

Elle à se rappelait petit à petit des aspects de sa vie qu'elle n'avait jamais réellement vécus.

Par exemple, un jour, quelqu'un qu'elle n'avait jamais rencontré dans sa vie racine – une amie qu'elle avait apparemment connue pendant ses études et quand elle enseignait à l'université – lui téléphona pour lui proposer de déjeuner. Lorsque cette amie, « Lara », l'appela, un nom se présenta à son esprit, « Lara Bryan », et elle vit tout à fait de qui il s'agissait, elle sut qu'elle avait un compagnon appelé Mo et qu'ils avaient un bébé appelé Aldous. Et quand elle la rencontra, tous ces détails se confirmèrent.

Ce quasi-déjà-vu se produisait de plus en plus souvent. Certes, il lui arrivait parfois de commettre un impair – comme d'« oublier » qu'Ash faisait de l'asthme (qu'il s'efforçait de contrôler en faisant de la course à pied) :

— Il y a longtemps que tu en souffres ?

— Depuis que j'ai sept ans.

— Ah oui, bien sûr. Je pensais que tu avais parlé d'eczéma.

— Nora, tu es sûre que ça va ?

— Mais oui, ça va. C'est juste que j'ai bu un peu de vin avec Lara, ce midi, et je suis un peu décalquée.

Mais, peu à peu, ces dérapages se raréfièrent. C'était comme si chaque journée était une pièce qui prenait sa place dans un puzzle et qu'à chaque pièce ajoutée il devenait plus facile de savoir à quoi les pièces manquantes devaient ressembler.

Alors que dans toutes les autres vies elle s'efforçait continuellement de capter des indices et se faisait l'impression de jouer un rôle, dans celle-ci, elle constatait que plus elle s'y intégrait, plus il y avait de choses qui lui revenaient.

Et puis Nora adorait passer du temps avec Molly.

L'anarchie confortable des jeux dans sa chambre, et le lien délicat qui se créait à l'heure du coucher, quand elle lui racontait une histoire, lui lisait la simple et merveilleuse magie du *Tigre qui s'invita pour le thé*, ou de se promener dans le jardin.

— Maman ! Regarde-moi ! s'exclama Molly, un samedi matin, en pédalant sur son tricycle. Maman, regarde-moi ! Tu me regardes ?

— C'est vraiment bien, Molly. Tu pédales drôlement bien.

— Maman, regarde ! *Et zoom !*

— Allez, Molly !

Mais la roue avant du tricycle dérapa sur la pelouse et alla s'enfoncer dans la plate-bande. Molly tomba et se cogna durement la tête sur un petit caillou. Nora se précipita pour la relever et l'examina. La fillette était visiblement blessée, elle s'était égratigné un petit coin de peau sur le front et saignait, mais elle ne voulait pas le montrer, malgré son petit menton tremblant.

— Ça va, dit-elle doucement, d'une voix aussi fragile que la porcelaine. Ça va, ça va, ça va, ça va.

À chaque « ça va », sa voix se rapprochait des larmes, puis elle fit volte-face et se calma. Elle avait peur des ours, la nuit, mais elle avait une résilience que Nora ne pouvait s'empêcher d'admirer, et qui était une source d'inspiration. Ce petit être humain issu d'elle faisait d'une certaine façon partie d'elle-même, et si elle avait une force cachée, alors peut-être Nora en disposait-elle aussi.

Nora la serra très fort dans ses bras.

— Tout va bien, mon bébé... Ma courageuse petite fille. C'est bon. Tu n'as plus mal, maintenant, ma chérie ?

— Ça va. C'est comme pendant les vacances.

— Pendant les vacances ?

— Oui, maman..., répondit-elle, un peu ennuyée que Nora ne se souvienne pas. Le toboggan.

— Ah oui, bien sûr. Le toboggan. Oui. Elle est bête, maman.

Tout à coup, Nora sentit quelque chose en elle. Une sorte de peur, aussi réelle que la peur qu'elle avait éprouvée sur le récif, dans l'Arctique, nez à nez avec l'ours polaire.

La peur de ce qu'elle éprouvait.

L'amour.

On pouvait manger dans les meilleurs restaurants, jouir de tous les plaisirs sensuels, chanter devant vingt mille personnes sur une scène à Sao Paulo, se repaître de tempêtes d'applaudissements, voyager jusqu'au bout de la terre, avoir des millions d'abonnés sur Internet, on pouvait remporter des médailles olympiques, tout ça, sans amour, n'avait aucun sens.

Et quand elle pensait à sa vie racine, le problème clé, ce qui l'avait laissée vulnérable, au fond, c'était l'absence d'amour. Même son frère n'avait pas voulu d'elle dans cette vie, et après la mort de Volts il n'y avait plus eu personne. Elle n'aimait personne, et personne ne l'aimait en retour. Elle était vide, sa vie était vide, elle tournait en rond, feignant une espèce de normalité humaine comme une effigie du désespoir. Un mannequin pensant, juste le minimum pour faire aller.

Et voilà qu'à cet endroit précis, dans ce jardin de Cambridge, sous ce ciel morne et gris, elle en sentait le pouvoir, le pouvoir terrifiant d'aimer profondément et d'être profondément aimée. D'accord, dans cette vie, ses parents étaient encore morts, mais, là, il y avait Molly, il y avait Ash et Joe. Un filet d'amour pour la retenir dans sa chute.

Et pourtant, elle sentait tout au fond d'elle-même que tout cela prendrait fin bientôt. Elle le sentait, parce que, malgré la perfection de cet endroit, il y avait quelque chose qui clochait dans toute cette perfection. Et il était impossible de remédier à ce qui clochait parce que la faille était précisément que ça allait trop bien. Tout allait bien, mais elle n'avait rien fait pour mériter ça. Elle était arrivée dans le film alors qu'il avait déjà commencé. Elle avait pris le livre dans la bibliothèque, mais, en vérité, elle ne le possédait pas. Elle regardait sa vie comme si elle la voyait derrière une vitre. Elle commençait à se faire l'impression d'être une faussaire. Elle voulait que ce soit sa vie. Sa vraie vie. Mais ce n'était pas ça, et elle regrettait fondamentalement de ne pas pouvoir l'oublier. Vraiment.

— Maman, tu pleures ?

— Mais non, Molly. Ça va. Maman va bien.

— On dirait que tu pleures.

— On va juste nettoyer ça...

Plus tard, ce jour-là, Molly fit un puzzle avec des animaux de la jungle. Nora, assise sur le canapé, caressait Platon qui avait posé sa lourde tête chaude sur ses cuisses. Elle fixait le jeu d'échecs ornementé qui était posé sur la commode d'acajou.

Une pensée lui vint lentement, et elle la chassa. Et puis elle lui revint.

Sitôt Ash rentré à la maison, elle lui dit vouloir rendre visite à une vieille amie de Bedford et qu'elle s'absentait quelques heures.

Plus parmi nous

En entrant dans la résidence pour personnes âgées d'Oak Leaf, avant même d'arriver à la réception, Nora vit un frêle vieillard à lunettes qu'elle reconnut. Il était plongé dans une conversation quelque peu houleuse avec une infirmière visiblement à bout. On aurait dit un soupir changé en homme.

— Je voudrais vraiment aller dans le jardin, disait le vieux monsieur.

— Je regrette, mais le jardin est occupé aujourd'hui.

— Je voudrais juste m'asseoir sur le banc pour lire le journal.

— Peut-être que si vous vous inscriviez pour la session d'activité jardinage…

— Je ne veux pas d'activité jardinage. Je voudrais appeler Dhavak. C'était une erreur, tout ça.

Nora avait déjà entendu son vieux voisin parler de son fils Dhavak, quand elle lui avait déposé ses médicaments. Apparemment, son fils tenait à le faire entrer dans une maison de retraite, mais M. Banerjee insistait pour rester chez lui.

— Il n'y a pas moyen que je puisse juste…

À cet instant, il remarqua qu'on l'observait.

— Monsieur Banerjee ?

Il regarda Nora, troublé.

— Bonjour. Qui êtes-vous ?

— C'est moi, Nora. Vous savez, Nora Seed.

Et puis, se sentant trop troublée pour réfléchir, elle ajouta :

— Votre voisine. De Bancroft Avenue.

Il secoua la tête.

— Vous devez faire erreur, ma chère. Il y a trois ans que je n'y habite plus. Et je suis tout à fait sûr que nous n'étions pas voisins.

L'infirmière eut un mouvement de tête en direction de M. Banerjee, comme si c'était un chiot perdu.

— Peut-être que vous avez oublié.

— Non, répondit Nora très vite, prenant conscience de son erreur. Il a raison. Je me suis trompée. J'ai parfois des problèmes de mémoire. Je n'ai jamais habité là-bas. C'était ailleurs. Et quelqu'un d'autre. Désolée.

Ils reprirent leur conversation, pendant que Nora pensait au jardin de M. Banerjee, avec tous ses iris et ses digitales.

— Je peux vous aider ?

Elle se tourna pour regarder le jeune homme de l'accueil. Un binoclard aux cheveux roux, aux manières douces, avec une vilaine peau et un petit accent écossais.

Elle se présenta et dit qu'elle avait téléphoné avant de venir.

Il fut d'abord un peu perdu.

— Et vous dites que vous avez laissé un message ?

Il fredonna un petit air tout en cherchant son mail.

— Oui, sur votre répondeur. J'ai essayé je ne sais combien de fois de vous joindre, et comme je n'y arrivais pas, j'ai fini par laisser un message. Et j'ai confirmé par mail.

— Ah, d'accord, je vois. Eh bien, je suis désolé pour ça. Vous êtes venue voir un membre de votre famille ?

— Non, expliqua Nora. Je ne suis pas de sa famille. Je suis juste une de ses connaissances. Mais elle se souviendra de moi. Madame Elm. (Nora essaya de se rappeler tout son nom.) Pardon, Louise Elm. Si vous lui dites mon nom, Nora. Nora Seed. C'était ma... C'était la bibliothécaire de l'école Hazeldene. Je me suis dit qu'elle aimerait peut-être avoir de la visite.

L'homme cessa de scruter son ordinateur et releva les yeux sur Nora avec une surprise à peine dissimulée. Au début, Nora pensa qu'elle n'avait pas bien compris. Ou que Dylan s'était trompé, l'autre soir, à La Cantina. Ou peut-être que la Mme Elm de cette vie avait connu un destin différent. Sauf que Nora ne voyait pas bien comment sa propre décision de travailler dans un refuge pour animaux aurait pu conduire à une autre issue pour Mme Elm dans cette existence. Quoi qu'il en soit, ça n'avait pas de sens. Parce que dans aucune vie elle n'avait été en contact avec la bibliothécaire depuis l'école.

— Il y a un problème ? demanda Nora au jeune homme de l'accueil.

— Je suis vraiment désolé d'avoir à vous annoncer cela, mais Louise Elm n'est plus parmi nous. Elle nous a quittés.

— Où est-elle allée ?

— Elle... En fait, elle est décédée il y a trois semaines.

Au début, elle pensa qu'il pouvait s'agir d'une erreur administrative.

— Vous êtes sûr ?

— Hélas oui. J'en suis tout à fait sûr.

— Oh, fit Nora.

Elle ne savait vraiment pas quoi dire, ni quoi ressentir. Elle baissa les yeux sur le sac de courses qu'elle avait posé à côté d'elle dans la voiture. Un sac contenant le jeu d'échecs qu'elle avait apporté pour faire une partie avec elle, et pour lui tenir compagnie.

— Je suis désolée. Je ne savais pas. Je ne... Vous savez, il y avait des années que je ne l'avais pas vue. Des années et des années. Mais j'avais entendu dire que... Quelqu'un m'avait dit qu'elle était là...

— Vraiment désolé, dit le jeune homme.

— Non, ne vous en faites pas. Je voulais juste la remercier. D'avoir été si gentille avec moi.

— Elle est morte très paisiblement, dit-il. Dans son sommeil, à vrai dire.

Nora sourit et battit poliment en retraite.

— Ah, tant mieux. Merci. Merci de vous être occupés d'elle. Bon, il faut que j'y aille. Au revoir...

Un incident avec la police

Elle ressortit sur Shakespeare Road avec son sac et son jeu d'échecs, ne sachant vraiment pas quoi faire. Tout son corps la picotait. Ce n'était pas tout à fait des coups d'épingle. Plutôt la sensation bizarre, comme si elle entrait dans un nuage d'électricité statique, qu'elle avait déjà éprouvée quand elle approchait de la fin d'une existence donnée.

Essayant d'ignorer cette impression, elle se dirigea plus ou moins vers le parking. Elle passa devant son ancien appartement en rez-de-jardin du 33A Bancroft Avenue. Un homme qu'elle ne connaissait pas sortait avec un carton pour le recyclage. Elle pensa à la jolie maison de Cambridge qu'elle habitait maintenant et ne put s'empêcher de la comparer avec cet appartement minable dans cette rue jonchée de détritus. Les picotements diminuèrent un peu d'intensité. Elle passa devant chez M. Banerjee, ou ce qui avait été sa maison. C'était la seule de la rue qui n'avait pas été divisée en appartements, mais elle n'avait plus rien à voir. L'herbe était trop haute dans la petite pelouse de devant, et il n'y avait pas trace des clématites et des pots d'impatiences que Nora avait arrosés pour lui l'été dernier, quand il se remettait de son opération de la hanche.

Sur le trottoir, elle remarqua des cannettes de bière écrasées.

Elle vit une femme aux cheveux blonds, coupés au carré, et à la peau bronzée, qui venait vers elle sur le trottoir avec deux petits enfants dans une poussette double. Elle avait l'air épuisée. C'était la femme avec qui elle avait parlé chez le marchand de journaux, le jour où elle avait décidé de mourir. Celle qui paraissait si heureuse et détendue. Kerry-Anne. Elle n'avait pas remarqué Nora, parce qu'un de ses enfants pleurait, un petit garçon aux joues rouges, qu'elle essayait de calmer en lui agitant un dinosaure en plastique devant le nez.

Jake et moi, on était comme des lapins, et puis on a sauté le pas. Deux petites terreurs. Mais ça vaut le coup, tu sais. Je me sens enfin accomplie, voilà. Je pourrais te montrer des photos…

Et puis Kerry-Anne releva les yeux et vit Nora.

— On se connaît, non ? C'est bien Nora ?

— Oui.

— Salut, Nora.

— Salut, Kerry-Anne.

— Tu te souviens de moi ? Waouh. Tu m'impressionnais, à l'école. Tu donnais l'impression de tout avoir. Tu es allée aux Jeux olympiques ?

— Oui, en effet. Plus ou moins. Une moi y est allée. Mais ce n'était pas comme j'aurais voulu. Enfin, qu'est-ce qui l'est, hein ?

Kerry-Anne parut momentanément perdue. Et puis son fils jeta le dinosaure sur le trottoir, où il atterrit juste à côté d'une cannette piétinée.

— D'accord.

Nora ramassa le dinosaure – un stégosaure, après inspection – et le rendit à Kerry-Anne, qui eut un sourire de gratitude et se dirigea vers la maison qui aurait dû être celle de M. Banerjee pendant que le gamin piquait une vraie colère.

— Au revoir, dit Nora.

— Ouais. Au revoir.

Et Nora se demanda ce qui avait fait tout changer. Qu'est-ce qui avait obligé M. Banerjee à s'installer dans la maison de retraite alors qu'il était déterminé à ne jamais y aller ? Elle était la seule différence entre les deux M. Banerjee, mais quelle était cette différence précisément ? Qu'avait-elle fait ? Elle avait lancé une boutique en ligne ? Récupéré ses médicaments une ou deux fois ?

Ne jamais sous-estimer l'immense importance des petites choses, avait dit Mme Elm. *Ne l'oublie jamais.*

Elle regarda sa propre fenêtre. Elle pensa à elle dans sa vie racine, planant entre la vie et la mort dans sa chambre – équidistante entre les deux. Et pour la première fois, Nora s'en fit pour elle-même comme si elle était quelqu'un d'autre. Pas seulement une autre version d'elle-même, mais une personne complètement autre. Comme si, finalement, après avoir expérimenté toutes ces vies, elle en était arrivée à avoir pitié de l'ancienne personne qu'elle était. Et non à s'apitoyer sur son sort, parce qu'elle était quelqu'un d'autre, maintenant.

Et puis quelqu'un apparut à sa fenêtre. Une femme qui n'était pas elle, tenant un chat qui n'était pas Voltaire.

Enfin, c'était ce qu'elle espérait, alors qu'elle commençait à se sentir à nouveau faible et floue.

Elle reprit le chemin de la ville. Suivit la rue principale.

Oui, elle avait changé. Elle était plus forte. Elle avait débloqué des choses en elle-même. Des choses qu'elle n'aurait peut-être jamais connues si elle n'avait jamais chanté dans un stade, ou chassé un ours polaire, ou si elle n'avait pas connu tant d'amour, de peur et de courage.

Il y avait du remue-ménage devant le drugstore. La police avait arrêté deux garçons, et près d'eux un inspecteur du magasin parlait dans un talkie-walkie.

Elle reconnut l'un des garçons et s'approcha de lui.

— Leo ?

Un policier s'approcha et lui demanda de reculer.

— Qui êtes-vous ? demanda Leo.

— Je…

Nora se rendit compte qu'elle ne pouvait pas dire « ta prof de piano » et mesura à quel point c'était dingue, compte tenu du contexte particulier, de dire ce qu'elle s'apprêtait à dire. Mais elle le dit quand même :

— Tu prends des cours de musique ?

Leo baissa les yeux sur les menottes qu'on lui mettait.

— J'ai jamais pris de cours de musique…

Sa voix avait perdu toute provocation.

Le flic n'était vraiment pas content.

— S'il vous plaît, mademoiselle, laissez-nous faire.

— C'est un bon garçon ! lança Nora. S'il vous plaît, ne soyez pas trop dur avec lui.

— Eh bien, ce bon garçon vient de voler pour deux cents livres de marchandise dans cette boutique. Et on vient de le trouver en possession d'une arme dissimulée.

— Une arme ?

— Un couteau.

— Non. Il doit y avoir un malentendu. Ce n'est pas ce genre de gamin.

— Écoute un peu ça, dit le flic à son collègue. Cette petite dame pense que notre ami Leo Thompson n'est pas du genre à s'attirer des ennuis.

L'autre policier éclata de rire.

— Celui-là, il n'arrête pas de s'en attirer, des ennuis.

— S'il vous plaît, dit le premier policier, laissez-nous faire notre boulot…

— Bien sûr, répondit Nora. Évidemment. Fais tout ce qu'ils te diront, Leo…

Il la regarda comme si c'était une blague qu'on lui faisait.

Quelques années auparavant, sa mère, Doreen, était entrée à La Théorie des Cordes pour acheter un clavier bon marché à son fils. Son comportement à l'école l'inquiétait, et comme il avait manifesté un intérêt pour la musique, elle voulait lui faire donner des leçons de piano. Nora expliqua qu'elle avait un piano électrique et savait jouer, mais n'avait pas de vraie formation de professeur. Doreen répondit qu'elle n'avait pas beaucoup d'argent, et elles s'étaient mises d'accord. Nora aimait bien les mardis soir qu'elle passait à lui montrer la différence entre les accords de septième majeure et mineure, et elle trouvait que c'était un chouette gamin, avide d'apprendre.

Doreen avait vu que Leo « était tombé dans une mauvaise config », mais, quand il avait commencé à s'intéresser à la musique, il s'en était mieux sorti dans d'autres domaines aussi. Du coup, il ne s'était plus attiré d'ennuis à l'école et il jouait de tout, de Chopin à Frank Ocean en passant par Scott Joplin, John Legend et Rex Orange County, avec la même application, la même détermination.

Une chose que Mme Elm avait dite lors d'un de ses premiers passages dans la Bibliothèque de Minuit lui revint :

Chaque vie se compose de millions de décisions. Des grandes et des petites. Mais, chaque fois qu'une décision est prise au détriment d'une autre, les issues diffèrent. Une variation irréversible se produit, qui mène à son tour à d'autres variations…

Et donc, dans cette ligne temporelle, celle où elle avait fait ses études à Cambridge et préparé une maîtrise, où elle avait épousé Ash et eu un bébé, elle n'était pas à La Théorie des Cordes le jour où, quatre ans auparavant, Doreen et Leo étaient passés. Dans cette ligne temporelle, Doreen n'avait jamais trouvé un prof de piano dans ses prix, et Leo n'avait jamais persévéré dans la musique assez longtemps pour se rendre compte qu'il était doué. Il ne s'était jamais assis là, à côté de Nora, un mardi soir, pour vivre une passion qu'il poursuivrait chez lui, écrivant ses propres chansons.

Nora sentait qu'elle s'affaiblissait. Pas seulement les picotements, le flou, mais quelque chose de plus fort, l'impression de plonger dans le néant, accompagnée par un bref assombrissement du champ visuel. La présence d'une autre Nora, juste là, en coulisse, prête à prendre le relais quand celle-ci s'en irait, le cerveau prêt à combler les blancs et à avoir une raison parfaitement légitime pour être venue passer la journée à Bedford, et remplir toutes les absences comme si elle avait toujours été là.

Craignant de savoir ce que cela signifiait, elle se détourna de Leo et de son ami tandis qu'on les conduisait vers la voiture de police sous le regard des badauds qui se trouvaient dans la rue principale de Bedford, et elle se dirigea vers le parking en pressant le pas.

C'est la belle vie… La belle vie… La belle vie…

Une nouvelle façon de voir

En retournant vers la gare, elle passa devant La Cantina et ses zigzags rouge et jaune, criards, une vraie migraine mexicaine. À l'intérieur, un serveur enlevait les chaises de sur les tables. Elle arriva devant La Théorie des Cordes, fermée, avec un mot écrit à la main sur la porte :

Hélas, La Théorie des Cordes doit quitter les lieux. L'augmentation du loyer nous oblige à fermer. Merci à tous nos fidèles clients. Comme dit Bob Dylan : N'y pensez plus, tout est bien. Suivez Fleetwood Mac et tracez votre propre chemin. Dieu seul et les Beach Boys savent Ce qu'on va devenir sans vous.

C'était exactement la même note qu'elle avait vue avec Dylan. Écrite au feutre à pointe fine, de l'écriture de Neil, il y avait près de trois mois, d'après la date.

Elle fut attristée, parce que La Théorie des Cordes était un endroit important pour un tas de gens. Mais Nora n'y travaillait plus quand la boîte avait eu ces problèmes.

Eh bien, on dirait que je vendais pas mal de pianos électriques. Et de belles guitares, aussi.

En grandissant, comme tous les adolescents, Joe et elle se moquaient de leur ville natale. Ils disaient toujours que la maison d'arrêt de Bedford n'était que la prison intérieure, le reste de la ville étant la prison extérieure, et que, si on avait une occasion de s'en évader, il fallait sauter dessus.

Mais, à présent qu'elle arrivait à la gare dans le soleil couchant, elle se disait qu'elle avait mal jugé cet endroit pendant toutes ces années. En passant devant la statue de John Howard, le réformateur des prisons, sur la place St Paul entourée d'arbres, juste devant la rivière où se réfléchissait la lumière, elle s'émerveilla du spectacle comme si elle le voyait pour la première fois. *Ce n'est pas ce qu'on regarde qui compte, c'est ce qu'on voit.*

Elle reprit la route de Cambridge dans le cocon de sa luxueuse Audi pleine d'odeurs presque écœurantes de vinyle et autres matières plastiques qui lui donnaient presque la nausée, en slalomant entre les voitures qui passaient et glissaient comme des vies oubliées. Elle regrettait profondément de ne pas avoir pu voir Mme Elm, la vraie, avant sa mort. Ç'aurait été bien de faire une dernière partie d'échecs avec elle avant qu'elle disparaisse. Et elle pensa au pauvre Leo, assis dans une petite cellule sans fenêtre, au poste de police de Bedford, attendant que Doreen vienne le chercher.

— C'est la plus belle vie, se dit-elle sans grand espoir à présent. C'est la plus belle vie. Je vais rester ici. Cette vie est faite pour moi. C'est la plus belle. C'est ça, la plus belle vie.

Mais elle avait bien conscience qu'elle n'en avait plus pour longtemps.

Les fleurs ont été arrosées

Elle s'arrêta devant la maison et se précipita à l'intérieur, accueillie par Platon qui lui fit la fête.

— Hé-ho ? appela-t-elle désespérément. Ash ? Molly ?

Il fallait qu'elle les voie. Elle savait qu'elle n'avait pas beaucoup de temps devant elle. Elle sentait que la Bibliothèque de Minuit l'attendait.

— On est dehors ! répondit Ash sur un ton enjoué, depuis le jardin de derrière.

Nora traversa donc la maison et trouva Molly qui était remontée sur son tricycle, pas traumatisée le moins du monde par sa chute, pendant qu'Ash s'occupait d'une plate-bande de fleurs.

— Alors, comment s'est passée ta visite ?

Molly descendit de son tricycle et courut vers elle.

— Maman ! Tu m'as manqué ! Je fais vraiment bien du vélo, maintenant !

— Vraiment, ma chérie ?

Elle serra très fort sa petite fille, les yeux fermés, et s'emplit de ses odeurs de cheveux, de chien, de lessive avec adoucissant, d'enfance, en espérant que ces merveilles l'aideraient à rester là.

— Je t'aime, Molly, je veux que tu le saches. Encore et pour toujours. Tu comprends ?

— Oui, maman. Bien sûr.

— Et j'aime ton papa, aussi. Et tout ira bien, parce que, quoi qu'il arrive, tu auras toujours papa et tu auras toujours maman aussi, c'est juste qu'il se peut que je ne sois pas tout à fait pareille. Je serai là, mais...

Elle se rendit compte que Molly n'avait pas besoin d'en savoir davantage, juste cette vérité :

— Je t'aime.

— Tu as oublié Platon, remarqua Molly sur un ton de reproche.

— Mais oui, bien sûr que j'aime Platon, évidemment... Comment est-ce que j'ai pu oublier Platon ? Platon sait que je l'aime, pas vrai, Platon ? Platon, je t'aime.

Nora essaya de se ressaisir.

Quoi qu'il arrive, on s'occupera d'eux. Ils seront aimés. Et ils sont là, l'un pour l'autre, ils seront heureux.

Et puis Ash s'approcha avec ses gants de jardinage.

— Ça va, Nor ? Tu es toute pâlotte. Il s'est passé quelque chose ?

— Oh, je te raconterai plus tard. Quand Molly sera au lit.

— D'accord. Ah, j'attends une livraison, d'un moment à l'autre... Alors, surveille l'arrivée du camion.

— Bien sûr. Oui. Oui.

Puis elle demanda si elle pouvait aller chercher l'arrosoir, et Ash répondit que ce n'était pas la peine, il avait pas mal plu dernièrement, le ciel s'était occupé des fleurs.

— Ça ira pour elles. On s'en est occupés. Elles ont été arrosées.

Et ces mots éveillèrent des échos dans l'esprit de Nora. *Ça ira pour elles. On s'en est occupés…* Ensuite, Ash parla d'aller au cinéma ce soir et dit qu'il avait appelé la baby-sitter. Nora, qui avait complètement oublié, se contenta de sourire en essayant de toutes ses forces de se cramponner, de rester là, mais c'était en train d'arriver, ça arrivait, elle le savait de chaque chambre secrète de son être, et elle ne pouvait absolument rien faire pour empêcher ça.

Nulle part où se poser

— NON !

Impossible d'y échapper.

Elle était de retour dans la Bibliothèque de Minuit.

Mme Elm était devant l'ordinateur. Les lumières vacillaient, tremblotaient et clignotaient au-dessus de leurs têtes, jetant des éclairs rapides, arythmiques.

— Nora, arrête. Calme-toi. Sois gentille. Il faut que j'arrange ça.

De minces volutes de poussière tombaient du plafond, à partir de fissures qui allaient en s'élargissant et en s'étendant comme des toiles d'araignée qui se seraient tissées à une vitesse surnaturelle. Soudain retentit un vacarme de destruction que, dans sa tristesse rageuse, Nora s'efforça d'ignorer.

— Vous n'êtes pas madame Elm. Madame Elm est morte... Je suis morte ?

— Nous avons déjà réglé ça. Mais, puisque tu en parles, il se pourrait que tu sois sur le point de...

— Pourquoi est-ce que je ne suis plus là-bas ? Pourquoi je ne suis plus là-bas ? Je sentais que ça arrivait, mais je ne voulais pas. Vous avez dit que si je trouvais une vie que je voulais vivre – que j'avais vraiment envie de vivre –, alors j'y resterais. Vous disiez que j'oublierais ce stupide endroit. Vous disiez que je pourrais trouver la vie que je voulais. C'était ça, la vie que je voulais. C'était cette vie-là !

Un instant auparavant, elle était dans le jardin avec Ash, Nora et Platon, un jardin vibrant de vie et d'amour, et maintenant elle était là.

— Renvoyez-moi...

— Tu sais que ça ne marche pas comme ça.

— Eh bien, renvoyez-moi vers la variante la plus proche. Trouvez-moi une version aussi proche que possible de cette vie. Je vous en prie, madame Elm, ça doit être possible. Il doit y avoir une vie où je suis allée prendre un café avec Ash, où on avait Molly et Platon, mais où je... j'ai fait quelque chose de légèrement différent. De telle sorte que c'est techniquement une autre vie. Comme si j'avais choisi un collier de chien différent pour Platon. Ou... ou bien... Où... je ne sais pas, où je ne fais pas du yoga mais du pilates ? Où je serais allée à une autre fac, à Cambridge ? Où s'il faut remonter plus loin, où on n'a pas pris un café, lors de ce rendez-vous, mais du thé ? Cette vie-là. Renvoyez-moi à la vie où j'ai fait ça. Allez, s'il vous plaît, aidez-moi. J'aimerais essayer une de ces vies, je vous en prie...

L'ordinateur se mit à fumer. L'écran devint noir. L'ordinateur s'effondrait complètement.

— Tu ne comprends pas, dit Mme Elm, défaite, en se laissant retomber sur sa chaise de bureau.

— Mais c'est comme ça que ça se passe, non ? Je choisis un regret. Quelque chose que je voudrais avoir voulu faire autrement… Et vous trouvez le livre, je l'ouvre et je vis la vie. C'est comme ça que la bibliothèque fonctionne, non ?

— Ce n'est pas aussi simple.

— Pourquoi ? Il y a un problème de transfert ? Vous savez, comme l'autre fois ?

Mme Elm la regarda tristement.

— C'est plus sérieux que ça. La probabilité que ton ancienne vie prenne fin a toujours été forte. Je te l'ai dit, n'est-ce pas ? Tu voulais mourir, et peut-être que c'est ce qui allait arriver.

— Oui, mais vous avez dit que j'avais juste besoin d'« un endroit où me poser », c'est ce que vous disiez. « Une autre vie ». C'étaient vos propres mots. Que j'avais juste besoin d'un endroit où aller. Je n'avais qu'à y penser assez fort, choisir la bonne vie, et…

— Je sais. Je sais. Mais ça n'a pas marché comme ça.

Le plafond s'écroulait, maintenant, par morceaux, comme si le plâtre n'était pas plus résistant que le glaçage d'un gâteau de mariage.

Nora remarqua quelque chose d'encore plus désespérant. Une étincelle partie de l'une des ampoules atterrit sur un livre, qui prit feu dans une gerbe étincelante de flammes. Presque aussitôt, l'incendie se propagea à toute l'étagère, les livres s'embrasant aussi vite que s'ils avaient été arrosés d'essence. Un torrent entier d'ambre brûlant, furieux, rugissant. Puis une seconde étincelle visa une autre étagère, l'enflammant à son tour. À peu près au même moment, un gros fragment de plafond poussiéreux tomba devant les pieds de Nora.

— Sous la table ! Vite ! ordonna Mme Elm en se précipitant à quatre pattes sous la table.

Nora s'accroupit et la suivit, à genoux, le dos rond.

— Pourquoi ne pouvez-vous pas arrêter ça ?

— C'est une réaction en chaîne, maintenant. Ces étincelles ne sont pas un hasard. Les livres vont être détruits. Et puis, inexorablement, tout l'endroit va s'effondrer.

— Pourquoi ? Je ne comprends pas. J'y étais. J'avais trouvé ma vie. La seule vie pour moi. La meilleure de cet endroit…

— Mais c'est le problème, dit Mme Elm, nerveusement, en regardant d'entre les pieds de la table d'autres étagères prendre feu et les débris tomber tout autour d'elles. Ce n'était pas encore assez. Regarde !

— Quoi donc ?

— Ta montre ! Ce n'est plus qu'une question de moment.

Nora regarda, ne vit rien au début – et puis ça se produisit. La montre se comportait tout à coup normalement. L'affichage commença à avancer.

00 h 00 mn 00 s

00 h 00 mn 01 s

00 h 00 mn 02 s

— Qu'est-ce qui se passe ? interrogea Nora, comprenant que, quoi que ce soit, ce n'était probablement pas bon.

— Le temps. Voilà, il passe.

— Comment est-ce qu'on va partir d'ici ?

00 h 00 mn 09 s

00 h 00 mn 10 s

— *Nous*, non, répondit Mme Elm. Il n'y a pas de « nous ». Je ne peux pas quitter la bibliothèque. Quand elle disparaîtra, moi aussi je disparaîtrai. Mais il y a une chance que tu arrives à t'en échapper, sauf que tu n'as pas beaucoup de temps devant toi. Pas plus d'une minute…

Nora venait de perdre une madame Elm, elle ne voulait pas perdre celle-là aussi. Mme Elm perçut sa détresse.

— Écoute. Je fais partie de la bibliothèque. Mais elle fait intégralement partie de toi. Tu comprends ? Tu n'existes pas à cause de la bibliothèque. C'est elle qui existe à cause de toi. Tu te souviens de ce que Hugo a dit ? Il t'a dit que c'était la façon la plus simple pour ton cerveau de traduire la réalité étrange et multiforme de l'univers. Alors, c'est seulement ton cerveau qui traduit quelque chose. Une chose significative et dangereuse.

— J'ai compris ça.

— Une chose demeure claire : tu ne voulais pas de cette vie.

— C'était la vie idéale.

— C'est ce que tu ressentais ? Tout le temps ?

— Oui. Je veux dire… J'en avais envie. Enfin, j'aimais Molly. J'aurais pu aimer Ash. Mais je suppose que… peut-être… Ce n'était pas ma vie. Je ne l'avais pas faite par moi-même. J'étais entrée dans une autre version de moi. J'étais une copie carbone de moi-même dans la vie idéale. Mais ce n'était pas moi.

00 h 00 mn 15 s

— Je ne veux pas mourir, affirma Nora en haussant tout à coup la voix, mais une voix fragile.

Elle tremblait de tout son corps. *Je ne veux pas mourir.*

Mme Elm la regarda en ouvrant des yeux ronds. Les yeux brillant de la petite flamme d'une idée.

— Il faut que tu sortes d'ici.

— Je ne peux pas ! Cette satanée bibliothèque se poursuit jusqu'à l'infini. À l'instant où je suis arrivée, l'entrée a disparu.

— Alors il faut que tu retrouves la sortie.

— Comment ? Il n'y a pas de portes.

— Qui a besoin de portes alors qu'il y a des livres ?

— Tous les livres sont en feu !

— Il y en aura un qui ne brûlera pas. C'est celui-là qu'il faut que tu trouves.

— *Le Livre des regrets ?*

Mme Elm faillit éclater de rire.

— Non. C'est le dernier livre dont tu as besoin. Il doit être réduit en cendres, à présent. Ç'aura été le premier à brûler. Il faut que tu ailles par ici !

Elle indiqua, sur sa gauche, le chaos, le feu et les lambeaux de plâtre qui dégringolaient.

— C'est la onzième allée, de ce côté. Troisième étagère à partir du bas.

— Tout l'endroit va s'effondrer !

00 h 00 mn 21 s

00 h 00 mn 22 s

00 h 00 mn 23 s

— Tu n'as pas compris, Nora ?

— Quoi donc ?

— Il y a un sens à tout cela. Si tu es revenue ici, cette fois, ce n'est pas parce que tu voulais mourir, mais parce que *tu veux vivre.* Cette bibliothèque ne s'effondre pas parce qu'elle veut te tuer. Elle s'effondre pour te donner une chance de repartir. Il s'est enfin passé quelque chose de décisif. Tu as décidé que tu voulais vivre. Maintenant, vas-y, vis, pendant que tu en as encore la possibilité.

— Mais… Et vous ? Qu'est-ce qui va vous arriver ?

— Ne t'en fais pas pour moi, dit-elle. Je te le promets. Je ne sentirai rien.

Et puis elle prononça les mêmes mots que la vraie Mme Elm quand elle avait serré Nora dans ses bras, à la bibliothèque de l'école, le jour de la mort de son père :

— Tout s'arrangera, Nora. Tout ira bien.

Mme Elm passa la main au-dessus du bureau et fouilla hâtivement à la recherche de quelque chose. Une seconde plus tard, elle tendait à Nora un stylo en plastique orange. Pareil à celui que Nora avait à l'école. Celui qu'elle avait remarqué, il y avait une éternité de cela.

— Tu auras besoin de ça.

— Pourquoi ?

— Celui-là n'est pas encore écrit. Il va falloir que tu le commences.

Nora prit le stylo.

— Au revoir, madame Elm.

Une seconde plus tard, un gros bout de plafond s'écrasait sur la table. Un énorme nuage de poussière de plâtre les environna, les étouffant.

00 h 00 mn 34 s

00 h 00 mn 35 s

— Allez, vas-y, dit Mme Elm en toussant. *Vis !*

Ne t'avise pas d'abandonner, Nora Seed !

Nora s'avança, dans un brouillard de poussière et de fumée, dans la direction que Mme Elm lui avait indiquée, tandis que le plafond continuait à s'effondrer.

Elle avait du mal à respirer et elle n'y voyait pas grand-chose, mais elle avait tout de même réussi à garder le compte des allées. Les étincelles des ampoules pleuvaient sur sa tête.

La poussière lui bloquait la gorge, lui donnant des haut-le-cœur. Mais, malgré le nuage de poussière, elle voyait que la plupart des livres étaient maintenant en feu. En fait, aucune des étagères de livres ne paraissait intacte, et la chaleur recelait une véritable force. Certains des rayonnages et des livres qui s'étaient embrasés en premier étaient maintenant réduits en cendres.

Elle arrivait à la onzième allée quand elle fut brutalement plaquée au sol par un bloc de débris qui dégringola sur elle.

Coincée sous la pierre, elle sentit le stylo échapper à sa main et glisser loin d'elle.

Sa première tentative pour se libérer échoua.

Et voilà. Je vais mourir, que je le veuille ou non. Je vais mourir.

La bibliothèque était dévastée.

00 h 00 mn 41 s

00 h 00 mn 42 s

C'était fini.

Elle en était sûre, une fois de plus. Elle allait mourir là, tandis que toutes ses vies possibles s'anéantissaient autour d'elle.

Et puis, elle le vit, dans un bref éclaircissement de la fumée. Là, dans la onzième allée, de ce côté. Troisième étagère en partant du bas.

Une trouée dans les flammes qui consumaient tous les autres livres de l'étagère.

Je ne veux pas mourir.

Elle devait redoubler d'efforts. Il fallait qu'elle veuille la vie dont elle avait toujours pensé ne pas vouloir. Parce que, de même que cette bibliothèque faisait partie d'elle, toutes ses autres vies étaient elle également. Il se pouvait qu'elle n'ait pas ressenti tout ce qu'elle aurait ressenti dans ces vies, mais elle en avait eu la possibilité. Elle avait peut-être manqué les occasions particulières qui l'avaient menée à devenir nageuse olympique, voyageuse, propriétaire de vignoble, vedette de rock, glaciologue déterminée à sauver la planète, diplômée de Cambridge, mère de famille ou un million d'autres choses, mais elle était encore d'une certaine façon toutes ces personnes. Elles étaient toutes elle. Elle aurait pu connaître toutes ces vies stupéfiantes, et ce n'était pas déprimant comme elle l'avait jadis pensé. Pas du tout.

C'était une source d'inspiration. Parce qu'elle voyait maintenant toutes les sortes de choses dont elle était capable quand elle s'y mettait. Et que, en vérité, la vie qu'elle avait vécue avait une logique propre. Son frère était vivant. Izzy était vivante. Et elle avait aidé un jeune garçon à éviter les ennuis. Ce qui lui faisait parfois l'impression d'être un piège n'était en réalité qu'une tournure d'esprit. Elle n'avait pas besoin d'un vignoble ou d'un coucher de soleil en Californie pour être heureuse. Elle n'avait même pas besoin d'une grande maison et d'une famille parfaite. Elle avait seulement besoin de potentiel. Et elle n'était rien, sinon un potentiel. Pourquoi ne l'avait-elle jamais vu avant ?

Elle entendit la voix de Mme Elm, de sous la table, quelque part, loin derrière elle, qui retentissait malgré le bruit.

— Ne laisse pas tomber ! Ne t'avise pas d'abandonner, Nora Seed !

Elle n'avait pas envie de mourir. Et elle ne voulait pas vivre une autre vie que celle qui était la sienne. Une vie qui était peut-être un combat désordonné, mais c'était son combat désordonné à elle. Un beau combat désordonné.

00 h 00 mn 52 s

00 h 00 mn 53 s

En se tortillant, poussant et résistant au poids qui pesait sur elle tandis que les secondes passaient, elle réussit – au prix d'un effort énorme qui lui brûla et lui cautérisa les poumons – à se remettre sur ses pieds.

En tâtonnant, elle retrouva par terre le stylo, couvert d'une épaisse poussière, puis elle courut à travers les tourbillons de fumée en direction de la onzième allée.

Et il était là.

Le seul livre qui ne brûlait pas. Encore là. D'un vert parfait.

Écrasée de chaleur, d'un index prudent, elle prit le livre par le haut du dos et le tira vers elle sur l'étagère. Puis elle fit ce qu'elle faisait toujours. Elle l'ouvrit et essaya de trouver la première page. Le seul ennui, c'est qu'il n'y avait pas de première page. Il n'y avait pas un seul mot dans le livre tout entier. Les pages étaient complètement blanches. Comme les autres livres, celui-ci était le livre de son avenir. Mais, contrairement aux autres, dans celui-ci le futur n'était pas encore écrit.

C'était donc ça. C'était sa vraie vie à elle. Sa vie racine.

Et c'était une page blanche.

Nora resta un moment plantée là, son vieux stylo d'école à la main. Il était maintenant près de minuit une.

Les autres livres de l'étagère étaient réduits en cendres, et l'ampoule accrochée au-dessus, vacillant dans la poussière, illumina légèrement le plafond, qui achevait de se fragmenter. Autour de l'ampoule, un grand morceau de plafond – qui avait vaguement la forme de la France – avait l'air prêt à tomber et à l'écraser.

Nora enleva le capuchon du stylo et appuya le livre ouvert contre le montant calciné du rayonnage.

Le plafond gémit.

Elle n'avait plus beaucoup de temps devant elle.

Elle se mit à écrire. *Nora voulait vivre.*

Quand elle eut fini d'écrire ces mots, elle attendit un moment. Chose frustrante, il ne se passa rien, et elle se rappela ce que Mme Elm lui avait dit un jour. *Vouloir est un mot intéressant. Il implique un manque.* Alors elle le raya et essaya à nouveau.

Nora décida de vivre.

Rien du tout. Elle fit un nouvel essai.

Nora était prête à vivre.

Toujours rien, même quand elle souligna le mot « vivre ».

Partout, maintenant, ce n'était plus que ruine et destruction. Le plafond tombait, écrasant chaque chose, broyant tous les rayonnages, les réduisant en poussière. Tandis qu'elle observait cela, elle vit la silhouette de Mme Elm émerger de sous le bureau où elle l'avait protégée, debout là, sans crainte aucune, disparaître définitivement alors que le plafond s'effondrait quasiment partout, étouffant les dernières flammes, les étagères et tout le reste.

Nora, qui suffoquait, ne voyait plus rien à présent.

Mais cette partie de la bibliothèque tenait le coup, elle était encore là.

D'une seconde à l'autre, maintenant, tout aurait disparu, elle le savait. Alors elle cessa de se demander ce qu'il fallait qu'elle écrive, et par pure exaspération, elle inscrivit la première chose qui lui venait à l'esprit, la chose qu'elle ressentait en elle comme un silence rugissant, un défi capable de surmonter toute destruction extérieure. La seule vérité qui était en elle, une vérité dont elle était maintenant fière et satisfaite, une vérité qu'elle n'avait pas seulement acceptée, mais qu'elle accueillait ouvertement, farouchement, de toutes les molécules de son être. Une vérité qu'elle griffonna rapidement mais résolument, l'incrustant profondément dans le papier avec la pointe de son stylo, en lettres majuscules, à la première personne du présent de l'indicatif.

Une vérité qui était le commencement et le germe de tous les possibles. Une malédiction avant, une bénédiction à présent.

Trois petits mots qui recelaient le pouvoir et le potentiel d'un multivers.

JE SUIS VIVANTE.

Là-dessus, le sol s'ébranla furieusement et les derniers restes de la Bibliothèque de Minuit disparurent en poussière.

Réveil

À minuit une minute et vingt-sept secondes, Nora Seed marqua son retour à la vie en vomissant partout sur sa couette.

Vivante, mais à peine.

Hoquetante, épuisée, déshydratée, agitée, tremblante, pesante, délirante, la poitrine dans un étau, les tempes dans un étau encore plus serré, la vie ne pouvait pas lui paraître plus terrible, et pourtant c'était la vie, et la vie était exactement ce qu'elle voulait.

Elle eut du mal à quitter son lit, elle crut qu'elle n'y arriverait jamais, mais elle savait qu'il fallait qu'elle se mette debout.

Elle finit tout de même par réussir à se lever et prit son téléphone, seulement il paraissait trop lourd et trop glissant. Il lui échappa et tomba par terre, hors de sa vue.

— À l'aide, coassa-t-elle en sortant de la pièce en chancelant sur ses jambes.

Elle avait l'impression que le couloir tanguait comme un vaisseau pris dans une tempête, mais elle parvint à atteindre la porte sans s'évanouir. Elle fit coulisser la chaîne de sécurité et réussit après un énorme effort à l'ouvrir.

— Aidez-moi, s'il vous plaît...

Elle se rendit à peine compte qu'il pleuvait encore lorsqu'elle sortit dans son pyjama maculé de vomi et franchit la marche sur laquelle Ash s'était tenu un peu plus d'une journée auparavant pour lui annoncer la mort de son chat.

Il n'y avait personne aux alentours.

Personne en vue. Alors elle tituba vers la maison de M. Banerjee en enchaînant les pas mal assurés et les embardées, comme si elle était ivre, et parvint enfin à appuyer sur le bouton de sonnette.

Un soudain rectangle de lumière s'inscrivit dans la fenêtre, en façade.

La porte s'ouvrit.

Il n'avait pas ses lunettes, et il avait l'air décontenancé. Peut-être à cause de l'heure tardive, et de l'état dans lequel elle se trouvait.

— Je suis vraiment désolée, monsieur Banerjee. J'ai fait une grosse bêtise. Vous pourriez appeler une ambulance...

— Oh mon Dieu ! Au nom du ciel, qu'est-ce qui vous est arrivé ?

— Je vous en prie...

— Oui, j'appelle tout de suite...

00 h 03 mn 48 s.

C'est alors qu'elle s'autorisa à s'effondrer. Elle tomba en avant, d'un bloc, sur le paillasson de M. Banerjee.

Le ciel s'assombrit
La nuit l'envahit
Pourtant les étoiles
Brillent pour toi...

De l’autre côté du désespoir

« La vie commence, écrivit jadis Sartre, de l’autre côté du désespoir. »

Il ne pleuvait plus.

Elle n’était plus dehors, mais dans un lit d’hôpital. En observation. Elle avait mangé et se sentait beaucoup mieux. Les résultats de ses examens médicaux étaient rassurants. L’abdomen était encore un peu sensible, mais rien d’anormal, apparemment. Elle essaya d’impressionner le docteur en lui disant une chose qu’Ash lui avait racontée, que la muqueuse intérieure de l’estomac se renouvelait tous les trois ou quatre jours.

Et puis une infirmière arriva, s’assit au bord de son lit avec une planchette à pince et débita une liste de questions à propos de son moral. Nora décida de garder pour elle son expérience de la Bibliothèque de Minuit. Ça risquait de faire mauvais effet sur une feuille d’évaluation psychiatrique. Mieux valait partir du principe que les services de santé britanniques n’avaient pas encore pris en compte les réalités peu connues du multivers.

Les questions et réponses se succédèrent pendant ce qui lui sembla durer une heure. Cela alla des médicaments à la mort de sa mère en passant par Volts, la perte de son boulot, ses problèmes d'argent, et un diagnostic de dépression situationnelle.

— Vous aviez déjà fait des tentatives avant cela ? lui demanda l'infirmière.

— Pas dans cette vie.

— Et comment vous sentez-vous tout de suite ?

— Je ne sais pas. Un peu bizarre. Mais je n'ai plus envie de mourir.

L'infirmière écrivit cela sur son questionnaire.

Par la fenêtre, après le départ de l'infirmière, Nora regarda les arbres se balancer doucement dans la brise de l'après-midi, elle écouta la rumeur lointaine de la circulation de l'heure de pointe sur le périphérique de Bedford. Ce n'était rien, que des arbres, des voitures et une architecture médiocre, mais en même temps c'était tout.

C'était la vie.

Un peu plus tard, elle supprima ses messages suicidaires sur les réseaux sociaux, et dans un moment de franche sensiblerie, elle tapa à la place un texte intitulé « Une chose que j'ai apprise (écrit par une rien du tout qui a été tout le monde) ».

Une chose que j'ai apprise (écrit par une rien du tout qui a été tout le monde)

C'est facile de pleurer les vies qu'on n'a pas vécues. Facile de regretter de ne pas avoir perfectionné d'autres dons, dit oui à d'autres propositions. Facile de se dire qu'on aurait pu travailler davantage, aimer plus, mieux gérer ses finances, soigner sa popularité, rester avec le groupe, partir pour l'Australie, accepter une invitation à aller prendre un café ou faire plus de ce fichu yoga.

Ça n'exige aucun effort de regretter les amis qu'on ne s'est pas faits, le métier qu'on n'a pas fait, ceux qu'on n'a pas épousés et les enfants qu'on n'a pas eus. Ce n'est pas difficile de se voir par les yeux des autres, et de regretter de ne pas être toutes les différentes versions kaléidoscopiques de soi qu'ils auraient voulu que l'on soit. C'est facile de s'en vouloir, et de s'en vouloir de s'en vouloir, à l'infini, jusqu'à l'expiration de son parcours personnel.

Mais, le vrai problème, ce n'est pas les vies qu'on regrette de ne pas vivre. C'est le regret même. C'est le regret qui nous fait nous recroqueviller sur nous-même, nous ratatiner, et nous sentir comme notre pire ennemi et celui des autres.

On ne peut pas savoir si l'une ou l'autre de ces différentes versions aurait été meilleure ou pire. Ces vies s'écoulent, c'est vrai, mais on en fait partie, et c'est sur ce qui se passe qu'on doit se concentrer.

Évidemment, on ne peut pas être partout, rencontrer tout le monde ou faire tous les boulots, mais l'essentiel de ce qu'on peut ressentir dans n'importe quelle vie est encore à notre portée. On n'a pas besoin de jouer toutes les parties pour savoir à quoi ça ressemble de remporter une victoire. On n'a pas besoin d'entendre tous les morceaux de musique du monde pour comprendre la musique. On n'a pas besoin d'avoir goûté toutes les grappes de raisin de tous les vignobles pour apprécier le plaisir du vin. L'amour, le rire, la peur et la douleur sont des monnaies d'échange universelles.

Nous n'avons qu'à fermer les yeux et savourer le goût de la boisson qui est devant nous, en écoutant la chanson qui passe. Nous sommes aussi complètement et rigoureusement vivants que dans n'importe quelle autre vie, et nous avons accès au même spectre émotionnel.

Nous n'avons qu'à être une personne.

Nous n'avons qu'à ressentir une existence.

Nous n'avons pas besoin de tout faire pour être tout, parce que nous sommes déjà infinis. Tant que nous sommes en vie, nous recelons un avenir de possibilités multiformes.

Alors soyons gentils avec les personne présentes dans notre vie. Levons occasionnellement les yeux de l'endroit où nous sommes, parce que, où que l'on soit, le ciel au-dessus de nous est infini.

Hier, j'étais persuadée de ne pas avoir d'avenir, je croyais impossible d'accepter ma vie telle qu'elle est maintenant. Et pourtant, aujourd'hui, cette même vie pourrie me paraît pleine d'espoirs. De potentiel.

J'imagine que l'impossible vient du fait d'être en vie.

Ma vie sera-t-elle miraculeusement libérée de la souffrance, du désespoir, du chagrin, des peines de cœur, des problèmes, de la solitude, de la dépression ? Non.

Mais est-ce que j'ai envie de vivre ?

Oui. Oui.

Mille fois oui.

Vivre par opposition à comprendre

Quelques minutes plus tard, son frère passa la voir. Il avait entendu le message qu'elle avait laissé sur sa boîte vocale, et il avait répondu par texto à minuit sept. « Ça va, sœurette ? » Et puis, quand l'hôpital l'avait contacté, il avait pris le premier train. Il était à Londres. En attendant à la gare de Saint-Pancras, il lui avait acheté le dernier numéro de *National Geographic*.

— Tu adorais ça, lui dit-il en posant le magazine à côté de son lit d'hôpital.

— Ça me plaît toujours.

C'était bon de le voir. Ses gros sourcils, son sourire hésitant étaient toujours là. Il marchait un peu maladroitement, le dos un peu rond, les cheveux plus longs que dans les deux dernières vies où elle l'avait vu.

— Je suis désolé d'avoir été injoignable ces derniers temps, dit-il. Pas à cause de ce que Ravi a dit. Je ne pense même plus aux Labyrinthes. J'étais complètement à côté de mes pompes. Après la mort de maman, je sortais avec un garçon, on a eu une rupture vraiment glauque, et je ne voulais pas avoir à t'en parler, ni à personne, ces temps-ci. C'est tout. Je ne faisais que picoler. Je buvais trop. J'avais un sérieux problème. Mais j'ai commencé à me faire aider. Il y a des semaines que je n'ai pas bu un verre. Je fais de la gym et tout ça, maintenant. Je me suis mis au cross.

— Mon pauvre Joe. Je suis désolée pour ta rupture. Pour tout.

— Tu es tout ce qui me reste, sœurette, dit-il d'une voix un peu frémissante. Je sais que je ne t'ai pas considérée à ta juste valeur. Je n'ai pas toujours été au mieux, en grandissant. Mais j'avais mes propres problèmes. Je devais être ce que papa attendait de moi. Cacher mon orientation sexuelle. Je sais que ce n'était pas facile pour toi, mais ça ne l'était pas pour moi non plus. Tu étais bonne en tout. À l'école, en natation, en musique. Je ne faisais pas le poids... Et puis papa était papa, et je devais coller à cette fausse image de ce qu'il pensait qu'un homme devait être, quoi que ça puisse être. C'est tordu, soupira-t-il. On a probablement des souvenirs différents de tout ça, tous les deux. Mais ne me laisse pas tomber, d'accord ? Quitter le groupe, c'était une chose, mais ne quitte pas l'existence. Je ne m'en remettrais pas.

— Je ne le ferai pas si tu ne le fais pas non plus, répondit-elle.

— Fais-moi confiance, je ne vais nulle part.

Elle pensa au chagrin qui l'avait collée à terre quand elle avait appris que Joe était mort d'une overdose à Sao Paulo, et elle lui demanda de lui faire un câlin, et il le fit, délicatement, et elle sentit sa chaleur vivante.

— Merci d'avoir essayé de sauter dans la rivière pour moi, dit-elle.

— Hein ?

— J'avais toujours pensé que tu ne l'avais pas fait. Mais si, tu avais essayé. Et c'est eux qui t'ont retenu. Merci.

Tout à coup, il sut de quoi elle parlait. Et il songeait peut-être à comment elle l'avait vu, alors qu'elle s'éloignait à la nage.

— Ah, sœurette, on était jeunes et fous.

Joe s'éclipsa pendant une heure. Le temps d'aller récupérer les clés de sa sœur chez son propriétaire, chercher des vêtements et son téléphone.

Elle vit qu'Izzy lui avait envoyé un texto.

Désolée de ne pas t'avoir répondu hier soir/ce matin. Je voulais qu'on ait une vraie conversation ! Thèse, antithèse, synthèse. Tout le truc. Comment vas-tu ? Tu me manques. Oh, et devine quoi ? Je pense rentrer en Angleterre en juin. Pour de bon. Tu me manques, mon amie. Et puis j'ai une TONNE de photos de baleines à bosse à t'envoyer. Bisous.

Nora eut un petit bruit de gorge involontaire. De joie.

Elle lui renvoya un SMS. C'était intéressant, se dit-elle rêveusement, comme la vie nous donnait parfois simplement une nouvelle perspective. Il suffisait d'être patient pour la voir.

Elle se rendit sur la page Facebook de l'Institut international pour la recherche polaire. Il y avait une photo d'Ingrid, la femme avec qui elle avait partagé une cabine, et de Peter, le responsable de l'équipe de terrain. Ingrid mesurait l'épaisseur de la glace de mer à l'aide d'une fine sonde. Un lien menait à un article intitulé : « Les recherches de l'IIPR confirment que la dernière décennie a été la plus chaude jamais enregistrée dans la région arctique. » Elle partagea le lien. Posta un commentaire : « Continuez le bon boulot ! » Et décida que, dès qu'elle gagnerait un peu d'argent, elle ferait un don.

Ils autorisèrent Nora à rentrer chez elle. Son frère appela un Uber. Tandis qu'ils sortaient du parking, Nora vit Ash arriver à l'hôpital en voiture. Il devait être de garde de nuit. Il n'avait pas la même voiture dans cette vie. Elle lui sourit, mais il ne la vit pas, et elle espéra qu'il était heureux. Elle lui souhaita mentalement une garde sans problèmes, avec rien que des vésicules biliaires. Peut-être qu'elle irait le voir courir le semi-marathon de Bedford, dimanche. Peut-être que c'est elle qui l'inviterait à prendre un café.

Peut-être.

À l'arrière de la voiture, son frère lui dit qu'il cherchait un boulot en free-lance.

— Je voudrais devenir ingénieur du son, dit-il. Enfin, plus ou moins.

Nora était contente d'entendre ça.

— Eh bien, je pense que tu as raison. Ça devrait te plaire. Je ne sais pas pourquoi. C'est l'impression que j'ai.

— Ah bon.

— Je veux dire, ce ne sera peut-être pas aussi glamour que d'être une vedette de rock internationale, mais ça pourrait être… plus sûr. Peut-être même que tu serais plus heureux.

C'était difficile à avaler, et Joe ne le goba pas tout à fait. Mais il eut un sourire et hocha la tête pour lui-même.

— En réalité, il y a un studio à Hammersmith, et ils cherchent des ingénieurs du son. Ce n'est qu'à cinq minutes de chez moi. Je pourrais y aller à pied.

— Hammersmith ? Oui, c'est bien ça.

— Comment ça ?

— Je veux dire que ça paraît bien. Hammersmith, ingénieur du son. Il me semble que tu devrais être heureux.

Il la regarda en riant.

— D'accord, Nora. D'accord. Et la salle de gym dont je te parlais ? Elle est juste à côté.

— Ah bon. C'est chouette. Il y a des gars intéressants, là-bas ?

— En fait, oui, il y en a un. Il s'appelle Ewan. Il est docteur. Il s'entraîne au cross.

— Ewan ! Oui !

— Hein ?

— Tu devrais l'inviter à sortir.

Joe se mit à rire, pensant que Nora plaisantait.

— Je ne suis même pas sûr à cent pour cent qu'il soit gay.

— Oh, il l'est. Il est gay. *Cent pour cent gay.* Et tu lui plais à cent pour cent. Le docteur Ewan Langford.

Invite-le. Fais-moi confiance ! Ce sera la meilleure chose que tu puisses faire…

Son frère se mit à rire alors que la voiture s'arrêtait devant le 33A Bancroft Avenue.

M. Banerjee était à sa fenêtre, en train de lire.

Dans la rue, Nora vit son frère regarder, étonné, son téléphone.

— Qu'est-ce qu'il y a, Joe ?

C'est à peine s'il arrivait à articuler.

— Langford…

— Pardon ?

— Le docteur Ewan Langford. Je ne savais même pas qu'il s'appelait Langford, mais c'est lui.

Nora haussa les épaules.

— Intuition fraternelle. Ajoute-le. Suis-le. Envoie-lui des tweets. Fais tout ce qu'il faut. Enfin, pas de photos à poil non sollicitées. Mais c'est le bon, je te le dis. C'est le bon.

— Mais comment savais-tu que c'était lui ?

Elle prit son frère par le bras, bien consciente qu'elle ne pouvait lui fournir aucune explication.

— Écoute-moi, Joe.

Elle repensa à l'antiphilosophie de Mme Elm dans la Bibliothèque de Minuit.

— Tu n'as pas besoin de *comprendre* la vie. Il suffit de la *vivre.*

Comme son frère se dirigeait vers la porte du 33A Bancroft Avenue, Nora parcourut du regard les maisons mitoyennes, les lampadaires, les arbres sous le ciel, et elle sentit sa poitrine se gonfler d'émerveillement, du simple fait d'être là, de contempler tout cela comme si c'était la première fois. Peut-être que dans l'une de ces maisons se trouvait un autre dériveur, quelqu'un qui était dans la troisième, la dix-septième ou la dernière version de lui-même. Elle les chercherait.

Elle regarda le N° 31.

Derrière la vitre, le visage de M. Banerjee s'illumina lentement lorsqu'il vit que Nora était saine et sauve. Il sourit et articula un « Merci », comme si le simple fait qu'elle soit vivante était une chose dont il devait être reconnaissant. Demain, elle trouverait un peu d'argent, elle irait à la jardinerie et elle lui achèterait une plante pour sa plate-bande. Des digitales, peut-être. Elle était sûre qu'il aimait les digitales.

— Non, répondit-elle en lui soufflant un baiser amical. Merci à vous, monsieur Banerjee ! Merci pour tout !

Alors il élargit son sourire, les yeux pleins de gentillesse et de sollicitude, et Nora se rappela ce que c'était que de se soucier de quelqu'un, et de compter pour quelqu'un. Elle suivit son frère chez elle et, tout en commençant à remettre de l'ordre, elle entrevit une touffe d'iris dans le jardin de M. Banerjee. Des fleurs qu'elle n'appréciait pas avant, mais qui la fascinaient maintenant, des fleurs du plus merveilleux violet qu'elle ait vu de sa vie. Comme si les fleurs n'étaient pas seulement des couleurs, mais des éléments de langage, des notes dans une mélodie florale glorieuse, aussi puissante que du Chopin, qui communiquait en silence la majesté époustouflante de la vie même.

Le volcan

Ça fait un sacré choc de découvrir que l'endroit où on voulait se réfugier était pile celui qu'on voulait fuir. Que la prison n'était pas l'endroit, mais la perspective. Et le plus bizarre dans cette révélation, c'était que, de toutes les versions extrêmement divergentes d'elle-même qu'elle avait expérimentées, l'impression de changement la plus radicale, c'est dans son cadre de vie de toujours qu'elle l'éprouvait. Celui-là même où elle avait commencé et fini.

Le changement le plus important et le plus profond, ce n'était pas qu'elle était plus riche, qu'elle avait mieux réussi, ou qu'elle était parmi les glaciers et les ours polaires du Svalbard. Il était dû au fait qu'elle se réveillait dans le même lit, dans le même appartement minable, humide, avec son canapé en miettes, son yucca, ses petits cactus en pot, ses étagères à livres et les manuels de yoga qu'elle n'avait jamais ouverts.

C'était le même piano électrique, les mêmes livres. La même triste absence de félin et le même manque de boulot. Et toujours la même *impossibilité* de connaître la vie qui l'attendait.

Et pourtant, tout était différent.

C'était différent parce qu'elle n'avait plus l'impression d'être là rien que pour répondre aux rêves des autres. Elle n'avait plus l'impression qu'elle n'atteindrait la plénitude qu'en étant une fille parfaite, imaginaire, ou une sœur, une partenaire, une épouse, une mère, une employée ou n'importe quoi sauf un être humain en gravitation autour de son propre but, et qui n'avait de comptes à rendre qu'à soi-même.

Et c'était différent parce qu'elle était en vie alors qu'elle avait été si près de mourir. Et parce que c'était son choix. Le choix de la vie. Parce qu'elle en avait effleuré l'immensité, et que dans cette immensité elle avait vu la possibilité de ce qu'elle pouvait accomplir, mais aussi de ce qu'elle pouvait ressentir. Il y avait d'autres portées et d'autres chansons. Elle n'était pas réduite à une ligne plate de dépression douce à modérée, pimentée par des flambées occasionnelles de désespoir. Elle était pleine d'espoir, et pleine aussi de la pure, l'émouvante gratitude d'être là, de savoir qu'elle avait la capacité d'apprécier de voir un ciel radieux et les médiocres comédies de Ryan Bailey, d'être heureuse d'écouter de la musique, des conversations et les battements de son propre cœur.

Et c'était différent parce que, par-dessus tout, ce lourd et pénible *Livre des regrets* avait fini par brûler et n'était plus que cendres.

— Salut, Nora. C'est moi, Doreen.

Nora était tout excitée d'avoir de ses nouvelles, parce qu'elle était justement en train de rédiger une affichette pour proposer des leçons de piano.

— Oh, Doreen ! Je peux m'excuser d'avoir raté la leçon de l'autre jour ?

— N'en parlons plus.

— Bon, je vous fais grâce de mes explications, poursuivit Nora, à bout de souffle, mais je tiens à vous dire que ça ne se reproduira pas. Je vous promets, à l'avenir, si vous voulez continuer les leçons de piano de Leo, d'être à l'heure. Je ne vous ferai pas faux bond. Maintenant, je comprendrais tout à fait que vous ne vouliez plus que je donne de leçons à Leo. Mais je tiens à ce que vous sachiez qu'il a un talent exceptionnel. Il est doué pour le piano. Il pourrait en faire une carrière. Il pourrait finir au Royal College of Music. Alors, je veux juste vous dire que, s'il ne continue pas ses leçons avec moi, je crois vraiment qu'il devrait continuer autrement. C'est tout.

Il y eut une longue pause. Rien que le souffle crépitant, cotonneux, de la ligne téléphonique. Et puis :

— Nora, mon chou, ça va, je n'ai pas besoin que vous me fassiez un laïus. Je vais vous dire : on était en ville, hier, tous les deux. J'étais en train d'acheter du savon et il m'a dit : « Je vais continuer le piano, hein ? » Là, au drugstore. Alors si on passait l'éponge sur ce qu'on s'est dit la semaine derrière, d'accord ?

— Sérieusement ? C'est super. Oui, alors, à la semaine prochaine.

Et juste après avoir raccroché, Nora se mit au piano et joua un air qu'elle n'avait jamais joué avant. Elle aimait ce qu'elle jouait, et elle se jura de s'en souvenir, et d'y mettre des paroles. Peut-être qu'elle pourrait en faire une vraie chanson et la mettre en ligne. Peut-être qu'elle écrirait d'autres chansons. Ou peut-être qu'elle la mettrait de côté et s'inscrirait en maîtrise. Ou peut-être qu'elle ferait les deux. Qui sait? Et tout en jouant, elle jeta un coup d'œil et vit son magazine, celui que Joe lui avait apporté – ouvert sur une photo d'un volcan indonésien, le Krakatoa.

Les volcans avaient quelque chose de paradoxal : c'étaient des symboles de destruction, mais aussi de vie. La coulée de lave ralentissait, refroidissait, se solidifiait, et le temps la délitait, en faisait un sol riche, fertile.

Elle n'était pas un trou noir, décida-t-elle. Elle était un volcan. Et pas plus qu'un volcan, elle ne pouvait s'enfuir en courant loin d'elle. Il fallait qu'elle reste là et qu'elle s'occupe de ce terrain vague.

Elle pourrait planter une forêt à l'intérieur d'elle-même.

Comment ça finit

Mme Elm avait l'air bien plus vieille que dans la Bibliothèque de Minuit. Ses cheveux alors gris étaient maintenant blancs et fins, son visage fatigué était ridé comme une vieille pomme, ses mains tachetées par l'âge, n'empêche qu'elle jouait toujours aussi bien aux échecs qu'à l'époque, dans la bibliothèque de l'école Hazeldene.

Il y avait un échiquier dans la maison de retraite d'Oak Leaf, mais il aurait mérité un petit coup de plumeau.

— Personne ne joue ici, dit-elle à Nora. Je suis tellement contente que tu sois venue me voir. C'est une telle surprise !

— Eh bien, je peux venir tous les jours, si vous voulez, madame Elm…

— Louise, je t'en prie, appelle-moi Louise. Et tu n'as pas de travail ?

Nora sourit. Cela ne faisait que vingt-quatre heures qu'elle avait demandé à Neil d'afficher son annonce à La Théorie des Cordes, mais elle croulait déjà sous les demandes de leçons de piano.

— Je donne des leçons de piano. Et j'aide au refuge des sans-abri un mardi sur deux. Mais j'aurai toujours une heure… Et pour être honnête, je n'ai personne d'autre avec qui jouer aux échecs non plus.

Un sourire las apparut sur le visage de Mme Elm.

— Eh bien, ce serait formidable.

Elle regarda par la petite fenêtre de sa chambre, et Nora suivit son regard. Il y avait un être humain et un chien que Nora reconnut.

C'était Dylan, qui promenait Sally, la femelle bull mastiff. La nerveuse, celle avec les brûlures de cigarette qui avait le béguin pour elle. Elle se demanda vaguement si son propriétaire lui permettrait d'avoir un chien. Il lui avait bien permis d'avoir un chat, alors… Mais il faudrait qu'elle attende d'avoir rattrapé son retard de loyer.

— Je me sens parfois bien seule, disait Mme Elm. De rester juste assise là. J'avais l'impression que c'était la fin de la partie. Comme un roi tout seul sur un échiquier. Tu vois, je ne sais pas comment tu t'es souvenue de moi, mais, en dehors de l'école, je n'étais pas toujours… (Elle hésita.) J'ai laissé tomber des gens. Je n'étais pas toujours facile. J'ai fait des choses que je regrette. J'ai été une mauvaise épouse. Pas toujours une bonne mère non plus. Les gens m'en ont parfois un peu fait voir, et je ne peux pas vraiment leur en vouloir.

— Eh bien, vous étiez gentille avec moi, madame… Louise. Quand ça n'allait pas à l'école, vous saviez toujours quoi dire.

Mme Elm calma sa respiration.

— Merci, Nora.

— Et vous n'êtes plus seule sur l'échiquier, désormais. Un pion est venu vous rejoindre.

— Tu n'as jamais été un pion.

Elle fit son mouvement. Un fou adoptant une position stratégique. Un léger sourire retroussa les commissures de ses lèvres.

— Vous allez gagner cette partie, observa Nora.

Une lueur s'anima soudain dans les yeux de Mme Elm.

— Eh bien, c'est la beauté de la chose, non ? On ne sait jamais comment ça va finir.

Nora sourit en regardant toutes les pièces qu'elle avait encore en jeu et réfléchit à son prochain mouvement.

Composition réalisée par Belle page

Cet ouvrage a été imprimé en France par
CPI Brodard & Taupin
Avenue Rhin et Danube
72200 La Flèche (France)

pour le compte des Éditions Fayard
en décembre 2021

PAPIER À BASE DE
FIBRES CERTIFIÉES

Fayard s'engage pour
l'environnement en réduisant
l'empreinte carbone de ses livres.
Celle de cet exemplaire est de :
1,500 kg éq. CO_2
Rendez-vous sur
www.fayard-durable.fr

N° d'édition : 89-3989-5/01 - N° d'impression : 3046831